# 행복한 죽음

# La Mort heureuse

# 행복한 죽음

김화영 옮김

# Albert Camus

책세상

# 편집자의 말

작가의 가족과 출판사가 《알베르 카뮈 노트》를 출판하기로 결정한 것은 수많은 대학교수 및 학생들, 그리고 보다 일반적으로는 카뮈의 작품과 사상에 관심을 가진 모든 사람들의 뜻에 부응하기 위한 것이었다.

이를 출판하는 데 전혀 망설임이 없었던 것은 아니다. 자신에게 매우 엄격했던 카뮈는 어느 것 하나 경솔하게 책으로 펴내는 법이 없었다. 그렇다면 작가 자신이 출판을 포기했던 소설, 《시사평론 Actuelles》에 포함시키지 않았던 강연원고나 논설문들, 기타의 문헌들과 심지어 초고들을 왜 지금 와서 일반 독자들에게 발표하게 되었을까?

그 까닭은 오직 한 가지뿐이다. 우리가 한 작가를 사랑하거나 그의 세계를 깊이 있게 연구할 때는 흔히 그에 관한 것은 무엇이건 다 알고 싶어하는 법이다. 카뮈의 미발표 원고를 지니고 있는 사람들의 입장에서 볼 때 그러한 당연한 욕구에 응하지 않는다는 것은, 예를 들어《행복한 죽음》이나《여행일기Journaux de voyage》를 읽고자 하는 독자들에게 그것을 읽을 수 있는 기회를 주지 않는다는 것은 지나친 월권이라고 여겨졌다.

카뮈가 젊은 시절, 혹은 좀 더 후에 쓴 글들 중에는 그다지 널리 알려지지 않았거나 아직도 발표되지 않은 것들이 상당량 있는데, 연구를 하는 과정에서 작가가 살아 있을 때 간혹 그 글들을 접해본 적이 있는 대학교수들은 그것을 읽고 나면 작가의 이미지가 보다 진실에 가까워지고 또 풍부해질 수 있을 따름이라고 판단하는 터이다.

여기에 펴내는《알베르 카뮈 노트》의 편집 책임은 장클로드 브리스빌, 로제 그르니에, 로제 키요, 폴 비알라네가 맡는다.

여러 권이 될 이《알베르 카뮈 노트》는 현재로서 그 규모를 알기 어려운 작가의 미발표 원고와 유고들의 출판에만 그치지 않고 알베르 카뮈의 작품에 새로운 빛을 던져줄 가능성이 있는 여러 가지 연구성과들도 그 안에 맞아들일 예정이다.

# 차례

* 이 책은 《행복한 죽음》(1995)의 개정판이다. 번역 대본으로 *Œuvres complètes*, Tome I(Gallimard, 2006)을 참조했다.

# 1부
# 자연적인 죽음

# 1

아침 10시였다. 파트리스 메르소[1]는 규칙적인 걸음걸이로 자그뢰스[2]의 별장을[3] 향해 걸어가고 있었다. 이 시각엔 간호원이 시장에 가고 없어서 별장은 텅 비어 있었다.[4] 때는 4월[5]이라 봄날[6] 아침나절은 빛이 영롱하면서도 싸늘했다. 하늘은 맑고도 차가운 푸른빛이었고 커다란 해가 눈부셨지만 열기는 없었다. 별장 가까이 언덕배기에서 자라고 있는 소나무들 사이로 한 줄기 맑은 빛이 둥치들을 따라 흘러내리고 있었다.[7] 길에는 인적이 없었다. 약간 오르막길이었다. 메르소는 손에 가방을 들고 있었다. 이 세상의 찬란한 아침빛을 담뿍 받으며, 그는 차가운 길바닥에 바삭거리며 울리는 자신의 메마른 발자국 소리와 가방 손잡이에서 규칙적으로 나는 삐거덕거리는 소리를 들으면서 걷고 있었다.

별장에 조금 못 미쳐, 길은 벤치들과 함께 여기저기에 정

원이 자리를 잡고 있는 작은 광장으로 들어서게 되어 있었
다. 잿빛 알로에들 가운데 빨갛게 물든 철 이른 제라늄이
며 파란 하늘, 그리고 하얗게 회칠을 한 수도원의 벽, 그 모
든 것이 너무나 신선하고 티없이 앳되게 느껴져서 메르소
는 한동안 발걸음을 멈추었다. 그리고 다시 광장으로부터 자
그뢰스의 별장으로 내려가는 내리막길을 걸어갔다. 문 앞
에 이르자 그는 걸음을 멈추고 장갑을 꼈다.[8] 그는 장애인
인 주인이 잠그지 않고 열어놓아 둔 문을 열고 들어가[9] 자연
스럽게 닫았다. 복도를 따라 들어가다 왼쪽으로 세 번째 문
앞에 이르자 문을 두들기고는[10] 안으로 들어갔다. 자그뢰스
는 잘려진 두 다리의 그루터기를 담요로 감싼 채 벽난로 옆
안락의자에 앉아 있었다.[11] 이틀 전 메르소가 차지하고 앉
았던 바로 그 자리였다. 그는 독서를 하다가 읽던 책을 담
요 위에다 내려놓고는 지금 막 닫은 문 옆에 발걸음을 멈추
고 선 메르소를 빤히 쳐다보았다. 둥그렇게 뜬 두 눈에는 전
혀 놀라는 기색이 없었다. 창문의 커튼은 모두 닫혀 있었고
방바닥이며 가구들 위 그리고 물건들 모서리에는 햇빛 무
늬가 고여 있었다. 창문 너머로는 아침의 태양이 쌀쌀한 황
금빛 대지 위로 미소를 짓고 있었다.[12] 싸늘하고 거대한 기
쁨[13], 불확실한 목소리로 우짖는 새들의 날카로운 울음소리 그
리고 사정없이 넘칠 듯 쏟아지는 빛으로 인해 아침은 순결과
진실의 모습을 지니고 있었다.[14] 메르소는 방안의 숨막히는

행복한 죽음

열기에 목과 귀가 콱 막히는 듯 발걸음을 멈추고 서 있었다. 계절이 바뀌었는데도 자그뢰스는 여전히 벽난로 가득 불을 피워놓은 채였다. 메르소는 이마 관자놀이에 피가 솟구치고 귀 끝이 펄떡거리는 것을 느꼈다. 상대방은 여전히 입을 다문 채 메르소를 지켜보고 있었다. 파트리스는[15] 벽난로 반대쪽에 있는 궤짝 쪽으로 다가가서 장애인은 쳐다보지도 않은 채 테이블 위에 가방을 내려놓았다. 그러자 발목께가 아주 조금 떨리는 것을 느꼈다. 그는 발걸음을 멈추고 서서 담배 한 대를 꺼내 물더니 장갑을 낀 손으로 어설프게 불을 붙였다. 가냘픈 소리가 등 뒤에서 들려왔다. 담배를 입에 문 채 메르소는 뒤를 돌아보았다. 자그뢰스는 여전히 그를 지켜보고 있었지만 이제 막 책장을 덮고 난 참이었다. 메르소는 무릎이 아플 정도로 난롯불의 열기가 따갑다는 것을 느끼면서 그가 읽고 있는 책 제목을 거꾸로 보이는 대로 읽었다. 발타사르 그라시안의 《궁정 사람L'Homme de cour》이라는 책이었다. 그는 지체하지 않고 몸을 굽혀 궤짝을 열었다. 흰색 바탕에 검은색의 권총이 맵시 있게 손질된 고양이처럼 둥그런 윤곽을 드러내며 번들거렸다. 그 밑에는 여전히 자그뢰스의 편지가 놓여 있었다. 메르소는 왼손으로 편지를 집어들고 오른손으로는 권총을 들었다. 잠시 망설이다가 권총을 왼쪽 옆구리에 끼고 편지봉투를 열었다. 그 속에는 자그뢰스의 굵직하고 모난 글씨체로 단 몇 줄의 내용이 적힌 커다란 종이 한 장이 담겨 있었다.

"나는 나의 남아 있는 반쪽을 없앨 뿐이다. 부디 나를 너무 가혹하게 책망하진 말아주기 바란다. 내 조그만 궤짝 속에 보면 지금까지 나를 보살펴준 사람들에게 보상해주어야 할 액수보다 훨씬 많은 돈이 들어 있을 것이다. 남은 돈은 사형수의 처우를 개선하는 데 써주었으면 한다. 그러나 이런 것이 지나친 요구라는 것을 알고 있다."

메르소는 무표정한 얼굴로 편지를 다시 접었다. 그 순간 피우던 담배 연기에 눈이 따가워 찌푸리는 사이에 약간의 담뱃재가 봉투 위에 떨어졌다. 그는 재를 털어버리고 종이를 테이블 위에 잘 보이도록 펼쳐놓은 다음 자그뢰스를 돌아보았다. 이제 그는 편지봉투를 바라보고 있었다. 짧고 근육이 드러난 그의 두 손은 책 언저리에 가만히 놓여 있었다. 메르소는 몸을 굽혀 금고 열쇠를 돌리고 돈 다발을 꺼냈다. 돈을 싼 신문지 속으로 돈 다발의 가장자리가 보일 뿐이었다. 메르소는 권총을 옆구리에 낀 채 한 손으로 돈 다발들을 차곡차곡 가방에 채웠다. 100장 묶음의 지폐 뭉치로 20개가 좀 덜 되었다. 메르소는 너무 큰 가방을 가지고 왔음을 깨달았다. 그는 금고 속에 100장 묶음 한 뭉치를 남겨두었다. 가방을 잠그고 반쯤 타들어간 담배꽁초를 불 속에 집어던지더니 오른손에 권총을 잡고 장애인 사내 앞으로 다가갔다.

이제 자그뢰스는 창 밖을 내다보고 있었다. 자동차 한 대가 천천히 문 앞으로 지나가면서 내는 음식물을 씹는 듯한 소리

행복한 죽음

가 나직이 들렸다. 자그뢰스는 미동도 하지 않은 채 온통 비정하기만 한 4월 아침의 아름다움을 물끄러미 바라보는 것 같았다.[16] 그는 오른쪽 관자놀이에 총구가 와 닿는 것을 직감하면서도 눈길을 돌리지 않았다. 그러나 그를 지켜보던 메르소는 그의 눈에 눈물이 고이는 것을 보았다. 그러자 오히려 메르소가 눈을 감았다. 그는 한 발짝 뒤로 물러나 방아쇠를 당겼다. 한동안 벽에 몸을 기대고 여전히 두 눈을 감은 채 귓전에서 아직도 피가 펄떡거리는 것을 느끼고 있었다. 그는 눈을 뜨고 바라보았다. 왼쪽 어깨 쪽으로 고개를 기울인 채 몸이 아주 조금 틀려 있었다. 이제 자그뢰스는 더 이상 보이지 않고 단지 유난히 두드러진 대뇌 속에 뼈와 피가 뒤범벅이 된 커다란 상처만이 눈에 띄었다. 메르소는 사지를 떨기 시작했다. 그는 안락의자를 돌아 반대편으로 가서 자그뢰스의 오른손을 더듬더듬 찾아 권총을 쥐게 한 다음 관자놀이까지 쳐들어 올렸다가 다시 떨어뜨렸다. 권총은 안락의자의 팔걸이 위에 떨어졌다가 거기서 다시 자그뢰스의 무릎 위로 굴렀다. 그렇게 움직이면서 메르소는 장애인의 입과 턱을 보았다. 그는 창문을 바라보고 있을 때와 똑같은 진지하고도 침울한 표정을 짓고 있었다. 그 순간 날카로운 경적 소리가 문간에서 울려왔다. 대답이 없자 그 믿어지지 않는 경적 소리가 다시 한번 울려왔다. 메르소는 여전히 안락의자에 몸을 기울인 채 꼼짝하지 않고 있었다. 자동차 바퀴가 구르는 소리로 미루어 푸줏간 주인이 그냥 돌아가는 것을 알 수 있었다. 메르소는 가방을 집어들고 문을 열었다. 문의 손잡이가 햇빛을 받아 빛나고 있었다. 머릿속에서 피가 뛰고 입 속이 바싹 타는 것을 느끼며 그는 밖으로 나왔다. 다시 출입문을 넘어서서 성큼성큼 걸어나갔다. 작은 광장 한쪽 끝에는 한 떼의 어린 아이들뿐 아무도 없었다. 그는 그냥 지나갔다. 광장에 이르자 갑자기 오한이 느껴지며 얄팍한 상의를 걸친 몸이 떨렸다. 두어 번 재채기하자 그를 놀리는 듯 선명한 메아리가 작은 골짜기를 가득 채웠고 수정같이 맑은 하늘이 그 메아리를 점점 더 높은 곳으로 전했다. 몸이 약간 비틀거리자 그는 한동안 걸음을 멈추고 심호흡을 했다.[17] 파란 하늘에서는 하얀 미소가 잘게 부서져내리고 있었다. 그 미소들은 아직도 빗방울을 가득 머금은 잎새 위에서, 오솔길의 축축한 바윗돌 위에서 노니는가 하면 신선한 붉은빛 기와지붕을 향하여 날아갔다가 조금 전에 그 미소가 넘쳐나던 대기와 태양의 호수 쪽으로 쏜살같이 거슬러 올라갔다. 그때 저 위의 하늘에 떠가는 아주 작은 비행기에서 부드럽게 웅웅거리는 소리가 들려왔다. 그처럼 무르익은 공기와 풍요로운 하늘 가운데서 사람들이 해야 할 일이란 사는 것과 행복해지는 것뿐이라는 생각이 들었다. 메르소의 내면에서는 모든 것이 고요하기만 했다. 세 번째로 터져나오는 재채기에 몸이 흔들리면서 오한으로 인한 떨림 같은 것이 느껴졌다. 그래서 그는 가방이 삐걱거리는 소리와 자신의 발자국 소리를 들으며 주위도 돌아

행복한 죽음

보지 않은 채 허둥지둥 걸어갔다. 집에 다다르자 가방을 한구석에 처박아둔 채 잠자리에 누워 오후 한낮이 되도록 잠을 잤다.[18]

# 2

여름의[1] 항구는 사람들의 아우성 소리와 햇빛으로[2] 가득 차 있었다. 오전 11시 반이었다. 한낮의 햇빛이 쏟아지면서 그 열기가 부두의 곳곳을 마구 짓눌러댔다. 알제의 상공회의소 부두 창고 앞에서는 선체가 시커멓고 굴뚝이 붉은 '스키아피노' 선박들이 밀가루 부대를 싣고 있었다. 보드라운 밀가루 냄새가 뜨거운 태양에 녹아 갈라진 콜타르의 요란한 냄새와 뒤범벅이 되었다. 니스와 아니스주 냄새가 진동하는 조그만 바라크 앞에서 사내들은 술을 마시고 빨간 운동복을 입은 아랍 곡예사들은 햇빛에 번쩍이는 바닷가의 절절 끓는 타일 바닥 위에서 몸을 빙빙 돌리고 있었다. 그들 쪽으로는 쳐다보지도 않은 채 부두 인부들은 등에 밀가루 부대를 짊어지고 흔들거리는 두 쪽의 널빤지를 딛고서 부두에서 화물선 갑판으로 올라가고 있었다. 갑판 꼭대기에 오르자, 그들은 권양기와 돛대들

행복한 죽음

가운데 하늘과 항만을 배경으로 전신의 윤곽을 뚜렷하게 드러낸 채, 하늘을 마주보자 눈이 부신지 한동안 발걸음을 멈추고 땀과 먼지로 허옇게 뒤범벅이 된 얼굴로 두 눈을 번뜩이다가 후끈하게 달아오른 사람 냄새가 고인 선창 속으로 장님처럼 더듬거리며 들어가는 것이었다. 뜨거운 바람을 타고 사이렌 소리가 끝없이 울려왔다.

갑자기 널빤지 위에서 사람들이 웅성대며 발걸음을 멈추었다. 그들 중 한 사람이 널빤지 사이로 빠졌다. 다행히 두 팔이 가까이 붙어 있는 널빤지 사이에 걸렸다. 그러나 뒤쪽으로 걸린 팔이 큼지막한 밀가루 부대의 무게에 깔리는 바람에 그는 고통에 못 이겨 울부짖었다. 그때 파트리스 메르소는 사무실에서 밖으로 나왔다. 문턱을 넘어서자 여름의 뜨거운 열기에 숨이 콱 막혔다. 입을 크게 벌리고 숨을 들이마시자 콜타르 냄새가 목구멍을 확 긁어댔다. 그는 부두 노동자들 앞에서 발걸음을 멈췄다. 부상자는 끌어올려져 있었다. 널빤지 위 먼지구덩이에 쓰러진 채 심한 고통으로 입술이 새하얗게 질린 그는 팔꿈치 윗부분이 부러진 팔을 축 늘어뜨리고 있었다. 부서진 뼈마디가 살을 헤집고 튀어나온 끔찍한 상처에서 피가 흘러내리고 있었다. 핏방울들이 팔을 따라 흐르다가 손끝에서 뜨겁게 달아오른 돌 위로 뚝뚝 떨어지면서 지글지글 타는 소리와 함께 김이 솟아올랐다. 메르소가 우두커니 서서 그 피를 바라보고 있는데 누군가가 그의 팔을 잡았다. '뜀박질 땅딸보'에마뉘엘이었다. 그는 양철 깨지는 소리로 덜거덩거리며 자기네 쪽으로 다가오는 트럭을 손가락질해 보였다. "저거 탈까?" 파트리스가 뛰었다. 트럭이 그들을 지나쳐 달렸다. 순간 그들은 뒤쫓아 몸을 날렸다. 앞도 보지 못한 채 소음과 먼지를 뒤집어쓰고 헐떡거리면서 달리는 그들은, 수평선 위에서 돛대들이 춤을 추고 그들이 지나는 옆으로 녹슬고 헐어빠진 선체들이 동요하는 것을 반주 삼아 격렬하게 돌아가는 권양기와 기계의 리듬을 따라 광란하는 뜀박질의 충동에 실려가고 있다는 느낌 밖에는 아무것도 의식할 수 없었다. 체력과 민첩한 동작에 자신 있는 메르소가 먼저 차를 잡고 훌쩍 뛰어올랐다. 그러고 나서 에마뉘엘이 두 발을 늘어뜨리고 올라앉도록 거들어주었다. 트럭이 희뿌연 먼지와 하늘에서 쏟아지는 눈부시고 후끈한 열기, 태양, 그리고 돛대와 검은 기중기들이 터질 듯이 가득 들어찬 항구의 거대하고 환상적인 배경 속을 전속력으로 달려나가면서 부둣가의 울퉁불퉁한 포도에 닿아 덜거덕거릴 때마다 몸이 공중으로 치솟는 에마뉘엘과 메르소는 온통 피가 역류하는 듯한 현기증을 느끼며 숨이 끊어지도록 웃어댔다.

벨쿠르에 닿자 메르소는 차에서 뛰어내렸고 에마뉘엘은 노래를 흥얼댔다. 그는 곡조도 안 맞는 노래를 큰 소리로 불러댔다. "이건 말이지, 뭔가 가슴에서 솟구쳐 오르는 그 무엇이다 이거야. 기분이 흐뭇할 때나 수영을 할 때 그렇거든." 정말 그랬다. 에마뉘엘은 헤엄칠 때면 노래를 불러댔는데 힘들고 숨

행복한 죽음

이 차서 쉰 그의 목소리가 바닷물 위에선 잘 안 들렸지만 짧고 근육질인 그의 두 팔이 노래의 리듬을 따라 움직였다. 그들은 리옹가街로 접어들었다. 메르소는 큼직한 키에 딱 벌어지고 탄탄한 어깨를 흔들며 성큼성큼 걸었다. 올라가는 비탈길의 포도에 발을 올려놓거나 한순간 밀려드는 인파를 피하여 허리를 트는 그 특유의 몸짓을 보면 그의 몸이³ 이상하리만큼 젊고 힘차다는 것과 그러한 몸을 가진 주인공은 육체적인⁴ 쾌락의 극단에까지 이를 수 있다는 것을 느낄 수 있었다. 움직이지 않을 때는 운동으로 몸의 특성을 체득한 사람이 그렇듯이 아주 약간 부자연스럽게 유연함을 과시하면서 한쪽 엉덩이 쪽으로만 몸의 무게 중심을 받쳤다.⁵ 그는 약간 짙은 눈썹 아래 두 눈이 빛나고 있었고, 에마뉘엘과 이야기하는 동안 둥글고 잘 움직이는 입술을 신경질적으로 찌푸려 보이면서 목을 빼려고 기계적인 동작으로 옷깃을 잡아당기곤 했다. 그들은 단골 식당으로 들어갔다. 자리를 잡자 말 한 마디 없이 먹기만 했다. 그늘이라 서늘했다. 파리 소리, 접시 부딪치는 소리, 주고받는 말소리가 들렸다. 주인 셀레스트가 그들이 있는 데로 다가왔다. 키가 크고 콧수염을 기른 그는 앞치마 위로 배를 긁적거리다가는 앞치마를 다시 늘어뜨렸다.⁶ "잘 지내?" 하고 에마뉘엘이 말을 건넸다. "노털들처럼 늘 그렇지." 몇 마디가 오갔다. 에마뉘엘과 셀레스트는 "아! 친구." 하는 소리를 주고받으며 서로가 어깨를 툭툭 치곤 했다. 셀레스트가 말했다. "노털들은 알다시

피 좀 얼빠진 작자들이야. 그들은 오십 정도는 먹어야 진짜 인간이 된다고 떠들어대거든. 그건 자기들이 오십 줄을 넘어섰기에 하는 말이지. 내 친구 하나는, 가진 것이라곤 아들 하나뿐이었지만 행복했다구. 부자가 언제나 함께 외출도 하고 술도 진탕 마셨지. 카지노에 가서 도박도 함께 했어. 그런데 그 친구가 내게 하는 말이, '왜 내가 노털들하고 같이 어울리려고 하겠나? 그들은 허구한날 설사약을 먹었다느니, 간이 아팠다느니 하는 말뿐이거든. 그보단 내 아들놈하고 같이 다니는 편이 낫지. 아들놈이 아가씨를 낚으면, 난 못 본 척하곤 전차에 올라타 빠이빠이 한단 말야. 얼마나 흐뭇해' 하는 거야." 에마뉘엘은 웃고만 있었다. "물론, 위신상의 문제야 있지. 하지만 난 그 친구가 좋았어." 셀레스트가 말했다. 그러고 나서 그는 메르소를 돌아보며 말했다. "그가 내 친구였다는 사실보다 그 점이 더 마음에 들어. 그 친구 성공했을 적엔 머리를 치켜들고 쓱 손짓을 해 보이면서 내게 말을 걸곤 했었지. 이젠 덜 거만해졌어. 모든 걸 다 날려버렸으니까."

"꼴 좋게 됐군" 하고 메르소가 말했다.

"오, 못된 맘을 먹어서야 쓰나. 한때 잘 지낸 거지 뭐. 또 그러길 잘했어.[7] 구십만 프랑이나 되는 재산이었는데…. 아, 나 같았으면!"

"자네였다면 뭘 했겠나?" 에마뉘엘이 물었다.

"오두막이나 하나 사겠어. 배꼽에 끈끈이를 붙고는 깃발을

행복한 죽음

하나 꽂아 세워놓는 거야. 그렇게 하곤 누워서 어느 쪽에서 바람이 불어오나 보는 거지."[8]

메르소는 말없이 먹기만 했다.[9] 그러면 에마뉘엘은 또 주인에게 자기가 유명한 마른Marne 전투에서 싸웠던 이야기를 꺼냈다.

"우리 알제리 보병부대는 저격병으로 투입됐었거든…."

"그 이야긴 이제 신물이 나." 메르소가 점잖게 말했다.

"지휘관이 그때 '돌격!' 하고 소리쳤어. 그러면 우린 뛰어내려갔지. 나무들이 있는 협곡 같은 데였어. 지휘관은 계속 돌격하라고 소리쳤지만 앞엔 개미새끼 하나 없는 거야. 그래 마냥 걷고 또 걸어 앞으로 나갔지. 그런데 갑자기 기관총이 우리 쪽으로 마구 퍼부어댔어. 모두 한꺼번에 겹겹이 쓰러졌어. 부상자와 전사자가 너무나 많았고, 협곡 속엔 피가 너무 많이 흘러서 보트를 타고 건널 수 있을 정도였다구. '엄마!' 하고 울부짖는 사람도 있었지. 정말 끔찍했어."

메르소는 자리에서 일어나 냅킨을 접어서 매듭을 만들었다. 주인은 주방문 뒤쪽에 분필로 '식사 1개'를 표시했다. 그게 그의 장부였다. 계산이 틀린다고 항의하면 돌쩌귀에서 문짝을 들어내가지고 그 등에 적힌 장부를 가져오곤 했다.[10] 한쪽 구석에서 주인의 아들 르네가 계란 반숙 한 개를 먹고 있었다. "불쌍한 것, 저놈은 폐가 나빠 다 죽게 됐어." 에마뉘엘이 말했다. 정말 그랬다. 르네는 언제나 말이 없고 진지했다. 별로 마른 편은 아니었으나 눈은 반짝거렸다. 이때 한 손님이 그에게 "폐병은 시간이 지나면서 주의만 하면 나을 수 있어" 하고 설명해주었다. 르네도 그 점을 인정하는지 계란을 먹다 말고 심각한 표정으로 그렇다고 대답했다. 메르소는 커피를 마시려고 카운터에 가서 그의 옆자리에 팔을 괴고 섰다. 저쪽이 계속해서 말했다.

"장 페레스 알지? 가스회사에 다니던 친구 말야. 그 사람 죽었어. 한쪽밖에 없는 폐가 성하지 못했거든. 그런데도 퇴원해서 집에 가겠다는 거야. 집에 가면 마누라가 있어. 그런데 마누라는 올라타라고 있는 말이야. 그 친군 병 때문에 그걸 더 밝히게 된 거야. 그래서 말이지 항상 마누라 위에 올라타고 있었대. 마누라는 싫다고 했지. 그러나 막무가내였어. 그래 매일같이 두 번, 세 번 했다더군. 결국 병든 사람 잡은 거지."

르네는 빵 조각을 입에 물고 사내를 빤히 쳐다보았다. "그래요. 병이란 걸리기는 쉬워도 나으려면 시간이 걸려요" 하고 그가 마침내 입을 열었다. 메르소는 김이 서린 커피 주전자 유리에다가 손가락으로 자기 이름을 썼다. 그러면서 눈으로 윙크를 해 보였다. 그의 일상은 커피와 콜타르 냄새 속에서, 그 자신이나 그의 이해관계로부터 유리된 채, 그의 마음과 진실과도 무관한 채, 이 태평한 폐결핵 환자와 속에서 노래가 터져나오는 에마뉘엘 사이를 오락가락하고만 있었다. 다른 상황이었다면 그가 큰 관심을 가졌을 일들인데도 그것들을 일상적인 일로 겪고 지내다 보니 방에 돌아와 몸 속에서 타오르는 생명의 불꽃을 꺼버리려고 모든 힘과 주의를 쏟는 순간까지 그는 그에 대하여 늘 침묵을 지키고 있었다.

"이봐, 메르소, 자넨 배운 사람이니까" 하고 식당주인은 말하곤 했다.

"응, 알았다고. 그래봐야 소용없어."

"아니, 이 친구 오늘 아침따라 힘이 나는 모양이네."

메르소는 그저 미소를 지어 보였다. 그는 식당을 나와 길을 가로질러서 자기 방으로 올라갔다. 방은 말고깃간 위층에 있었다. 발코니에서 밑을 내려다보면 피냄새가 풍겼다. 거기엔 '인간이 거둔 가장 고귀한 승리'라는 간판이 보였다. 그는 침대에 누워 담배를 한 대 피우고는 잠이 들었다.

메르소는 어머니가 쓰던 방에서 살고 있었다. 그들은 오랫동안 방 세 칸짜리의 조그만 아파트에서 살았다. 어머니가 돌아가시자 메르소는 누이와 함께 사는 통장이 친구에게 방 두 개를 세주고 자신은 가장 좋은 방 하나만을 차지했다. 그의 어머니는 쉰여섯에 돌아가셨다. 어머니는 미녀였으므로 매력적으로 보이고, 잘 살 수 있으며, 남의 눈에 확 띄는 모습으로 지낼 수 있으리라고 믿었었다. 마흔 살 가량 되었을 무렵 그녀는 무서운 병에 걸렸다. 멋진 옷도 벗어던지고 화장도 포기해야만 했다. 환자복을 걸쳐 입은 채 얼굴에는 보기 흉한 물집이 생겨 추하게 되었다. 두 다리가 부어오르고 힘이 없어지는 바

1부 자연적인 죽음

람에 거의 발이 묶인 데다가 돌보지 않아 퇴색한 아파트 안에서 반은 장님이 되어 쩔쩔매며 더듬거리고 다녔다. 발병은 갑작스럽고 순식간에 일어난 일이었다. 당뇨병에 걸린 것을 대수롭지 않게 여기고 무심히 지내는 동안 더 악화되었던 것이다. 메르소는 그 때문에 중도에 공부를 그만두고 일을 해야 했다. 그는 어머니가 돌아가실 때까지는 계속해서 책을 읽고 사색하는 습관을 가졌다. 병자는 10년 동안 그런 생활을 건뎌냈다. 병고가 너무 오랫동안 계속되자 주위 사람들은 그녀의 병에 익숙해졌고 병세가 심각해져서 죽으리라는 생각을 잊게끔 되었다. 어느 날 그녀는 죽었다. 동네에서는 메르소를 동정했으며, 한편으로는 장례식에 대해 기대하는 바가 컸다. 사람들은 어머니에 대한 아들의 커다란 슬픔을 생각했다. 그들은 파트리스가 더욱 마음 아파할 것을 걱정해서 먼 친척들에게는 눈물을 흘리지 말도록 간청했고 그를 보호하고 성심껏 돌봐주도록 간곡히 부탁했다. 그는 가장 좋은 옷을 갖춰 입고, 손에는 모자를 든 채 장례 준비를 지켜보았다. 장의 행렬을 뒤따라 종교의식에 참석하고 한 줌의 흙을 뿌린 뒤 사람들과 악수를 하기도 했다. 딱 한 번, 의외라는 듯이 문상객들을 실어 나를 자동차가 겨우 몇 대 뿐이라는 것에 불만을 나타냈다. 그게 전부였다. 다음날 그의 아파트 창문에는 '전세 놓습니다'라는 팻말이 붙어 있었다. 이제 그는 어머니의 방에서 지내고 있었다. 전에 어머니 곁에서 지내던 가난한 생활에는 아늑한 구석이 있었다. 저녁에 다시 만나 석유 램프 아래서 말없이 저녁을 먹을 때면 그러한 단순함과 호젓함 속에서 남모르는 행복감을 느끼곤 했다. 그들 주위의 동네는 고요했다. 메르소는 피로한 듯한 어머니의 입을 바라보며 미소를 지었다. 어머니 역시 미소를 지었다. 그리고 메르소는 다시 식사를 계속했다. 램프에서 그을음이 조금 났다. 어머니는 오른팔만 뻗고 상체를 뒤로 젖힌 채 언제나처럼 지친 듯한 몸짓으로 불꽃을 조절했다. "더 안 먹어도 되겠지?" 잠시 후 어머니가 물었다. "예" 하고 대답한 다음 메르소는 담배를 피우거나 책을 읽었다. 어머니는 처음에는, "또 피우는구나!" 했고, 두 번째에는, "불 가까이 앉아라, 눈 버리겠다" 했다. 그런데 이젠 반대로 고독 속에서 맛보는 가난이 끔찍할 만큼 비참하게 여겨졌다. 슬픈 마음으로 돌아가신 어머니를 생각할 때면 사실상 불쌍하다는 생각이 가는 쪽은 자기 자신이었다. 그는 좀 더 안락한 집으로 이사갈 수도 있었을 것이다. 그런데도 그는 이 아파트와 이곳에서 풍기는 가난의 냄새에 애착을 느꼈다. 여기서는 적어도 과거의 자신과 접할 수 있었다. 의식적으로 다른 사람들의 눈에 띄지 않으려고 하는 그의 생활에서 그처럼 너저분하고 인내를 필요로 하는 대결은 슬픔과 회한 속에서도 자신에게로 되돌아오게 해주었다. 메르소는 어머니가 파란 연필로 자기 이름을 써둔, 가장자리가 너덜너덜한 회색 마분지를 문에 그대로 달아놓고 있었다. 또 면수자를 씌운 낡은 구리침대며 짧은 수염에 맑고 고요한 눈으로 내려다보는 할아버지의 초상화도 그대로 간직하고 있었다. 벽난로 위에는 양치는 목동들이 멈춰버린 낡은 괘종시계와 거의 불을 켜는 법이 없는 석유 램프를 둘러싸고 있었다. 움푹 패인 밀짚의자와 누렇게 된 거울 달린 장롱, 그리고 한쪽 귀퉁이가 망가진 화장대 등이 이루는 스산한 풍경은 그에게는 더 이상 존재하지 않는 것이나 다름이 없었다. 왜냐하면 습관이 된 나머지 거칠 데가 없었기 때문이다. 그는 아무런 불편을 느끼지 않고 그 어두컴컴한 아파트 안을 돌아다녔다. 다른 방으로 옮겼다면 또 새로 길이 들도록 노력을 하고 거기서도 또 씨름을 해야 했을 것이다. 바깥세계로 향하는 표면을 줄이고 모든 것이 소진될 때까지 잠이나 자고 싶었다. 그런 의도에는 바로 그 방이 쓸모가 있었다. 방의 한쪽은 길거리로 향해 있었고, 다른 쪽은 언제나 빨래가 널려 있는 테라스와 면하고 있었으며 테라스 너머로는 높은 벽에 둘러싸인 빽빽한 오렌지나무의 정원이었다. 여름밤이면 가끔 방에 불을 켜지 않은 채 어두운 테라스와 정원으로 난 창문을 열어놓았다. 어둠에서 어둠으로 오렌지 향기가 강렬하게 솟아올라와서는 가벼운 목도리처럼 그를 에워쌌다. 그럴 때면 여름밤 내내 방과 그 자신은 야릇하고도 짙은 향기에 젖어들었는데 마치 긴긴 낮 동안에는 죽어 있다가 처음으로 삶을 향한 창문을 열어보는 것만 같았다.

그는 여전히 졸음이 가득한 입으로 하품을 하며 땀에 젖

행복한 죽음

은 채 잠에서 깨어났다. 너무 늦게까지 잤다. 머리를 빗고 급히 내려가서 전차에 뛰어올랐다. 2시 5분에 사무실로 들어섰다. 그는 커다란 방에서 일하고 있었는데 사면의 벽에는 서류가 가득 들어찬 414개의 파일함들이 붙어 있었다. 사무실은 더럽거나 지저분하지는 않았으나 하루 종일 죽은 시간들이 썩어 있을 듯한 유골 안치소를 연상시켰다. 메르소는 선하증권船荷證券을 검사하고, 영국 선박의 생활 필수품 명세서를 번역하는 일을 했다. 그리고 3시에서 4시 사이에는 짐을 부치러 오는 고객들을 맞았다. 그는 사실상 자기 일도 아닌 일을 자청했다. 처음에는 그 일에서 삶을 향한 하나의 출구를 발견했었다. 거기에는 생기 찬 얼굴들, 단골손님들, 또 그의 가슴을 뛰게 하는 숨결과 통로가 있었다. 그렇게 하여 그는 세 명의 타이피스트와 사무장 랑글루아 씨의 얼굴을 안 볼 수 있었다.[11] 타이피스트 중 하나는 결혼한 지 얼마 안 된 꽤 예쁘게 생긴 여자였다. 또 하나는 자기 어머니와 살고 있었고, 세 번째는 정력적이고 점잖은 늙은 부인으로 메르소는 그 여자의 화려한 어투와 랑글루아의 표현처럼 '자신의 불행'을 떠벌리지 않는 태도가 마음에 들었다. 랑글루아는 곧잘 그녀와 한판 입씨름을 벌이곤 했는데 언제나 늙은 에르비용 부인 쪽이 우세했다. 랑글루아는 땀이 나서 바지가 궁둥이에 달라붙고, 지배인 앞에 가거나 간혹 전화를 받다가 변호사나 귀족 칭호가 붙은 작자[12]의 이름만 들어도 정신을 못 차리고 쩔쩔맸기 때문에 그 여자는 그를

1부 자연적인 죽음

경멸했다. 그 가엾은 남자는 늙은 부인의 마음을 달래어 은총을 얻어보려고 애썼으나 번번이 허사였다. 그날 저녁 그는 사무실 한복판에서, "에르비용 부인, 제가 부인의 마음에 들지요. 그렇지 않습니까?" 하며 몸을 좌우로 흔들어대고 있었다.[13] 메르소는 '채소류' 항목을 번역하기도 하고[14] 머리 위에 달려 있는 둥근 전등과 초록색 주름진 마분지 전등갓을 물끄러미 바라보기도 했다. 맞은편에는 '뉴펀들랜드의 순례제'를 그린 원색의 캘린더가 걸려 있었다. 가늘고 긴 종이묶음과 압지와 잉크, 그리고 자가 테이블 위에 가지런히 놓여 있었다. 창문 너머에는 노르웨이에서 노랗고 하얀 화물선으로 실어온 산더미 같은 목재가 쌓여 있었다. 그는 귀를 기울여보았다. 벽 저 너머에서는 바다와 항구에서 생명이 둔중하고 깊은 소리로 고동치면서 숨쉬고 있었다. 그에게서 그토록 멀고 그토록 가까운 곳에서… 6시를 알리는 종소리가 그를 해방시켜주었다. 토요일이었다.

집에 돌아오자 메르소는 자리에 누워 저녁 먹을 때가 될 때까지 잤다. 그리고 계란 프라이를 해서는 접시에 옮겨 담지도 않은 채 그냥(사오는 것을 잊어버린 탓에 빵도 없이) 먹고는 곧바로 다시 드러누워 이튿날 아침까지 잠을 잤다. 점심시간 조금 전에 깨어나서 세수를 하고 식사하러 내려갔다. 다시 올라와서 글자 맞추기 놀이를 두어 가지 해보고는 크뤼센 소금 광고를 조심스럽게 오려내어, 계단의 층층대를 내려오는 광대 노인들의 사진으로 채워진 노트에 붙였다.[15] 이 일이 끝나자 그는 손을 씻고 발코니로 가서 앉았다. 아름다운 오후였다.[16] 그러나 길바닥은 축축하게 물에 젖어 번들거렸고 행인은 드물었으며 그나마 바쁜 걸음들이었다. 그는 지나는 사람마다 열심히 눈으로 좇다가 마침내 시야에서 사라지면 포기하고 또 새로운 사람에게 시선을 돌리곤 했다. 처음엔 가족끼리 산보 가는 사람들이었다. 무릎 밑까지 내려오는 바지에 세일러복 차림의 두 어린 소년은 뻣뻣한 새옷을 입어 몸이 불편해 보였고 어린 소녀는 핑크색의 커다란 리본을 달고 검은 에나멜 구두를 신고 있었다. 그들 뒤에는 밤색 비단 드레스를 입고,[17] 꼭 보아구렁이에게 몸이 친친 감긴 듯한 괴물 같은 어머니와 손에 단장을 든 점잖은 아버지가 뒤따랐다. 잠시 후에는 동네 젊은이들 한 패거리가 지나갔는데 기름 바른 머리와 빨간 넥타이, 수놓은 주머니가 달리고 몸에 꼭 끼는 저고리와 끝이 뭉툭한 구두 차림이었다. 그들은 시내 중심가로 영화구경을 가는 길이어서 큰 소리로 시시덕거리며 전차가 있는 쪽으로 바삐 걸어갔다. 그들이 지나가자 거리는 거의 텅 비어버렸다. 곳곳에서 구경거리들이 모두 시작된 모양이었다. 이제 동네는 가게 상인과 고양이들 차지였다. 골목길 양쪽에 늘어선 무화과나무 위의 하늘은 맑았지만 광채가 없었다. 메르소의 맞은편에는 담뱃가게 주인이 문간에 의자를 꺼내놓고 걸터앉아 두 팔을 의자 등에 얹은 채 몸을 기댔다. 조금 전까지만 해도 터져

나갈 듯이 가득 찼던 전차가 지금은 거의 텅 빈 채로 지나다녔다. 조그마한 카페 '셰 피에로'에서는 종업원이 텅 빈 홀에 뿌린 톱밥을 쓸어내고 있었다. 메르소는 담뱃가게 주인처럼 의자를 반대로 돌려 놓고는 담배 두 대를 연거푸 피웠다. 그러고는 다시 방으로 들어가 초콜릿 한 조각을 떼어 들고 창가로 돌아와 먹었다. 잠시 후에 하늘이 어두워지더니 금세 개었다. 그런데도 구름이 지나가면서 한 줄기 비가 쏟아질 듯 거리는 더욱 침침해졌다. 5시가 되자 전차들이 요란한 소리를 내며 도착했다. 교외 경기장에서 구경을 끝낸 사람들을 잔뜩 태우고 온 전차에는 발판이며 난간에까지 사람들이 빽빽이 올라타 있었다. 그다음 전차가 태우고 온 승객들은 모두 작은 백을 들고 있는 것으로 보아 선수들이라는 것을 알 수 있었다. 그들은 자기네 팀이 불사조라고 목청이 찢어지도록 고함치고 노래를 불렀다. 몇몇 선수들이 메르소에게 손짓을 해 보였다. 한 선수가 "우리가 이겼어요" 하고 소리치자 메르소는 고개를 끄덕이면서 "그래" 하고 대답했다. 그러는 사이에 어느덧 길을 오가는 자동차가 훨씬 불어났다. 몇몇 자동차들은 양옆과 범퍼에 꽃을 잔뜩 꽂고 있었다. 이윽고 해가 조금 더 기울었다. 기와지붕 위의 하늘이 불그레하게 물들어갔다. 저녁이 되면서 거리는 활기를 되찾았다. 산보객들이 돌아오고 있었다. 어린애들은 지쳐 울거나 질질 끌려가고 있었다. 그때 동네의 극장에서 구경꾼들이 한꺼번에 쏟아져 나왔다. 메르소는 극장에서 나오는 젊은이들의 결연하고 보란 듯한 몸짓으로 미루어 그들이 액션 영화를 봤다는 사실을 무의식중에 나타내는 것임을 알 수 있었다. 시내의 영화관에서 돌아오는 사람들은 좀 더 나중에 왔다. 그들의 표정은 보다 심각해 보였다. 웃어대고 야단스럽게 익살을 부리는 사이사이에 그들의 눈이나 몸가짐에는 영화가 보여주었던 화려한 스타일의 삶에 대한 선망 같은 것이 역력히 드러나곤 했다. 그들은 돌아가지 않고 길거리에 남아 왔다갔다했다. 메르소의 맞은편 인도에는 마침내 두 패의 무리가 이루어졌다. 동네 처녀들이 모자도 쓰지 않은 채 서로 팔짱을 낀 모습으로 한 무리를 이루고 있었다. 그 옆에서는 젊은 청년들이 그녀들에게 농담을 던졌고 처녀들은 고개를 돌리면서 웃어댔다. 점잖은 표정의 사람들은 카페로 들어가거나 아니면 보도 위에서 무리를 짓고 있었는데[18] 왕래하는 사람들의 물결이 마치 섬처럼 그들을 비켜 지나갔다. 거리에는 이제 불이 켜졌고 어둠 속에 뜨는 첫 번째 별이 가로등 불빛 때문에 흐릿해졌다. 메르소의 발 아래로는 사람과 불빛이 가득한 포도가 펼쳐져 있었다. 가로등 불빛을 받아 습기를 머금은 길바닥이 번들거렸고[19] 일정한 간격을 두고 지나가는 전차가 사람들의 반짝이는 머리칼이나 축축한 입술, 어떤 미소 또는 어느 은팔찌에 그 그림자를 던지곤 했다. 얼마 후 전차가 드물어지고 나무와 가로등 불빛 위로 밤의 어둠이 덮이자 거리엔 어느새 정적이 찾아들었고 첫 번째 고양이가 다시 한적해진 거리를 천천

히 가로질러 갔다. 메르소는 저녁식사 생각이 났다. 오랫동안
의자 등받이에 기대고 앉아 있었기 때문에 목이 좀 아팠다. 그
는 아래로 내려가 빵과 국수를 사와서[20] 요리를 만들어 먹었
다. 다시 창가로 갔다. 사람들이 거리로 나오고 있었고 공기는
서늘해졌다. 오싹한 느낌이 들어 유리문을 닫고 나서[21] 벽난로
위에 걸린 거울 쪽으로 다가갔다. 마르트가 찾아오거나 그녀
와 함께 외출하는 저녁, 혹은 튀니스에 있는 여자 친구들에게
편지 쓰는 것을 제외하고는, 그의 인생은 송두리째 저 때가 잔
뜩 낀 알코올 램프와 빵 조각이 나란히 놓인 방의 거울에 비친
조망 속에 담겨 있었다.

"또 일요일 하루가 지나갔군" 하고 메르소가 말했다.

# 3

메르소가 저녁에 거리를 거닐면서 마르트의 얼굴에 빛과 그
림자가 고르게 아롱지는 것을 자랑스럽게 바라볼 때면 만사가
놀라우리만큼 쉽게 보였고 힘과 용기도 저절로 샘솟는 것 같
았다. 가장 순수한 도취감인 양 그녀가 매일같이 그에게 쏟아
붓는 그 아름다움을 그의 옆에서[1] 만인이 보는 가운데 과시하
는 것이 고맙기만 했다. 만약 마르트가 보잘것없는 여자였다
면 그건 뭇 남자들의 욕정에서 행복을 느끼는 그녀를 보는 것
못지않게 그를 괴롭게 했을 것이다. 그날 저녁 영화가 시작되
기 조금 전에 거의 만원이 된 영화관으로 그녀와 함께 들어서
자니 기분이 흐뭇했다. 활짝 핀 얼굴에 미소를 머금고 압도하
는 듯한 아름다움을 과시하며 그녀가 앞장서 걸어 들어가자
주위의 감탄어린 시선이 그녀에게 집중되었다. 중절모자를 손
에 쥔 메르소는 자신의 우아함을 마음속으로 의식하는 데서

오는 듯한 초자연적인 여유를 느꼈다. 그는 아득하면서도 엄숙한 표정을 지었다. 과장될 정도로 예의[2]를 지키면서 안내양이 지나갈 때는 비켜서줬고 마르트가 자리에 앉으려 하면 의자를 젖혀주기도 했다. 이러한 그의 행동은 다른 사람에게 보이기 위한 것이 아니라, 그의 가슴을 부풀게 하고 모든 사람에 대한 사랑으로 그의 가슴을 가득 채워주는 감사의 마음에서 우러나온 것이었다. 안내양에게 지나치게 많은 팁을 주는 것 역시 자신의 기쁨에 대한 대가를 어떻게 지불해야 할지 몰랐기 때문이고, 눈길을 쓰다듬으며 향유처럼 빛나는 미소를 짓는 아름다움의 여신에 대한 찬미를 그러한 일상적인 제스처로서 표현하는 것일 뿐이었다. 그가 사방이 거울로 둘러싸인 휴게실을 거닐 때 자신의 검고 긴 그림자가 밝은 빛깔의 야회복을 입은 마르트의 미소와 함께 실내를 우아하고도 감동적인 이미지들로 가득 채우면서 벽의 거울에 비쳐지는 것은 바로 자신의 행복한 얼굴이었다. 분명 그는 담배를 물고 전율하는 입술, 약간 패인 두 눈의 민감하고 뜨거운 빛과 더불어 그렇게 비치는 자신의 얼굴을 사랑하고 있었다. 사실, 한 인간의 아름다움이란 내면적이고 실제적인 진실을 나타내 보여주는 것이 아니겠는가. 그의 얼굴에는 그가 무엇을 할 수 있는지 그 능력이 나타나 있었다. 여자의 얼굴이 지닌 저 찬란한 무용성에 비긴다면 그게 다 무엇이란 말인가.[3] 자신의 허영심을 즐기면서 속에 감춰진 유혹의 마귀에게 미소 짓고 있는 메르소는 그 점

행복한 죽음

을 잘 알고 있었다.

관람석으로 들어가면서, 그는 담배나 피우면서 막간에 나오는 경음악이나 듣는 편이 낫다고 느끼기에 혼자일 때는 절대로 막간에 밖으로 나가지 않는다는 생각을 했다. 그런데 그날 저녁에는 쇼가 계속되었다. 쇼를 연장하거나 다시 하는 기회라면 뭐든 다 좋았다. 그들이 자리에 앉으려는 순간 마르트가 몇 줄 뒤에 앉은 남자에게 인사를 보냈다. 메르소도 따라 인사를 했는데 그 사내가 입가에 가벼운 조소를 띠는 것을 본 것 같았다. 그는 자리에 앉을 때 마르트가 뭔가 이야기하려고 자신의 어깨에 손을 얹는 것을 알아차리지 못했다. 조금 전만 해도 그녀가 인정하는 터인 그 위력의 새로운 증거로서 그녀의 그러한 제스처를 기꺼이 받아들였을 터인데도 말이다.

"그 사람 누구야?" 하고 그가 물었다. 마르트가 아주 자연스럽게, "누구?" 하고 나오리라고 기대하면서.

"아까 그 사람 말야…."

"아…." 말하다 말고 마르트는 말을 끊었다.

"그게 누구냐고?"

"꼭 알아야겠어?"

"아니" 하고 메르소가 말했다.[4]

그는 약간 고개를 돌려 보았다. 얼굴에는 아무런 내색을 하지 않은 채 그 사내는 마르트의 목덜미를 바라보고 있었다. 꽤 잘생긴 얼굴이었다. 입술이 매우 붉고 아름다웠다. 그러나 눈

1부 자연적인 죽음

은 표정 없이 불룩 튀어나와 있었다. 메르소는 관자놀이로 피가 역류해오는 것을[5] 느꼈다. 어두워진 그의 눈앞에서는 몇 시간 동안 지낸 이 꿈 같은 세계의 빛나는 색깔들이 갑자기 시커먼 그을음으로 더럽혀진 것 같아 보였다.[6] 그녀가 말하는 것을 들어봐야 뻔할 것 아닌가. 그는 확신했다. 저 사내는 분명히 마르트와 동침한 것이다. 저 사내가 지금 속으로 무슨 생각을 하고 있을 것인가를 상상하자 미칠 것 같은 감정이 왈칵 끓어올랐다. 그는 자기 자신도 '어디 한번 으스대보시지' 하고 생각했던 터이라 사내의 생각을 잘 알 수 있었다. 그 사내가 바로 이 순간에 마르트의 정확한 몸짓이라든가 격정이 극에 달하는 순간이면 그녀가 팔로 자기의 눈을 가리는 버릇을 눈에 선한 듯이 그려보리라는 것과, 또 여자의 눈에서 어두운 욕정이 소용돌이쳐 일어나는 것을 보기 위해 그 녀석도 그녀의 팔을 치우려고 애를 썼으리라는 데에 생각이 미치자 메르소는 모든 것이 한꺼번에 무너져내리는 것을 느꼈다. 영화 후반부의 시작종이 울리는 동안 지그시 감은 그의 두 눈에서 분노의 눈물이 차올랐다. 그는 마르트를 잊고 있었다. 그녀는 이전까지 그에게 기쁨의 구실일 뿐이었지만 이제는 살아 있는 분노의 대상이었다.

메르소가 오랫동안 눈을 감고 있다가 다시 눈을 뜨자 스크린이 눈에 들어왔다. 자동차가 전복되면서 오케스트라의 효과음이 멎고 고요한 가운데 오직 바퀴 하나만이 계속해서 천천히 돌아가고 있는 장면이었다. 바퀴는 고집스럽게 회전하면서 메르소의 사나운 마음속에서 생긴 수치와 모욕감을 함께 이끌고 돌았다. 그러나 꼭 다짐해보고 싶은 마음에 체면도 잊고 말았다.

"마르트, 그 사람 너의 애인이었지?"

"그래. 하지만 지금은 영화 보고 있잖아."[7]

이날부터 메르소는 마르트에게 열을 내기 시작했다. 그녀를 처음 안 것은 몇 달 전이었다. 그는 그녀의 아름다움과 우아함에 홀려버렸다. 약간 넓지만 균형 잡힌 얼굴에 금빛 눈과 입술의 화장이 너무나도 완벽하여 차라리 얼굴에 색칠을 한 여신 같아 보였다. 그녀의 두 눈에서 빛나는 타고난 백치미로 해서 아득하고 무표정한 인상이 한결 돋보였다. 지금까지 메르소는 유혹하는 첫 행동으로 어떤 여자와 관계를 맺을 때마다 사랑과 욕정이 똑같은 방법으로 표현될 수밖에 없다는 불길한 생각 때문에 여자를 자기 가슴에 품어보기도 전에 이별을 먼저 생각했다. 그러나 마르트는 메르소가 자기 자신으로부터, 그리고 모든 것으로부터 해방되고 있는 순간에 다가온 여자였다. 자유와 독립에 대한 집착은 아직 희망을 안고 사는 사람에게만 가능한 것이다. 당시 메르소에게는 중요한 것이 아무것도 없었다. 마르트가 처음으로 그의 팔에 안겨들었을 때, 너무 가까이 있어서 오히려 희미하게 보이는 윤곽 속에서 그때까지는 조화造花처럼 미동도 않던 입술이 갑자기 생기를 띠면서 자신을 향해 다가오는 것을 본 순간, 그는 그녀를 통해서 자신의 미래를 본 것이 아니라 자신의 모든 욕망하는 힘이 송두리째 그녀 안에 고착되면서 그녀의 외모로 가득 채워짐을 실감했다. 그에게 내민 입술은 열정이란 없고 다만 메르소의 가슴을 만족시켜줄 욕정으로 부풀어오른 세계의 메시지 같았다. 그것을 그는 기적인 양 느꼈다. 그의 가슴에 방망이질치는 어떤 감정을 그는 하마터면 사랑이라고 생각할 뻔했다. 풍만하고 탄력 있는 육체를 이빨에 느꼈을 때, 그가 입술로 오랫동안 애무하고 미친 듯이 깨물었던 것은 일종의 야성적인 자유의 맛이었다. 그녀는 그날로 그의 애인이 되었다. 얼마 후 그들이 사랑을 통해서 느낀 일체감은 완벽했다. 그렇지만 그녀를 점점 더 잘 알게 되자 그가 그녀에게서 찾아볼 수 있었던 그 기이함의 직감은 차츰 사라져갔다. 아직도 그는 그녀의 입술을 내려다보며 그 감각을 되살려보려고 애를 썼다. 그랬기 때문에 메르소가 어느 날 만원을 이룬 전차에서 그녀의 입술을 요구했을 때 말수가 적고 냉담한 그의 모습만 보아온 그녀로서는 영문을 알 수가 없었다. 그녀는 얼떨결에 입술을 내밀었다. 그러자 그는 마치 사랑하는 애인에게처럼 처음엔 입술로 애무하다가 나중에는 천천히 입술을 깨물었다. 그 후 그녀는 "왜 그랬어?" 하고 물었다. 그는 그녀가 좋아하는 미소를 지었다. 대답을 대신하는 짤막한 미소였다. 그리고 "교양 없이 굴어보고 싶어서" 하더니 곧 입을 다물어버렸다. 그녀는 파트리스의 말투를 알아듣지 못했다. 격정의 순간이 끝난 뒤 힘이 쫙 빠지며 전신이 나른해지고 가슴속이 느긋해지면서 오직 상냥한 개에게나 쏟는 그런 부드러운 애정이 가득해지는 때면 메르소는 그녀에게 미소를 지으면서, "겉모습이여, 안녕!" 하곤 했다.

마르트는 타이피스트였다. 그녀는 메르소를 사랑하는 것이 아니라 그녀의 호기심을 자극하고 또 치켜주는 바람에 그에게 점점 마음이 끌렸던 것이다. 메르소가 그녀에게 소개해준 에마뉘엘이, "메르소 저 친구, 좋은 녀석이죠. 속에 뭔가 들어 있어요. 그러나 속에만 담고 있는 거예요. 그래서 잘못 이해하기 쉽지요"라고 그녀에게 말한 다음부터 그를 볼 때마다 궁금증이 일었다. 침대에서는 너무도 그녀를 황홀하게 해주어 더 바랄 것이 없었다. 아무것도 요구하지 않을 뿐더러 찾아오기만 하면 아무런 요구도 없이 받아들이는, 말없이 조용하기만 한 그 애인에게서 만족을 느낄 뿐이었다. 다만 조그만 빈틈도 보이지 않는 그 사내 앞에서 그녀는 좀 거북한 기분이 들기도 했다.

그러나 이날 저녁 영화관을 나서면서 그녀는 뭔가 메르소의 마음을 언짢게 하는 일이 있었다는 것을 느꼈다. 그녀는 저녁 내내 말 한 마디 하지 않은 채 그의 방에서 잤다. 메르소는 밤새 그녀를 건드리지도 않았다. 이때부터 마르트는 자신의 유리한 입장을 이용했다. 그녀는 이미 그에게 애인이 많다고 고백했었다. 필요한 증거도 대주었다.

다음날 그녀는 여느 때와는 달리 일을 마치고 그의 집으로 찾아갔다. 메르소가 자고 있는 것을 보자 그녀는 그를 깨우지 않고 구리침대 발치에 가 앉았다. 그는 속옷바람이었다. 걷어 올린 소매 밑으로 근육이 솟은 갈색 팔뚝 아래 하얀 살이 드러나 보였다. 가슴과 배가 동시에 규칙적으로 숨을 쉬고 있었다. 양미간의 두 주름 때문에 그녀가 평소에 익히 알고 있는 그의 힘과 고집스러움의 표정이 잘 드러났다. 짙은 갈색 이마 위에 늘어진 곱슬머리 사이로 파란 정맥이 부풀어 있었다. 넓은 어깨를 편안하게 맡기고 양팔은 길게 늘인 채 한쪽 다리를 반쯤 구부리고 누워 있는 그의 모습은, 잠든 상태로 다른 세상에 던져진 고독하고 고집센 신神 같았다. 잠에 취해 부푼 탐스런 입술을 보자 그에 대한 욕정이 솟아났다. 그 순간 그가 지그시 눈을 떴다가 다시 감으면서, "잠자는 것을 들여다보는 건 싫어" 하고 말했지만 화가 난 어조는 아니었다.

그녀는 와락 그를 끌어안고 키스했다. 그는 그저 가만히 있었다.

"오, 여보, 또 무슨 변덕이야?"

"여보라고 부르지 마, 제발. 그러지 말라고 했잖아."[8]

그녀는 몸을 바싹 붙이고 누워서 그의 옆모습을 바라보았다.

"당신 그런 모습은 꼭 누굴 닮은 것 같아."

그는 바지를 추켜올리고 나서 그녀에게 등을 돌렸다. 간혹 극장이나 모르는 사람들 집에 갔을 때 마르트는 메르소의 몸가짐이나 독특한 버릇을 잘 알아보았다. 사실 그런 점에서 그는 자신이 그녀에게 끼치는 어떤 영향력을 확인하게 되었지만 전에는 마음을 흐뭇하게 하던 그런 버릇이 오늘은 성가시게 느껴졌다. 그녀는 그의 등에 꼭 달라붙어서 잠잘 때 발산하는 그의 모든 체온을 배와 젖가슴으로 받아들였다. 빠른 속도로 저녁이 되어 방은 어둠에 잠겨가고 있었다. 아파트 저 안쪽에서는 매맞고 우는 어린아이의 울음소리, 고양이 소리, 문을 여닫는 소리가 들려왔다. 거리의 가로등이 발코니를 환히 비춰주었다. 전차가 드문드문 지나갔다. 그러고 나자 동네에서 아니스 술 냄새와 고기 굽는 냄새가 방안으로 물씬 풍겨왔다.

마르트는 졸음이 밀려드는 것을 느꼈다.

"당신 화난 것 같아. 이미 어제부터… 그래서 내가 찾아온 거라구. 왜 말이 없어?" 그녀는 그를 흔들었다. 메르소는 미동도 하지 않은 채 짙어진 어둠 속에서 화장대 아래에 벗어놓은 신발의 곡선이 반짝이는 것을 응시하고 있었다.

"어제 그 사람 말야, 사실은 말이지, 내가 너무 과장해서 말한 거라구. 그 사람 내 애인은 아니었어" 하고 마르트가 말했다.

"아니라고?"

"말하자면, 꼭 그런 건 아니었단 말야."

메르소는 아무 말도 하지 않았다. 어제 그 사내의 몸짓이며 미소가 선히 보였다. 그는 이를 꽉 물었다. 그러고는 자리에서 일어나 창문을 열고 다시 침대에 와 앉았다. 그녀는 몸을 웅크리고 그에게 기대면서 셔츠 단추 사이로 손을 집어넣어 가슴을 애무했다.

"애인이 몇이나 돼?" 하고 그가 말했다.

"귀찮게 굴지 마."

메르소는 입을 다물었다.

"한 열 명쯤." 그녀가 말했다.

메르소는 졸리면 언제나 담배가 피우고 싶어졌다.

"내가 아는 사람들이야?" 그는 담배를 꺼내면서 물었다. 그의 눈에는 마르트의 얼굴 대신에 하얀 윤곽만이 보였다. '사랑할 때 이러는 건데' 하고 그는 생각했다.

"응, 몇 명은. 이 동네에 살아."

그녀는 그의 어깨에 머리를 문지르며 소녀 같은 목소리로 말했다. 언제나 메르소를 녹여버리는 목소리였다.

"똑똑히 들어" 하고 그가 담뱃불을 붙이며 말했다.

"내 기분 알겠지. 그들의 이름을 말해줘야겠어. 그리고 다른 사람들은, 내가 모르는 사람들 말야, 그들과 마주치게 되면 누군지 꼭 말해줘야 돼."

마르트는 뒤로 몸을 젖히고는, "그건 안 돼"라고 했다.

창문 아래서 자동차의 경적이 요란스럽게 울렸다. 한 번 더, 그리고 길게 두 번. 전차 종소리가 한밤중의 어둠 속에서 울려왔다. 대리석 화장대 위에 놓인 자명종이 차갑게 똑딱거리고 있었다. 메르소는 힘들게 말했다.

"내가 내 성미를 알기 때문에 묻는 거야. 내가 모르고 있으면 만나는 사람마다 의심하게 된단 말야. 자꾸만 의문이 생기고 공연한 상상을 하게 돼. 그래, 난 지나치게 상상하는 버릇이 있어. 이해할 수 있을는지 모르겠지만."

그녀는 잘 이해할 수 있었다. 그래서 여러 사람의 이름을 말했다. 한 사람만이 메르소가 모르는 사람이었다. 마지막으로 댄 사람은 그도 잘 아는 젊은이였다. 메르소가 마음에 걸려 하는 사람이 바로 그였다. 미남에다 여자들이 잘 따르는 남자라는 것을 그도 잘 알고 있었다. 여자와 관계할 때 놀라운 점은, 알지도 못하는 남자의 몸을 대하면서도 처음부터 여자가 그 놀라운 친밀함에 순순히 응하면서 자신의 배 위에 낯선 배를 받아들인다는 점이었다. 그런 식으로 모른 채 몸을 내맡기면서 아찔아찔한 맛을 즐기는 태도에서 그는 추잡하고도 열광케 하는 격정의 힘을 깨닫게 되었다. 그가 마르트와 그녀의 정부 사이에 있었을 것이라고 상상해보는 것도 그런 유의 친밀감이었다. 그때 그녀는 침대 가에 앉은 채 오른쪽 넓적다리에 왼쪽 발을 올려놓고 한쪽 신발을, 그리고 또 한쪽 신발을 벗어 떨어뜨렸다. 한짝은 방바닥에 옆으로 눕고 또 한짝은 우뚝 섰다. 메르소는 목이 조여드는 것 같은 기분이었다. 뭔가 뱃속에서 후비는 것 같았다.

"르네하고 할 때도 이런 식으로 했어?" 그는 미소를 띠면서 말했다.

마르트가 눈을 들었다.

"또 무슨 생각을 하고 있는 거야? 그 사람과는 딱 한 번뿐이 었어."

"아, 그래" 하고 메르소가 말했다.

"게다가 난 신발을 벗지도 않은 채였어."

메르소는 벌떡 일어났다. 이와 비슷한 침대에, 무엇이든 달 라는 대로 순순히 다 내줄 듯이 벌렁 누워 있는 그녀를 눈으 로 보는 듯했다. "닥쳐!" 하고 소리치고 나서 그는 창가로 걸어 갔다.

"오, 여보!" 마르트는 양말만 걸친 발을 방바닥에 내려놓은 채 침대에 앉아서 말했다.

메르소는 가로등 불빛이 레일 위에 반사되어 빛나는 것을 바라보며 마음을 가라앉혔다. 마르트를 그처럼 가까이 느껴본 적은 한 번도 없었다. 동시에 그가 그녀에게 좀 더 자기 자신을 내보였다는 것을 깨닫자 눈에서 자랑스러움의 불꽃이 빛났다. 그녀 곁으로 되돌아가서 꼬부린 검지와 엄지손가락으로 귀밑 목덜미의 따뜻한 살을 꼬집어 쥐고 미소를 지었다.

"그럼, 그 자그뢰스는 누구야? 내가 모르는 사람은 그 사람 뿐인데."

"아, 그 사람? 그 사람은 지금도 만나." 마르트는 웃으면서 말했다.

메르소는 손가락으로 살을 꼭 꼬집었다.

"내 첫 상대였단 말야. 어릴 때였어.[9] 그 사람은 좀 더 나이

행복한 죽음

가 들었었고. 지금은 두 다리가 잘려나간 채 혼자 살아. 그래서 가끔 보러 가는 거야. 좋은 사람이야. 아는 것도 많고. 언제나 책을 읽고 있어. 옛날에는 무척 쾌활한 대학생이었지. 괜찮은 사내였지 뭐. 게다가 그이도 당신같이 말하곤 했어. '어서와, 겉모습아' 하고 말야."

메르소는 생각에 잠겼다. 그녀를 잡았던 손을 놓아주었다. 그러자 그녀는 눈을 감은 채 침대 위에 벌렁 누웠다. 잠시 후 그는 그녀 곁으로 가 앉아서 반쯤 벌린 입술 위에 얼굴을 갖다대고는 동물적인 여신의 표적을 찾으면서 떳떳지 못한 괴로움을 잊어보려고 애를 썼다. 그러나 그 정도에서 그치고 그녀의 입술에서 떨어져 나왔다.

마르트를 다시 바래다주러 나올 때 그녀는 자그뢰스에 대한 얘기를 했다. "그 사람한테 당신 이야기를 했어. 내 애인은 아주 미남이고 힘도 세다고 말야. 그랬더니 그이가 당신을 만나보고 싶댔어. 그이 말로는 '아름다운 신체를 보면 막혔던 숨통이 트인다'는 거야."

"복잡한 친구가 또 하나 있군 그래" 하고 메르소가 말했다.

마르트는 그를 즐겁게 해주고 싶었다. 그래서 궁리해온 질투 장면을 한번 연출해볼 기회라고 생각했다.

"그래도 당신 여자친구들보다는 덜 복잡할걸."

"무슨 친구?" 솔직히 뜻밖이라는 듯이 메르소가 물었다.

"암당나귀 같은 친구들 있잖아?"

그 암당나귀 같은 친구들이란 클레르와 로즈였다.[10] 메르소가 전부터 사귀어온 튀니스[11]의 여대생들로 그가 유일하게 편지를 주고받는 사이였다. 그는 빙그레 웃으며 마르트의 목덜미를 팔로 끌어안았다. 그들은 오랫동안 함께 걸었다. 마르트는 연병장 가까이 살고 있었다. 길다랗게 뻗은 길가에 늘어선 건물의 이층은 창문마다 불빛이 빛나고 있었고, 아래층 가게들은 모두 닫혀 있어서 어둡고 음산했다.

"그런데 말이지, 너, 걔네를 사랑하는 건 아니지? 그 암탕나귀 같은 애들 말야, 응?"

"그럼, 아니지" 하고 메르소가 말했다.

그들이 걸어가는 동안 그녀의 목덜미에 얹은 메르소의 손이 머리털 속의 열기로 따뜻해졌다.

"너, 날 사랑하는 거지" 하고 마르트가 뜬금없이 물었다.

메르소는 갑자기 얼굴을 펴며 껄껄 웃었다.

"야, 이거 심각한 질문인걸."

"대답해봐."

"아니 우리 나이 땐 사랑 같은 건 하는 게 아니잖아. 생각해보라구. 그저 마음에 드는 것뿐이지 뭐. 사랑 같은 건 나중에 늙어서 힘이 빠졌을 때 하는 거라구. 우리 나이 땐 사랑한다고 착각을 하는 것뿐이야."

마르트가 슬픈 표정을 지었다. 그러나 메르소가 그녀를 포옹해주었다. "여보, 잘 가" 하고 마르트가 말했다. 메르소는 어두운 거리를 지나 돌아왔다. 그는 바삐 걸었다. 걸음을 옮길 때마다 바지의 반드러운 천이 허벅지의 근육에 닿는 것을 느끼면서 그는 언뜻 자그뢰스와 잘려진 그의 두 다리를 생각했다. 그를 알고 싶었다. 마르트에게 그를 소개시켜달라고 하기로 마음먹었다.

처음 자그뢰스를 만났을 때 메르소는 몹시 기분이 언짢았다.[12] 그러나 자그뢰스는 한 여자의 두 애인이 여자가 있는 앞에서 서로 만난다는 것이 가져다주는 상상의 거북살스런 기분을 덜어보려고 애를 썼다. 그런 뜻에서 그는 마르트를 '착한 아가씨'라면서 껄껄댔고 메르소도 같은 태도로 나오도록 유도했다. 그래도 메르소는 기분이 바뀌지 않았다. 자그뢰스가 없는 곳에 단둘이 있게 되자마자 곧 그는 마르트에게 노골적으로 말했다.

"난 반토막짜리들은 좋아하지 않아. 거북살스러워서 원. 생각이 꽉 막혀버린단 말야. 게다가 잘난 척까지 하는 반토막짜린 더 싫어."

"야 너, 누가 들으면 어쩌려고…." 무슨 소린지 알아차리지 못한 마르트가 말했다.

그 후, 처음엔 언짢기만 했던 자그뢰스의 그 쾌활한 웃음이 점점 메르소의 관심과 흥미를 끌었다. 그래서 자그뢰스에 대한 판단을 지배하던 그 숨기기 힘든 질투심도 그를 만나면서부터 사라져버렸다. 마르트가 순진한 마음으로 자그뢰스와 사

1부 자연적인 죽음

귀던 시절 이야기를 들려줄 때면 그는 이렇게 충고하는 것이었다.

"공연히 애쓸 것 없어. 내가 다리도 없는 그런 한심한 자에게 질투할 것 같아? 자그뢰스와의 관계를 상상해본다 해도 네 위에 올라탄 커다란 벌레라는 생각밖에 안 들어. 알아들었지. 우습기만 하다 이거야. 공연스레 열낼 것 없다구, 예쁜이야."

그 후 그는 혼자 자그뢰스를 찾아갔다. 자그뢰스는 말을 빨리, 그리고 많이 하며 웃어대다가 입을 다물어버리곤 했다. 자그뢰스는 책들이며 모로코산産 구리 제품, 그리고 난롯불과 책상 위에 놓인 크메르 불상의 은근한 얼굴에 어른거리는 불빛 가운데 자리잡고 있었는데 메르소는 그 방에 앉아 있으면 마음이 편안했다. 그는 자그뢰스의 말에 귀를 기울였다. 이 불구자에게서 받은 강렬한 인상은, 그가 말하기 전에 깊이 생각한다는 것이었다.[13] 그리고 억제된 정열, 즉 이 우스꽝스런 반토막 인간을 살아나게 하는 강렬한 생명감은 메르소의 마음을 붙들어놓았고, 그의 마음속에 어떤 감정이 우러나도록 하기에 충분했다. 조금만 더 허심탄회하게 보면 그것은 우정 같은 그 무엇이라고 볼 수도 있었다.

# 4

그[1] 일요일 오후, 롤랑 자그뢰스는 말도 많이 하고 농담도 많이 한 후 커다란 바퀴 달린 의자를 벽난로 가까이 끌어다 놓고 하얀 이불 자락 밖으로 상체를 내놓은 채 말없이 앉아 있었다. 메르소는 책장에 등을 기대고 창가에 드리워진 하얀 비단 커튼 너머로 하늘과 들판을 물끄러미 바라보고 있었다. 보슬비를 맞으며 찾아오다가 너무 이르다는 생각이 들어 한 시간 동안 들판을 서성댄 후였다. 날씨는 우중충했다. 바람 소리는 들리지 않았지만 작은 계곡 안에서 나무들과 잎새들이 소리없이 바람에 뒤틀리고 있는 것을 볼 수 있었다. 길 쪽에는 우유 배달차가 요란스럽게 덜커덕거리며 지나갔다. 그러자 바로 그때 비가 세차게 쏟아지며 창문을 흥건히 적셨다. 유리 창문에 진한 기름처럼 흘러내리는 물방울, 이제는 우유 배달차 소리보다 더 잘 들리는 말발굽의 멀고 텅 빈 소리, 그리고 줄기차고 억세게 퍼붓는 소나기, 난롯가에 항아리처럼 앉아 있는 인간, 또 방안에 흐르는 고요, 이 모든 것이 지나간 과거의 모습을 띠고 있었다. 마치 조금 전, 신발에 새어들어 축축하던 물, 얇은 옷을 통하여 무릎에 스며들던 냉기처럼 그 형언할 수 없는 우울함이 메르소의 가슴속을 파고들었다. 조금 전에 내린, 안개도 비도 아닌 가랑비는 가벼운 손길처럼 그의 얼굴을 적셨고, 거무스름하던 눈 언저리를 말끔히 씻어주었다. 이제 그는 검은 구름들이 끊임없이 몰려들었다가 다시 물러나고 또 다른 구름들이 몰려들곤 하는 하늘을 응시하고 있었다. 바지 주름은 비에 젖어 사라지고 없었고, 정상적인 사람이라면 자기를 위해 만들어진 세상에서 지니고 다니게 마련인 온기와 신뢰도 그 주름과 함께 사라져버렸다. 그래서 그는 불 가까이 자그뢰스 곁으로 다가가 마주 앉았다. 높다란 벽난로의 그림자가 약간 져 있고, 여전히 하늘이 바라다보이는 자리였다. 자그뢰스는 그를 쳐다보다가 눈을 돌리며 왼손에 쥐고 있던 만 종이를 난로 속에 던졌다. 언제나처럼 우스꽝스런 그 몸짓에서 메르소는 반신불수의 육신이 주는 거북스러움을 느꼈다. 자그뢰스는 빙그레 웃을 뿐[2] 아무런 말도 하지 않았다. 그러다가 갑자기 그는 메르소 쪽으로 얼굴을 가까이 가져왔다. 불꽃은 그의 왼쪽 뺨에만 빛을 던지고 있었어도 그의 목소리와 시선 속에는 따뜻한 열기가 가득 담겨 있었다.[3]

"안색이 피곤한 것 같군요" 하고 자그뢰스가 말했다.

행복한 죽음

메르소는 수줍어서 단지, "네, 좀 심심하군요" 하고 대답했다. 그러곤 조금 후 몸을 일으켜 창가로 다가가 밖을 내다보면서 덧붙여 말했다. "결혼도 하고 싶고, 자살도 하고 싶고, 《일뤼스트라시옹》 구독도 하고 싶군요. 뭔가 절망적인 몸부림이겠지만요."

자그뢰스는 미소를 지었다.

"당신은 가난해요, 메르소. 당신이 느끼는 염증의 절반은 그걸로 설명될 수 있어요. 나머지 절반은 가난에 대한 당신의 어처구니없는 타협 때문이구요."

메르소는 여전히 그에게 등을 돌린 채 바람에 흔들리는 나무들을 바라보았다. 자그뢰스는 잘려진 자기 아랫도리를 덮고 있는 담요를 손으로 쓸어내렸다.

"알다시피 사람은 육체적 욕구와 정신적 욕구 사이의 균형으로 자신을 평가합니다. 메르소, 당신은 자신을 판단하고 있는 중이죠. 지독하게 말이에요. 당신은 제대로 살지 못하고 있어요. 야만인처럼 살고 있다고요." 그는 파트리스에게로 고개를 돌리며 물었다. "당신, 자동차 운전을 좋아하죠, 그렇죠?"

"네."

"여자를 좋아하지요?"

"아름다운 여자라면."

"내 말이 바로 그거예요." 자그뢰스는 불 쪽으로 고개를 돌렸다.

잠시 후 그는 다시 시작했다. "이 모든 것이⋯." 메르소는 돌아서서 자기 뒤에 있는 약간 휘어진 창문에 몸을 기대며 말이 끝나기를 기다렸다. 자그뢰스는 아무 말도 없이 잠자코 있었다. 철 이른 파리 한 마리가 유리창에 붙어서 소리를 내고 있었다. 메르소는 뒤로 돌아서서 손으로 파리를 붙잡았다가 날려주었다. 자그뢰스는 그를 쳐다보다가 머뭇거리며 말을 꺼냈다.

"난 엄숙하게 말하는 걸 안 좋아해요. 그땐 할 수 있는 말이라곤 꼭 한 가지밖에 없거든요. 자기 인생에 대한 정당성을 입증하는 것 말입니다. 그럼 난 내 잘라진 다리를 어떻게 정당화시켜야 될지 알 수가 없어져요."

"저 역시 그래요." 메르소는 뒤를 돌아보지도 않은 채 그대로 서서 말했다.

갑자기 자그뢰스의 시원한 웃음이 터져나왔다. "고맙소. 당신은 너무 솔직해서 좋군요." 그는 어조를 바꾸더니, "냉혹한 당신의 태도가 옳아요. 하지만 한 마디 하고 싶은 말이 있어요" 하고 말했다. 그러고는 진지한 표정이 되면서 말을 멈추었다. 메르소는 그의 맞은편에 와 앉았다.

"어디" 하고 자그뢰스가 말했다. "나 좀 쳐다봐요. 나는 대소변도 남의 손으로 받아내고 있죠. 또 씻겨주고 닦아주기도 하고요. 더군다나 나는 그 대가로 돈을 지불하고 있어요. 그런데도 말이죠, 난 내가 그토록 믿고 있는 생명을 단축시키는 짓은 결코 할 생각이 없어요. 이보다 더한 장님, 벙어리, 그 밖에 무슨 불행이 닥쳐와도 나는 감수할 거요. 나 자신, 살아 있는 나라고 하는 이 침침하고 격렬한 불꽃을 뱃속에 느낄 수 있는 한. 나는 나를 아직도 불태울 수 있도록 해준 생명에 대해서 감사하고 싶은 생각뿐입니다." 자그뢰스는 숨이 가쁜지 몸을 뒤로 젖혔다. 얼굴이 아까보다 덜 보이고 다만 덮고 있는 담요의 창백한 그림자가 그의 턱에 비치고 있을 뿐이었다. 그때 그가 말했다. "그런데 메르소, 몸이 성한[4] 당신의 유일한 의무는 사는 것, 행복해지는 것입니다."

"웃기지 마세요. 매일매일 여덟 시간 동안 사무실에서 얽매여 사는 신세인걸요.[5] 아! 내가 자유로운 몸이라면!"

그는 말을 하는 가운데 다시 생기가 돌았다. 그리고 가끔 그랬던 것처럼 희망이 되살아났다. 오늘은 부추김을 받고 있다는 생각이 들어 더욱 강렬해지는 희망이었다. 남을 믿을 수 있다는 신뢰감이 생겼다. 그는 어느 정도 진정한 다음 담배를 뭉개어 끄면서 보다 침착하게 말했다. "몇 년 전엔 모든 것이 내 앞에 활짝 열려 있었어요. 사람들은 나의 삶과 장래에 대해서 이야기했지요. 저는 긍정할 뿐이었어요. 그에 필요한 행동까지도 했어요. 그러나 그때 벌써 모든 것이 나와는 무관해져 있었답니다. 비개성非個性이 되려고 최대한 노력한다는 것만 생각했어요. 행복하려 들지 않는다, '반대'하며 산다, 이거였지요. 설명이 어렵지만 이해하시겠지요. 자그뢰스 씨."

"네" 하고 자그뢰스가 말했다.

1부 자연적인 죽음

"지금도, 내게 시간만 있다면… 그냥 될 대로 되라고 내버려 두겠어요.[6] 그러다가 덤으로 내게 생기는 일이 있다면 그건 조약돌 위에 떨어지는 빗방울 같은 것이겠지요. 그 빗방울은 조약돌을 식혀줄 테니 그것만 해도 아주 훌륭한 거죠. 그러다 어느 날엔가는 뙤약볕에 달아오르기도 하겠지요.[7] 내 생각에 행복이라는 건 바로 그런 것이라는 느낌이었어요."

자그뢰스는 팔짱을 끼고 있었다. 계속 침묵이 흐르는 동안 비는 더 세차게 내리고 구름은 흐릿한 안개 속에 짙어가는 듯했다. 마치 하늘에 가득하던 어둠과 침묵을 쏟아 붓기나 하듯이 방안은 점점 어두컴컴해졌다. 불구자는 관심을 가지고 이야기를 이었다.

"육신이란 언제나 그것에 합당한 이상理想을 지니고 있지요. 이를테면 그 조약돌의 이상이라고 하는 것을 뒷받침하자면 거의 신에 가까운 존재의 육신이 있어야 할 것 같군요."

"그건 그래요" 하고 메르소가 약간 놀라는 기색으로 말했다.[8] "하지만 너무 과장하지는 맙시다. 저야 뭐 여러 가지 스포츠를 해보았다는 게 고작이지요. 그리고 관능의 길로 아주 깊숙이 빠질 수도 있어요."

자그뢰스는 생각에 잠겼다.

"그래요. 그거 다행이군요. 자기 육체의 한계를 안다는 것, 그거야말로 진정한 심리학이지요. 하기야[9] 그런 이야기는 전혀 중요한 게 아니지요. 우리는 자기다워질 시간이 없어요. 우리에겐 오직 행복해질 시간밖에 없어요. 그런데 당신의 그 비개성이라는 개념을 명확하게 이야기해줄 수 있나요?"

"아뇨" 하고 말하며 메르소는 입을 다물어버렸다.

자그뢰스는 차 한 모금을 마시고는 아직도 가득 찬 찻잔을 밀어놓았다. 그는 하루에 한 번씩만 소변을 보려고 물을 거의 마시지 않았다. 이런 굳은 의지 덕분에 매일매일 당해야 하는 굴욕스러운 부담을 거의 언제나 줄일 수 있게 되었다. "하찮은 절약이란 없어요. 다른 것과 마찬가지로 그것도 하나의 기록이니까요"라고, 언젠가 그가 메르소에게 말했었다. 빗방울이 처음으로 벽난로에 떨어졌다. 불이 뿌지직 소리를 냈다. 비가 유리창을 더욱 세차게 때렸다. 어디에선가 문짝이 쾅 하고 닫히는 소리가 났다. 정면 길바닥에는 자동차들이 번들거리는 쥐처럼 불을 켜고 달리고 있었다. 그중 한 대가 오랫동안 경적을 울렸다. 공허하고 음산한 소리가 계곡을 지나 이 세상의 축축한 공간들을 더욱 넓게 확대하는 것이어서[10] 그 소리의 추억마저도 메르소에게는 침묵과 하늘의 비탄을 이루는 요소가 되는 것이었다.

"용서해주십시오, 자그뢰스 씨. 어떤 일들에 대해서는 입을 다물고 지낸 지 너무 오래 되어서요. 그래서 나도 뭐가 뭔지 잘 모르게 됐어요.[11] 내 인생과 그 인생의 은밀한 색깔을 들여다보노라면 눈에 눈물이 고이는 것 같은 기분이 됩니다.[12] 이 하늘처럼 말입니다. 하늘이란 비도 되고 태양도 되죠. 낮도 되고 밤도 되지요. 아, 자그뢰스 씨! 내가 입맞춘 입술들과, 가난한 소년이었던 나, 어느 순간에 나를 열광케 하는 야망과 생명의 광기를 생각해봅니다. 나는 동시에 그 모든 것이지요.[13] 분명 당신도 나를 알아보지 못할 그런 순간들이 더러 있답니다.[14] 불행의 극단, 행복의 무한정 상태, 뭐라고 표현해야 할지 모르겠군요."

"그럼 당신은 한꺼번에 여러 가지 면에서 도박을 하는군."

"그래요. 하지만 그냥 그러는 것은 아닙니다" 하고 메르소는 몹시 흥분하여 말했다.[15] "나 자신 속으로 뻗어가는 이 환희와 고통을 생각할 때마다, 내가 걸고 있는 도박이 무엇보다 가장 심각하고 열광케 하는 것이라는 점을 잘 알 수 있어요. 흥분도 되고요."

자그뢰스는 미소를 지었다.[16]

"그럼 당신은 뭔가 해야 할 일이 있군요?"

"삶을 위해 돈을 벌어야 해요. 그런데 다른 사람들은 참고 견디는 이 여덟 시간의 사무실 근무가 그걸 못 하게 막아요."[17] 메르소는 격한 어조로 말했다.

그는 잠깐 말을 끊고 지금까지 손가락에 끼고 있던 담배에 성냥불을 그어 붙여 물었다.

"그렇지만" 하고 그는 성냥불을 끄기 전에 말했다. "내게 만약 힘과 참을성만 있다면…." 그는 성냥불을 불어 끄고는 왼쪽 손등에다 타다 만 성냥개비의 끝을 짓눌렀다. "나의 삶이 어느 정도에까지 다다를지 잘 알고 있어요. 나는 내 삶을 어떤 경험으로 삼지는 않겠어요. 나 자신이 삶의 경험 그 자체가 될 겁니다. 물론 어떠한 정열이 온통 나를 흥분케 할 것인지 잘 알고 있어요. 전에는 내가 너무 어렸었죠. 중용을 지키려고 했어요. 지금은 행동하는 것, 사랑하는 것, 또 괴로워하는 것, 그게 바로 산다는 겁니다. 그러나 우리가 투명해지고 또 자신의 운명을 받아들이는 한에서만 그것은 산다는 것을 의미하지요. 모든 사람에게 똑같이 보이는, 환희와 정열의 무지개의 단일한 반사광선처럼 말입니다."

"그래요, 하지만 당신이 일을 하면서 그렇게 살 수는 없을 텐데…" 하고 자그뢰스가 말했다.

"그렇습니다. 내가 반항 상태에 있기 때문에 말입니다. 그건 안 좋아요."

자그뢰스는 입을 다물어버렸다. 비가 그쳐 있었다. 하늘에는 먹구름 대신 밤이 들어섰고 이제 방안에는 온통 어둠이 가득 차 있었다. 난롯불만이 불구자와 메르소의 얼굴을 벌겋게 밝혀주고 있었다. 오랫동안 말이 없던 자그뢰스가 파트리스를 바라보고는 말했다. "당신을 사랑하는 사람들에겐 많은 고통이 있겠군요…." 그는 메르소가 벌떡 몸을 일으키는 바람에 놀라서 말을 뚝 그치고 말았다. 메르소는 머리를 어둠 속에 묻은 채 격한 어조로 말했다. "나에 대한 남들의 사랑이 나를 속박할 수는 없어요."

"맞아요. 하지만 난 사실을 확인한 것뿐입니다. 당신도 언젠간 혼자 남게 될 거요. 그뿐이죠. 자, 앉아서 내 얘기를 들어요. 당신이 내게 한 말은 충격적인 것입니다. 그중에서도 한 가지가 특히 그랬어요. 내가 인간으로서 겪었던 모든 경험을 확인하는 말이었으니까요. 당신이 마음에 듭니다, 메르소. 사실 당신의 육체 때문에 그래요. 당신에게 그 모든 것을 가르쳐준 게 그 육체지요. 오늘은 당신에게 마음을 툭 터놓고 얘기할 수 있을 것 같군요." 자그뢰스가 말했다.

메르소는 천천히 자리에 앉았다. 그의 얼굴은 어느새 벌개진 꺼져가는 난롯불의 불빛을 받고 있었다. 갑자기 비단 커튼 너머 사각의 창문에서 어둠을 향하여 무엇인가 활짝 열릴 것 같은 느낌이 들었다. 유리창 뒤에서 무엇인가가 긴장을 풀고 있었다. 우유 색깔의 희미한 빛이 방으로 스며들었다. 메르소는 불상의 조소하는 듯 은근한 입술에서, 청동 세공의 골동품에서 그가 그렇게도 좋아했던 달과 별이 빛나는 밤의 얼굴을 알아볼 수 있었다. 마치 밤이 구름으로 된 안감을 버리고 이제 차분한 광채를 발하며 빛나고 있는 것만 같았다. 거리에는 차들이 보다 느린 속도로 달리고 있었다. 계곡 깊숙한 곳에서 갑작스런 어떤 기운이 새들의 잠자리를 준비했다. 집 앞에서 발자국 소리가 들려왔다. 이 세상을 뒤덮은 우유 같은 어둠 속에서 소리는 더 광막하고 맑았다. 불그스름한 난롯불과 방안의 자명종이 똑딱거리는 소리, 그리고 그를 둘러싸고 있는 낯익은 물건들의 은밀한 생명감, 이런 것들 사이에서 어떤 순간적인 시詩의 분위기가 만들어지면서 메르소로 하여금 자그뢰스가 말하려는 것을 신뢰와 사랑으로 느끼며 받아들이도록 새로운 마음을 준비시켜주었다. 그는 안락의자 위로 몸을 약간 뒤로 젖히고는 하늘을 마주한 채 자그뢰스의 기이한 이야기에 귀를 기울였다.[18]

"확신하는 바이지만" 하고 그는 말을 시작했다. "돈이 없으면 행복해질 수 없어요. 그뿐입니다. 나는 안이함도, 낭만도 좋아하지 않아요. 그런데 말입니다, 가만 보면, 소위 엘리트라는 어떤 사람들은 행복을 위해서 돈이 필수적인 것은 아니라고 생각하는 일종의 속물근성을 갖고 있어요. 그건 바보스럽고 그릇된 생각이에요. 어느 모로 보면 비겁하기도 해요. 그런데 말이죠, 메르소. 팔자 좋게 태어난 사람에게 행복이란 건 결코 복잡한 게 아녜요. 많은 가짜 위인들이 그러했듯이 체념의 의지가 아니고 행복의 의지로써 그저 만인의 운명을 그대로 받아들이면 되는 거지요. 다만 행복해지려면 시간이 있어야 되는 거예요. 그것도 많은 시간이. 행복 역시 길고 긴 인내에서 오는 겁니다. 그러나 대부분의 경우 사람들은 돈을 버느라고 삶을 허비해요. 돈으로 시간을 벌어야 하는데 말예요. 바로 이게 지금껏 내 관심을 끌었던 유일한 문제였습니다. 그건 명확하고 분명한 문제지요."

자그뢰스는 말을 멈추고 눈을 감았다. 메르소는 집요하게 하늘을 응시하고 있었다. 한동안 거리와 들판에서 나는 소리가 좀 더 분명하게 들려왔다. 자그뢰스는 다시 천천히 말했다.

"오! 대부분의 부유한 사람들에겐 행복의 감각이 없다는 걸 나도 잘 알고 있어요. 그러나 문제는 그게 아닙니다. 돈을 가졌다는 것은 시간을 가졌다는 것이죠. 나는 그 테두리에서 벗어나지 않아요. 시간은 돈으로 살 수 있어요. 아니 모든 것은 다 돈으로 살 수 있지요. 부자이거나 부자가 된다는 것, 그건 바로 우리가 행복해질 자격이 있을 때 행복하기 위한 시간을 갖는다는 것을 의미해요."

그는 파트리스를 바라보았다.

"메르소, 난 스물다섯 살 때 이미 누구든 행복의 감각과 의지와 욕구를 가진 사람은 부자가 될 권리가 있다는 것을 깨달았어요. 행복의 욕구는 인간의 마음속에서 가장 고귀한 것이라고 생각되더군요. 나는 모든 것이 그것에 의해서 정당화된다고 봐요. 그러자면 순수한 마음[19]을 가지고 있는 것으로 족해요."

여전히 메르소를 물끄러미 바라보고 있던 자그뢰스는 갑자기 냉랭하고 모진 목소리로 천천히 말을 이었다. 마치 정신이 딴 데 팔려 있는 것 같은 메르소의 주의를 일깨우려는 것 같았다. "스물다섯 살 때부터 나는 돈을 모으기 시작했어요. 사기詐欺도 마다하지 않았지요. 무슨 일이 닥쳐도 굴복하지 않았어요. 불과 몇 년 동안에 모든 동산을 모았지요. 거의 이백만 프랑에 가까웠다구요, 메르소, 아시겠어요? 세상이 내 앞에 활짝 열린 것 같더군요. 그리고 그 세상과 함께 고독과 열정 속에서

행복한 죽음

내가 꿈꾸어오던 삶도…." 잠시 후 자그뢰스는 나직하게 말을 이었다. "바로 그 직후에 내 다리를 앗아간 사고만 없었다면 내가 당시 누렸을 삶 말이오, 메르소. 목숨을 끊을 수도 없었고… 그래서 지금은 이 꼴이죠. 내가 반편 인생으로 살아가고 싶지 않으리라는 것, 당신도 아마 이해할 거요. 이십 년 동안 돈을 바로 옆에 두고 지내왔어요. 아주 검소하게 살면서 그 돈은 거의 축내지 않았지요." 그는 굳은 두 손으로 눈꺼풀을 비비면서 약간 더 낮은 목소리로 말했다. "삶을 결코 불구자의 키스로 더럽혀서는 안 되지요."

그러면서 자그뢰스는 벽난로와 접해 있는 조그만 궤짝을 열고 열쇠가 달린 커다란 갈색 강철금고를 가리켰다. 금고 위에는 하얀 편지봉투 한 통과 커다란 검은 권총이 놓여 있었다. 무의식적으로 호기심이 생긴 메르소의 시선에 자그뢰스는 미소를 지어 보였다. 아주 간단한 일이었다. 그의 삶의 큰 부분을 앗아간 비극이 너무 아프게 느껴지는 날이면, 날짜도 쓰지 않은 그 편지를 앞에 꺼내놓고 들여다보곤 했다. 죽고 싶은 심정을 표현한 편지였다. 이윽고 자그뢰스는 탁자 위에 권총을 꺼내놓고 몸을 가까이 가져가서 거기에 이마를 대보기도 하고, 관자놀이를 비벼보기도 하고, 또 차가운 총신에 뺨의 열기를 식혀보기도 하는 것이었다. 그렇게 오랫동안 앉아 있으면서 손가락으로 방아쇠를 쓸어보기도 하고 안전장치를 조작해보기도 했다. 그러다 보면 주위에 있는 모든 것이 고요해지고 벌써부터 졸음에 빠져드는 그의 전 존재가 금방이라도 죽음이 튀어나올 듯한 차갑고 찝찔한 강철의 감각 속에 웅크리고 들어앉았다. 편지에 날짜를 써넣고 방아쇠를 잡아당기기만 하면 모든 것이 끝장이라는 것을 느끼고, 죽음이 어처구니없이 쉽다는 것을 느끼고 있자니 상상력이 지나치게 예민해지면서 생명의 부정이 자신에게 의미하는 끔찍한 면이 그대로 실감되었다. 그는 아직도 위엄과 침묵 속에서 생명을 불태워보고 싶은 욕망을 안은 채 선잠 속으로 빠져들어갔다. 그러다가 벌써 쓰디쓴 침이 입 안 가득한 채 다시 깨어나면 그는 총신을 핥아보고, 총구 속에 혀를 들이밀어보다가 끝내는 불가능한 행복을 안타까워하는 것이었다.[20]

"물론, 난 생에서 실패했어요. 하지만 그땐 내 생각이 옳았어요. 어리석음과 폭력으로 우리를 둘러싸고 있는 세상에 대항하여 행복을 위해 모든 것을 아끼지 않았으니까요." 자그뢰스는 마침내 웃음을 띠더니 덧붙여 말했다. "메르소, 우리들 문명이 얼마나 비열하고 잔인한지는 행복한 민족들에겐 역사가 없다는 멍청한 공리公理를 보면 알 수 있지요."

이제 꽤 늦은 시간이었다. 메르소로서는 몇 시쯤인지 잘 알수 없었다. 그의 머릿속은 열띤 흥분으로 울렁거리고 있었다. 입 안에는 담배의 열기와 쌉쓰름한 맛이 괴어 있었다. 주위의 불빛도 여전히 같은 분위기를 자아냈다. 이야기를 듣는 동안 처음으로 자그뢰스 쪽을 바라보았다. 그리고 "이해할 수 있을 것 같군요" 하고 말했다.

불구자는 힘에 겨워 낮게 숨을 쉬고 있었다. 그래도 얼마간의 침묵이 흐른 뒤 그는 힘들게 말했다.

"확실히 말해두고 싶은데, 돈만 있으면 행복해진다는 것은 아닙니다. 내 얘기는 다만 어느 계층의 사람들에겐 행복이 (시간이 있을 때만이지만) 가능하다는 것, 돈이 있다는 것은 돈에서 해방된다는 것을 의미한다는 사실입니다."

그는 의자 위에 웅크린 채 담요를 덮어쓰고 있었다. 밤이 어느새 깊어졌다. 이제 메르소의 눈에는 롤랑이 거의 보이지 않았다. 오랜 침묵이 흘렀다. 파트리스는 다시 대화를 나누고 싶고 어둠 속에서 상대방이 그곳에 있다는 것을 확인하고 싶어 자리에서 일어서면서 더듬거리듯 말했다.

"위험을 각오하고 해볼 만한 도박이죠."

"그렇죠. 내세의 삶보다야 이승의 삶에 거는 것이 낫지요. 내 경우야 분명히 딴 얘깁니다만."

'기진맥진한 사람이군' 하고 메르소는 혼자 생각했다. '세상에 살아 있으나 마나로군.'

"이십 년 동안 나는 어떤 종류의 행복은 경험해볼 수가 없었어요. 나를 쥐어뜯는 듯한 이 삶을 뻔히 보면서도 나는 그걸 샅샅이 다 맛보지 못하고 가게 된단 말입니다. 죽음을 생각할 때 끔찍한 것은, 나의 인생이 나와는 관계도 없이 막을 내린다는 확신을 죽음이 가져다준다는 점입니다. 나는 기껏해야 들러리다, 이겁니다. 알겠어요?"

느닷없이 아주 젊은 웃음소리가 어둠 속에서 들려왔다.

"그러니까 말이죠, 메르소, 결국 이런 형편인데도 난 아직 희망을 걸고 있다는 거예요."

메르소는 테이블 쪽으로 몇 걸음 걸어갔다.

"그런 모든 것을 한번 생각해보세요. 그런 모든 것을…." 자 그뢰스가 말했다.

메르소는 그저 "불을 켤까요?" 하고 물었다.

"그러세요."

자그뢰스의 콧등과 둥근 눈이 퍼져나가는 불빛에 비쳐 보다 창백하게 드러났다. 그는 힘들게 숨을 몰아쉬고 있었다. 메르소가 손을 내밀자 머리를 젓고 웃으면서 대답했다. "내 말을 너무 심각하게 생각하지 마십쇼. 사실, 잘라진 내 다리를 보고 사람들이 짓는 비극적인 표정을 보면 짜증이 난다고요."

'날 놀리는군' 하고 메르소는 속으로 생각했다.

"오직 행복만이 비극적이란 걸 알아두세요. 메르소. 당신은 순수한 사람이니 그걸 잊지 마세요." 그리고 그는 메르소의 눈을 빤히 보다가 잠시 후 다시 말했다.

"게다가 당신은 두 다리도 성하니 더욱 좋은 일 아니겠어요?"

그리고는 미소를 지으면서 초인종을 흔들었다.

"자, 친구, 이제 가보시죠. 나는 쉬를 해야겠으니."

# 5

그 일요일 밤, 메르소는 집으로 돌아가면서 온통 자그뢰스에 대한 생각으로 꽉 차 있었다. 자기 방안에 기어들어가기 전에 통장이 카르도나의 방에서 들려오는 신음 소리를 들었다. 그는 문을 두드렸다. 아무 대답이 없었다. 신음 소리는 계속되었다. 주저하지 않고 안으로 들어갔다. 통장이는 침대 위에 공처럼 꼬부리고 누워서 어린애처럼 크게 딸꾹질을 해대며 울고 있었다. 그의 발치에는 어떤 늙은 부인의 사진이 놓여 있었다. "죽었어요." 그가 간신히 메르소에게 말했다. 그건 사실이었지만 벌써 오래전 일이었다.

그는 귀머거리에다가 반벙어리였고 심술궂고 사나웠다. 지금까지 그는 누이와 함께 살아왔다. 그러나 누이는 그의 심술과 횡포에 진저리를 내고 자기 애들 집으로 피해 가버렸다. 그는 이제 혼자가 되어, 생전 처음으로 살림도 하고 음식도 손수 만들어야 하는 처량한 사내의 신세가 되었다. 언젠가 거리에서 그의 누이를 만났을 때 그 여자는 그들이 서로 다툰 이야기를 털어놓았었다. 그는 서른 살이고 자그마한 키에 잘생긴 얼굴이었다. 어릴 때부터 그는 어머니와 함께 살아왔다. 그가 어느 정도 겁을 내는 사람은 그의 어머니뿐이었는데 그 겁은 근거 있는 것이라기보다 다분히 미신에 가까운 것이었다. 그는 나름대로의 투박한 마음을 다하여, 즉 거칠고도 충동적인 방식으로 어머니를 사랑했다. 어머니에 대한 최고의 애정표시는 가장 상스러운 말들을 힘들게 동원하여 사제司祭들과 교회를 욕하면서 어머니를 난처하게 만드는 것이 고작이었다. 또한 그가 그만큼이나 오래도록 어머니와 함께 지냈던 것은 다른 어떤 여자도 그에게 진지한 애정을 느끼지 못했기 때문이었다. 그러니 어쩌다 걸리는 여자들이나 사창굴 덕분에 가끔 남자 구실을 할 뿐이었다.

어머니가 죽었다. 그 뒤로는 누이와 함께 살았다. 메르소가 그들에게 지금 들어 있는 방 하나를 세놓았다. 그들은 단둘이서 그 더럽고 어두운 삶의 기나긴 고갯길을 힘겹게 기어올라갔다. 서로 말을 주고받는 데도 어려움이 많았다. 그래서 그들은 온종일 말 한 마디 건네지 않고 지내는 날이 많았다. 그러나 그녀가 떠나버렸다. 그는 너무나 자존심이 강해서 신세한탄을 하거나 자기 누이에게 돌아와달라고 할 수가 없었다. 그래서 그는 혼자 살았다. 아침에는 식당에 가서 식사하고 저녁에는 간단한 돼지고기 제품들을 사다가 자기 아파트에서 식사를 했다. 속옷이나 푸른 작업복도 손수 빨아 입었다. 그러나 방은 더할 수 없이 더럽고 지저분한 상태로 내버려둔 채였다. 그래도 처음에는 가끔 일요일에 걸레를 집어들고 좀 치워보려고 노력했다. 그 남자의 살림 솜씨란 옛날엔 꽃도 꽂아 예쁘게 꾸며놓기도 했던 벽난로 위에 냄비가 굴러다니게 하는 수준이어서 그 것만 보아도 주변머리 없는 사내의 생활이 어느 정도로 엉망인지 알 수 있었다. 그가 집안 정돈이라고 부르는 것은 무질서를 숨기거나 굴러다니는 물건을 방석으로 덮어 감추거나 아니면 온갖 잡동사니를 전부 찬장 위에 늘어놓는 것이 전부였다. 나중에는 그것도 싫증이 나서 침대도 정돈하지 않고 개와 함께 더럽고 냄새나는 담요를 깔고 잠을 잤다. 그의 누이는 메르소에게 이렇게 말했다. "그는 카페에 나가 앉아서는 잘난 척을 하지요. 그렇지만 집주인 말을 들어보면 속옷을 빨면서 울더래요." 사실 그런 생활을 어지간히도 잘 버티는 그였지만 어떤 때는 몹시 공포에 사로잡힌 나머지 자신이 어느 정도로 버림받은 상태인가를 깨닫지 않을 수 없었다. 누이는 자기가 그와 함께 살았던 것은 물론 그가 너무나 가엾었기 때문이라고 메르소에게 말했다. 그러나 그는 자기 누이가 사랑하는 사람을 만나지 못하게 했다. 그만한 나이가 되고 보면 애인을 만난다는 것은 대단한 일이 아니었다. 애인은 결혼한 남자였다. 그 남자는 교외의 생울타리에서 꺾은 꽃다발이나 장터에서 게임을 해서 딴 오렌지나 리쾨르를 애인에게 갖다 주었다. 물론 미남은 아니었다. 그러나 미남이 밥 먹여주는 건 아니었다. 그는 아주 성실한 사람이었다. 그녀는 그 남자에 대해서 애정을 느꼈고 그 남자도 그녀를 아껴주었다. 이런 게 바로 사랑이 아니던가? 그녀는 그의 내복을 빨아주고 깨끗이 입혀주려고 애썼다. 그는 손수건을 삼각형으로 접어서 목에다 매고 다니는 버릇이 있었다. 그래서 그녀는 아주 하얀 손수건들을 그에게 만들어주었고 그것이 기쁨 중의 하나였다.

하지만 그녀의 동생은 누이가 애인을 맞아들이는 것을 용납하지 않았다. 그래서 남자를 몰래 만날 수밖에 없었다. 딱 한 번 그를 집안에 들인 적이 있었다. 그러나 동생에게 들켜서 끔찍한 언쟁이 벌어졌다. 그 둘이 가버린 뒤에 더러운 방 한구석에는 삼각형으로 접힌 손수건이 떨어져 있었다. 그리고 누이는 아들 집으로 피해 가버렸다. 메르소는 눈앞의 더러운 방을 바라보며 그 손수건 생각을 했다.

그러나 그때만 해도 사람들은 통장이가 혼자 사는 것을 동정했다. 그는 메르소에게 자신이 결혼을 할지도 모른다고 말했었다. 연상의 여자라고 했다. 아마도 그녀는 젊고 억센 애무에 대한 기대로 마음이 동했을 것이다. 그녀는 결혼하기 전에 그의 그런 애무를 받았다. 얼마간의 시간이 지나자 통장이의 애인은 그가 너무 늙어 보인다고 말하면서 결혼 계획을 포기했다. 그는 동네의 이 작은 방에서 혼자 지냈다. 차츰차츰 더

행복한 죽음

러움이 그를 에워싸고 조여들면서 침대를 공격하더니 더 이상 손댈 수 없는 지경으로 땟물이 흘렀다. 방은 너무나 추했다. 하지만 집에 재미를 붙이지 못한 가난뱅이 사내에게 보다 다정하고 흥청대며 밝고 언제나 반겨주는 집이 하나 있으니 바로 카페가 그것이었다. 이 동네 카페들은 유난히도 생기가 돌았다. 거기에는 많은 사람들 속에서 느끼는 열기가 있었다. 그것이야말로 무서운 고독을 잊게 하고, 고독이 안겨주는 막연한 욕망을 해소해줄 수 있는 최후의 피난처였다. 말없는 통장이는 그곳을 자기 집으로 삼았다. 메르소는 매일 저녁 거기에 가 있는 그를 보았다. 그 카페들 덕분에 그는 귀가 시간을 최대한 늦출 수 있었다. 사람들 속에서 다시 자기 자리를 찾을 수 있었던 것이다. 아마 그날 저녁에는 카페에 가는 것만으로는 족하지 않았던 모양이다. 집에 돌아오는 길로 어머니의 사진을 꺼내 들고 어머니와 함께 지나간 과거의 메아리를 다시 일깨우지 않고는 배길 수가 없었던 것이다. 그는 자신이 사랑했고 애먹였던 어머니를 다시 만나보았다. 그는 더러운 방안에서 자신의 무용한 생을 대면한 채 홀로 마지막 남은 힘을 다 모아 행복했던 과거를 마음속에 새겨보았다. 적어도 그런 그의 말을 믿을 수밖에 없었다. 그가 눈물을 흘리기 시작한 것을 보면 과거와 비참한 현재가 맞닿아서 어떤 성스러운 불꽃이 튀어나온 것이라고 생각할 수밖에 없었다.

생명의 돌발적인 표현을 목격할 때마다 메르소는 그러한 동물적인 고통 앞에서의 무력無力을 느끼는 동시에 경이감에 휩싸이는 것이었다. 그는 더럽고 구겨진 담요 위에 앉아서 카르도나의 어깨에 손을 얹었다. 그의 앞 방수포가 씌워진 탁자 위에는 알코올 램프와 포도주병, 빵 조각과 치즈 도막, 그리고 연장 담는 상자가 어수선하게 널려 있었다. 천장에는 거미줄이 늘어져 있었다. 그의 어머니가 죽은 뒤로 한 번도 이 방에 들어와본 일이 없는 메르소는 방에 넘쳐흐르는 그 더러움과 끈적거리는 가난에 비추어 이제까지 이 사내가 걸어온 길이 어떤 것인지 짐작할 수 있었다. 마당 쪽으로 난 창문은 닫혀 있었다. 다른 창문은 반쯤 열려 있었다. 천장에는 트럼프 카드 세화細畵로 둘러싸인 석유 램프가 덩그렇게 매달린 채 책상 위, 메르소와 카르도나의 발, 그리고 그들의 맞은편 벽 앞에 놓인 의자에 둥글고 고요한 빛을 던져주고 있었다. 카르도나는 그때 두 손으로 사진을 붙잡고 들여다보면서 또다시 키스를 하더니 장애인 특유의 목소리로 "불쌍한 엄마!" 하고 불렀다. 그러나 사실 그가 불쌍하다고 한 것은 자기 자신이었다. 그의 어머니는 메르소도 잘 아는 이 도시의 반대쪽 끝에 있는 추악한 공동묘지에 묻혀 있다.

메르소는 그만 가보고 싶었다. 통장이가 자기의 말을 분명히 알아듣도록 하기 위하여 그는 음절을 똑똑 끊어서 말했다.

"그. 러. 고. 만. 있. 으. 면. 안. 돼."

"이젠 일거리도 없어" 하고 저쪽은 괴로운 듯이 말했다. 그러고는 사진을 내밀면서 쉬엄쉬엄 말했다. "어머니를 사랑했어요." 메르소는 그 말을, '어머니는 나를 사랑했어요'로 알아들었다. "그런데 돌아가셨어요"라고 하는 말은 '나는 이제 혼자예요'로 알아들었다. "나는 어머니 생일날 이 조그마한 술통을 만들어드렸었지요." 벽난로 위에 구리로 테를 메워 니스 칠을 하고 반짝이는 수도꼭지를 단 작은 나무 술통이 하나 놓여 있었다. 메르소가 카르도나의 어깨를 잡았던 손을 놓자 그는 시커멓게 때묻은 베개 위로 몸을 눕혔다. 침대 밑에서 깊은 한숨 소리와 구역질나는 냄새가 물씬 풍겼다. 개가 허리를 낮추며 천천히 기어나와서는 메르소의 무릎에다 기다란 귀에 금빛 눈을 한 머리를 얹어놓았다. 메르소는 작은 술통을 바라보고 있었다. 이 통장이가 힘들게 한숨을 몰아쉬는 더러운 방에서 손가락 밑으로 개의 체온을 느끼며, 그는 오래간만에 처음으로 자신의 속에서 바다처럼 솟구쳐 오르는 절망을 앞에 보는 듯하여 눈을 감아버렸다. 불행과 고독 앞에서 오늘 그의 가슴은 "안 돼" 하며 부정하고 있었다. 자신의 내면에 차오르는 커다란 비탄에 휘말리며 반항만이 속에 있는 유일한 참된 그 무엇이고 나머지는 비참과 자기 만족일 뿐이라는 것을 느꼈다. 어제 창문 아래서 살아 움직이던 거리가 또다시 소음으로 가득해졌다. 테라스 아래 정원에서 풀냄새가 풍겨왔다. 메르소는 카르도나에게 담배 한 대를 권하고 나서 둘이서 말없이 함께 피웠다. 마지막 전차들이 지나갔다. 그와 동시에 인간과 불빛

1부 자연적인 죽음

에 대한 아직도 생생한 추억들이 지나갔다. 카르도나는 잠이 들었고 눈물이 흥건히 고인 채 이내 요란하게 코를 골아댔다. 개는 메르소의 발치에서 몸을 웅크리고 가끔 꿈틀거리며 꿈을 꿀 때처럼 신음 소리를 내고 있었다. 몸을 움직일 때마다 개 냄새가 메르소의 코를 찔렀다. 그는 벽에 기대 앉아서 가슴속에서 솟구쳐 오르는 생에 대한 반항을 억누르고 있었다. 램프 불이 그을음을 내며 시커멓게 타더니 마침내 지독한 석유 냄새를 풍기며 꺼졌다. 메르소도 꾸벅꾸벅 졸다가 잠을 깨서는 술병을 뚫어져라 바라보았다. 억지로 몸을 일으켜 방의 저 안쪽 창가로 가서 가만히 서 있었다. 밤의 심장으로부터 그에게로 호소하는 소리와 침묵이 올라오고 있었다. 여기 졸고 있는 이 세계의 경계에서 한 척의 배가 오래도록 사람들에게 출발과 새로운 시작을 호소하고 있었다.

그 이튿날, 메르소는 자그뢰스를 죽이고 집으로 돌아와 오후 내내 잠을 잤다. 잠에서 깨자 몸에 열이 있었다. 저녁에도 여전히 자리에 누운 채 동네 의사를 오게 했다. 감기라고 했다. 소식을 듣고 찾아온 사무실 직원에게 휴가원을 보냈다. 며칠이 지나자 모든 것이 잘 해결되었다. 신문에 사건 기사가 났고 수사가 진행되었다. 어느 모로 보나 자그뢰스의 행동은 납득할 수 있는 일이었다. 마르트가 메르소를 찾아와 한숨을 쉬며 말했다. "차라리 그 사람이 부럽다는 생각이 드는 날이 없지 않아 있어. 하지만 때로는 자살하는 것보다도 그냥 살아가

행복한 죽음

는 데 더 많은 용기가 필요해." 일주일 후 메르소는 배를 타고 마르세유로 떠났다. 모두들 그가 프랑스로 휴양 가는 걸로 알았다. 마르트는 리옹에서 날아온 절교의 편지를 받았는데 그 때문에 자존심이 상했을 뿐이었다. 절교의 말과 함께 그는 그녀에게 중부 유럽에 뜻밖의 훌륭한 일자리가 생겼다고 알려줬다. 마르트는 자기의 괴로운 심정을 편지로 써서 유치留置 우편으로 보냈다. 그러나 메르소는 리옹에 도착하던 다음날 걷잡을 수 없는 신열에 시달린 나머지 프라하로 떠나는 기차에 올랐기 때문에 그 편지를 받지 못했다. 그러나 마르트는 그 편지에서 자그뢰스를 영안실에 며칠 동안 두었다가 장사지냈다는 것과, 그의 반쪽짜리 시신이 관 속에서 움직이지 않도록 하느라고 여러 개의 쿠션으로 고여야 했다고 알려주었다.

2부
의식적인 죽음

# 1

"방 있습니까?" 남자[1]가 독일어로 말했다. 열쇠판 앞의 문지기는 넓은 테이블을 사이에 두고 홀과 떨어져 있었다. 그는 큼직한 회색 바바리 코트를 어깨에 걸치고 이제 막 들어와 고개를 딴 데로 돌린 채 묻는 그 사내를 찬찬히 훑어보았다.

"물론 있습죠. 하룻밤만 주무시겠습니까?"

"아뇨, 두고봐야겠는데요."

"지금 있는 방은 18, 25, 30쿠론짜리들인데요."

메르소는 호텔의 유리문을 통해 보이는 프라하의 골목길을 바라보고 있었다. 호주머니에 손을 찌르고 머리카락은 헝클어진 채 모자도 쓰지 않은 맨머리였다. 얼마 안 떨어진 곳에서 바츨라프가街를 삐걱거리며 내려가는 전차 소리가 들렸다.

"어떤 방을 드릴까요, 선생님?"

"아무거나 좋아요." 메르소는 여전히 유리문에서 시선을 떼

2부 의식적인 죽음

지 않은 채 말했다. 문지기가 판에서 열쇠 하나를 벗겨내어 메르소에게 내밀었다.

"12호실입니다" 하고 그가 말했다

메르소는 비로소 제정신이 든 것 같았다.

"그 방 얼마라 했죠?"

"30쿠론입죠."

"너무 비싼데요. 18쿠론짜리 방으로 주세요."

남자는 아무 말 없이 새 열쇠를 메르소에게 내주며 '34호'라고 표시하여 매단 별 모양의 동판銅版을 가리켰다.

메르소는 방에 들어가 자리에 앉자 저고리를 벗고, 넥타이를 완전히 풀지는 않은 채 좀 늦추면서 기계적으로 와이셔츠 소매를 걷어 올렸다. 그는 세면기 위에 걸린 거울 앞으로 가서 며칠 동안 깎지 않은 수염에 덮여, 아직 검게 변하지는 않았지만 군데군데 약간 그을린 모습의 초췌한 얼굴을 들여다보았다. 기차 여행 동안 빗질도 하지 않은 그의 머리카락은 양미간의 두 줄기 깊은 주름에까지 헝클어져 내려와 있었고 눈매에 진지하면서도 부드러운 표정을 주는 눈썹이 유난히 눈에 띄었다. 그는 그제야 비로소 그 한심한 방안을 둘러보았다. 그 방이 그의 유일한 재산인 셈이었으니 그 너머로는 아무것도 보이지 않았다. 회색 바탕에 커다란 노란 꽃들이 그려진 구역질나는 양탄자에는 땟국의 지도가 끈적거리는 가난의 세계를 그려놓고 있었다. 거창한 라디에이터 뒷구석에는 기름때가 지저분하게 묻어나 있었다. 전기 스위치가 깨져서 구리로 된 접촉판이 드러나 보였다. 방 한가운데 얇은 조각들을 이어 만든 침대 머리 위에는 때가 묻어 번질거리는 전선에 죽은 지 오래된 파리들의 잔해가 말라붙어 있었고 그 줄 끝에 전등갓도 없이 매달린 전구는 손에 쩍쩍 들러붙었다. 메르소는 시트를 살펴보았다. 청결했다. 그는 여행 가방에서 세면도구들을 꺼내 세면기 위에 하나씩 늘어놓았다. 그리고 손을 씻으려고 수도꼭지를 조금 틀었다가 이내 다시 잠그곤, 커튼도 없는 창문을 열었다. 창은 공동 세탁장이 딸린 뒷마당으로 나 있었고 조그마한 창들이 뚫린 벽을 마주보고 있었다. 그중 한 창문에는 빨래가 널려 있었다. 메르소는 드러누워 곧 잠이 들었다. 잠이 깼을 때는 몸에 땀이 나 있었고 옷차림이 헝클어져 있었다. 그는 잠시 방안에서 서성거렸다. 그러고는 담뱃불을 붙이고 멍청히 앉아서 구겨진 바지의 주름을 바라보았다. 입 안엔 잠과 담배의 씁쓰레한 맛이 함께 섞여 있었다. 셔츠 아래로 손을 넣어 옆구리를 긁적거리며 방을 다시 한번 훑어보았다. 그처럼 내팽개쳐진 상태로 고독과 마주 대하고 있자니 불쾌한 감미로움이 입 안에 고였다. 모든 것에서, 심지어 자기 몸의 신열마저도 멀리 떨어져 있다는 느낌인데 방에서는 모든 것을 다 구비한 인생도 그 깊숙한 곳에 부조리와 비참한 면을 지니고 있다는 사실을 깊이 깨닫게 되자, 음험하고 수상한 것에서 생겨나는 일종의 자유가 수치스럽고도 은밀한 모습을 그의 앞에 드러내

보였다. 주위에서는 맥빠지고 나른한 시간들이 흘렀고 그 모든 시간이 송두리째 마치 수렁 속에서처럼 텀벙거렸다.

누군가 요란스럽게 문을 두드렸다. 그 소리에 놀란 메르소는 자기가 그런 문 두드리는 소리에 잠을 깬 적이 있었다는 것을 기억해냈다. 문을 열자 붉은 머리의 키 작은 늙은이 한 사람이 서 있었다. 체구에 비하여 엄청나게 커 보이는 가방 두 개의 무게에 눌려 납작해진 모습이었다. 화가 난 나머지 숨도 잘 못 쉴 지경이 된 그는 드문드문 남은 이빨 사이로 거품을 물며 욕지거리와 힐난을 퍼부어대는 것이었다. 그제야 가장 큰 트렁크는 손잡이가 부러져버렸기 때문에 운반하기에 무척 힘이 든다는 사실이 생각났다. 그는 사과를 하고 싶었다. 그러나 짐꾼이 이처럼 노인일 거라고는 미처 생각지 못했다는 것을 어떻게 말해야 할지 알 수 없었다. 그때 늙은이가 그의 말을 막으면서, "14쿠론이요" 하고 말했다.

"단 하루 보관에 말예요?" 하고, 메르소가 놀라며 말했다.

그는 긴 설명을 듣고서야 그 늙은이가 택시를 타고 왔다는 것을 알았다. 하지만 그런 줄 알았으면 자기가 직접 짐을 싣고 와도 되었을 것이라는 말은 차마 하지 못했다. 귀찮아서 그는 그냥 돈을 주어버렸다. 문을 닫고 나자 메르소는 까닭 모를 눈물이 가슴에 차오르는 것을 느꼈다. 바로 옆에 있는 벽시계가 4시를 쳤다. 그는 두 시간 동안 잔 것이다. 그가 있는 곳과 거리 사이에는 마주 보이는 집 한 채뿐이라는 생각이 들자

행복한 죽음

그 거리에서 펼쳐지는 저 떠들썩하고 불가사의한 삶이 부풀어 오르는 것을 느낄 수 있었다. 밖으로 나가는 것이 나을 것 같았다. 메르소는 아주 오랫동안 손을 씻었다. 다시 침대가에 걸터앉아 줄칼을 골고루 놀려 손톱을 다듬었다. 안마당에서 경적이 두서 너번 아주 요란하게 울렸으므로 메르소는 다시 창가로 갔다. 그제야 그는 건물 아래쪽에 거리로 나가는 궁륭 모양의 통로가 있다는 것을 알아차렸다. 거리에서 들리는 말소리와, 집들 저편의 모든 은밀한 생활, 집과 가정이 있으며 삼촌과의 의견 차이, 좋아하는 음식과 싫어하는 음식, 만성질환이 있는 사람들의 소리, 그리고 저마다 다른 개성을 가지고 복작거리는 존재들이 마치 군중의 괴이한 심중과는 영원히 동떨어진 거대한 고동 소리처럼 통로 속으로 스며들어서는 안마당을 지나 메르소의 방까지 올라와서는 거품 방울처럼 터지는 것만 같았다. 메르소는 전신에 많은 구멍이 뚫린 것 같은 느낌인 데다가 세계가 나타내는 신호 하나하나에 그토록 민감해지다 보니 삶을 향해 그의 존재를 열어주는 깊숙한 균열을 느낄 수 있었다. 그는 다시 담배 한 대를 붙여 물고는 열에 들뜬 듯이 옷을 주워 입었다. 웃저고리의 단추를 끼우자니 담배 연기가 눈에 들어가 따가웠다. 그는 다시 세면기 앞으로 가서 눈을 씻은 다음 머리를 빗으려고 했다. 그러나 빗이 보이지 않았다. 자는 동안에 헝클어진 머리를 다듬으려고 했지만 되지 않았다. 그는 머리카락이 얼굴 위로 흘러내리고 뒷머리는 온통 뻗친 모

2부 의식적인 죽음

습으로 내려갔다. 한층 더 자신이 작아진 느낌이 들었다. 거리로 나오자 호텔을 빙 돌아 미리 눈여겨봐뒀던 작은 통로 쪽으로 걸어갔다. 그 통로를 지나자 오래된 시청 앞 광장이 나타났고 프라하 위로 내리는 무거운 저녁빛 속에서 시청 건물과 해묵은 틴 성당의 첨탑들이 검고 뚜렷한 윤곽을 드러내고 있었다. 작은 골목들의 회랑 아래로 수많은 사람들이 오가고 있었다. 메르소는 지나가는 여자들을 볼 때마다 자신이 아직도 삶의 미묘하고 정다운 유회를 즐길 수 있음을 믿게 해줄 수 있는 눈길이 있을지 찾아보려고 애썼다. 그러나 건강한 사람들은 열에 뜬 시선을 자연스럽게 피하는 기술을 갖고 있는 법이다. 수염도 깎지 않고 머리는 헝클어진 채 눈에는 동물의 불안한 표정이 깃들여 있으며 바지나 와이셔츠 칼라나 한결같이 구겨진 몰골인 그는 말쑥한 신사복을 입거나 자동차의 핸들을 잡고 있을 때 느낄 수 있는 저 신기한 자신감을 이미 잃어버린 상태였다. 햇빛은 점점 구릿빛으로 변해가면서 아직도 광장의 저 안쪽에 보이는 바로크 양식 돔 지붕들의 황금빛 위에 머물고 있었다. 그는 지붕들 중의 하나를 향해 걸어가다가 교회 안으로 들어갔다. 그러고는 해묵은 냄새에 사로잡혀 어느 장의자에 가 앉았다. 천장의 궁륭은 거의 보이지 않을 만큼 어두웠다. 그러나 황금빛 기둥머리에서 신비스러운 금빛 물줄기 같은 것이 쏟아져서 원주의 홈통을 따라 낄낄대며 웃는 천사들과 성자들의 부푼 얼굴에까지 흘러내리고 있었다. 부드러움,

그렇다, 거기에는 어떤 부드러움이 있었다. 그러나 그건 너무나 씁쓸한 부드러움이어서 메르소는 얼른 문턱 쪽으로 나와버렸다. 그리고 계단 위에 서서 이제는 선선해진 밤공기를 들이마셨다. 이제 그는 그 어둠 속으로 빠져들 참이었다. 잠시 동안 더 머물러 있자니 틴 성당의 첨탑들 사이로 첫 번째 별이 티 없이 맑게 반짝이는 것이 보였다.

그는 값싼 식당을 찾아 나섰다. 보다 어둡고 인적이 드문 골목길들로 깊숙이 들어갔다. 낮에 비가 오지 않았는데도 땅이 젖어 있었다. 그래서 메르소는 드문드문 박힌 포석들 사이의 시커먼 물구덩이를 피해야 했다. 이윽고 아주 가는 비가 내리기 시작했다. 《나로드니 폴리티카Narodni Politika》를 사라고 외치는 신문팔이들의 소리가 그곳에까지 들려오는 것으로 보아 아마도 번화가가 그리 멀지 않은 것 같았다. 그 동안 그는 같은 자리에서 맴돌고 있었다. 그러다가 문득 발걸음을 멈추었다. 밤의 저 깊숙한 곳에서 이상한 냄새가 그에게로 올라왔다. 새큼하면서 톡 쏘는 그 냄새를 맡게 되자 마음속에 잠겨 있던 모든 고통의 힘이 다시 깨어났다. 혓바닥에, 콧속에, 눈 위에 그 냄새가 느껴졌다. 그것은 저 멀리에 있다가 다음엔 길모퉁이에, 그리고 이제는 어두워진 하늘과 미끈거리고 질척대는 포도 사이에 마치 프라하의 밤을 지키는 불길한 마법사처럼 버티고 있었다. 메르소는 그것을 향해 걸어나갔다. 그 냄새는 점점 더 실재적인 것이 되면서 그를 송두리째 사로잡았고 메르소의 눈은 눈물이 나도록 따끔거렸다. 그는 무방비 상태가 되고 말았다. 길모퉁이에 이르러서야 그는 냄새의 정체를 알아냈다. 한 노파가 식초에 절인 오이를 팔고 있었는데 그 냄새가 메르소를 사로잡은 것이었다. 지나던 행인 하나가 걸음을 멈추고 오이를 한 개 샀다. 노파는 오이를 못 쓰는 종이에 둘둘 말아 싸주었다. 그는 몇 걸음 걸어오다가 메르소 앞에서 종이 꾸러미를 열더니 오이를 한입 가득 베어 물었다. 그러자 물어뜯은 오이에서 물이 줄줄 흐르면서 아까보다도 더 진한 냄새가 확 풍겨왔다. 속이 거북해진 메르소는 돌기둥에 몸을 기대고, 그 순간 세계가 가져다 주는 이상하고 고독한 그 모든 것을 한참 동안 들이마셨다. 이윽고 그는 그 자리를 떠나 아코디언 선율이 흘러나오는 어떤 식당으로 무작정 들어갔다. 층계를 몇 계단 내려가다가 중간에서 발걸음을 멈추자 불그스레한 불빛에 잠긴 무척 어두운 작은 지하술집이 나타났다. 아마도 그의 인상이 기이했는지 아코디언이 한층 소리를 죽였고, 주고받던 대화가 뚝 그치면서 손님들이 그에게로 고개를 돌렸다. 한쪽 구석에서는 두툼한 입술을 한 여자들이 음식을 먹고 있었다. 다른 손님들은 체코슬로바키아산의 달착지근한 갈색 맥주를 마시고 있었다. 상당수의 사람들이 아무것도 마시지 않고 담배만 피우고 있었다. 메르소는 한 남자가 혼자 앉아 있는 꽤 긴 테이블로 가 마주 앉았다. 큰 키에 바짝 마르고 머리털이 누런 그 사내는 호주머니에 손을 찌른 채 의자에 쪼그리고 앉

행복한 죽음

아 있었는데 벌써 침에 젖어 부풀어오른 성냥 꼬투리를 튼 입술로 물고 지저분한 소리를 내면서 빨기도 하고 입술 위로 이리저리 굴리기도 했다. 메르소가 자리에 앉자 그는 몸을 움직이는 듯 마는 듯하더니 어깨를 벽에 고인 채 방금 자리잡고 앉은 상대편 쪽으로 성냥을 돌리며 아주 조금 눈을 찡그렸다. 바로 그때 메르소는 그의 저고리 단춧구멍에 달린 붉은색 별 표시를 보았다.

메르소는 거의 먹지 않고 재빨리 식사를 끝냈다. 배가 고프지 않았던 것이다. 이제는 아코디언 소리가 아까보다 훨씬 똑똑하게 들려왔다. 연주자는 이 신참자를 뚫어지게 바라보았다. 메르소는 두 번 도전하는 눈초리로 그의 시선을 감당하며 버텨 보았다. 그러나 신열 때문에 힘이 빠졌다. 사내는 여전히 그를 응시하고 있었다. 별안간 여자들 중의 하나가 웃음을 터뜨렸고 붉은색 별을 단 남자는 작은 침방울이 부풀어오른 성냥 꼬투리를 세게 빨았다. 음악가는 메르소를 끊임없이 바라보면서 지금까지의 흥겨운 무도곡을 그치고 케케묵은 느리고 뻑뻑한 곡을 연주하기 시작했다. 그때 문이 열리더니 새로운 손님이 들어왔다. 메르소는 그를 보지 못했으나 열린 문으로 금방 식초와 오이 냄새가 새어들어왔다. 그 냄새가 대번에 아코디언의 신비한 선율과 뒤섞여 어두운 지하술집을 가득 채웠고 사내의 성냥개비 위에 묻은 침거품이 부풀어올랐으며 대화는 갑자기 보다 의미심장해졌다. 그것은 마치 프라하를 뒤덮은 채 잠들고 있던 밤의 경계로부터 악의와 고통에 찬 낡은 세계의 감각이 온통 이 지하실과 거기에 들어앉은 인간들의 열기 속으로 피난 와서 숨은 것만 같았다. 지나치게 단 마멀레이드를 먹고 있던 메르소는 갑자기 자신의 극한점에까지 투사되어, 내면에 자리잡고 있던 균열이 터지면서 커다란 불안과 열기를 향하여 가슴이 활짝 열리는 것을 느꼈다. 그는 벌떡 일어나서 보이를 불렀으나 그의 설명을 한 마디도 알아들을 수가 없었다. 여전히 노골적으로 그를 응시하고 있는 악사의 시선과 마주치자 계산보다 훨씬 많은 돈을 집어주었다. 문 쪽으로 걸어가다가 악사 곁을 지나며 힐끗 돌아보니 악사는 그가 이제 막 일어선 테이블을 여전히 응시하고 있었다. 그때서야 그는 악사가 장님인 것을 깨달았다. 계단을 올라와 문을 활짝 열고 여전히 가시지 않은 냄새 속으로 내달아 짧은 골목들을 지나 어둠 속을 향해 걸어갔다.

별들이 집들 위에서 빛나고 있었다. 강에서 가까운 곳이었던지 나직하고 힘찬 노랫소리가 들려왔다. 두터운 담벼락에 난 작은 철책에 히브리 글자가 잔뜩 새겨진 것을 보자 그는 자신이 유태인 구역에 들어와 있다는 사실을 알아차렸다. 담장 위에는 달콤한 냄새를 풍기는 버드나무 가지가 늘어져 있었다. 철책 너머로 잡초 속에 묻힌 커다란 갈색 돌들이 보였다. 프라하의 옛 유태인 묘지였다. 메르소는 뛰어서 그곳에서 얼마 되지 않는 곳에 있는 옛날 시청 광장으로 다시 돌아왔다. 자신이 묵는 호텔 가까이 와서 그는 벽에 기대어 힘들게 토했다. 극도로 허약해진 몸으로나마 간신히 정신을 차리고서 방을 제대로 찾아 들어간 그는 이내 잠이 들었다.

　이튿날 그는 신문팔이들이 외치는 소리에 잠을 깼다. 날씨는 여전히 무거웠으나 구름 너머로 햇빛이 있는 것을 알 수 있었다. 기운이 없긴 했지만 기분이 한결 나아진 느낌이었다. 그런데도 그는 이제 시작되는 하룻낮이 또 얼마나 길까 하는 생각을 했다. 이처럼 자신과만 대면하고 살자니 시간이 한껏 길게 늘어나서 하루 낮의 한 시간 한 시간이 하나의 세계를 다 담고 있는 것 같았다. 무엇보다도 전날 같은 난감한 경우는 피해야 했다. 가장 바람직한 방법은 도시를 체계적으로 구경해보는 것이었다. 그는 잠옷 바람으로 테이블에 앉아 일주일 동안[2] 매일 낮 시간을 어떻게 보낼지 체계적인 시간표를 짜보았다. 수도원과 바로크식 성당, 박물관과 구시가 등, 그는 하나도 빠뜨리지 않았다. 그러고 나서 세수를 하다가 빗을 사는 것을 깜빡 잊어버렸음을 깨달았다. 그래서 그는 전날처럼 헝클어진 머리로 아무 말 없이 문지기 앞을 지나 내려갔다. 문지기는 대낮인데도 머리털이 곤두선 채 얼빠진 표정이었고 윗도리의 두 번째 단추가 떨어져나가고 없었다.[3] 호텔에서 나오자 그 유치하면서도 감미로운 아코디언 소리가 그를 사로잡았다. 전날의 그 장님이 해묵은 광장 한 모퉁이에서 발뒤꿈치를 고인 채 앉아서 악기를 켜고 있었다. 악사는 마치 자신으로부터 해방되고, 송두리째 어떤 초월적인 삶의 움직임에 자신을 맡긴 듯이 전날과 다름없는 텅 빈 미소를 짓고 있었다. 길모퉁이를 돌자 다시 오이 냄새가 났다. 그 냄새와 더불어 불안이 되살아났다.

그날도 그다음 날들과 다름없는 날이었다. 메르소는 늦게 일어나 수도원과 성당을 구경했고, 그곳의 향 냄새와 지하실 냄새에서 안식을 구하려고 애썼다. 다시 밝은 곳으로 나오면 골목길 모퉁이마다에서 마주치는 오이 장수들과 더불어 남모르는 불안이 되살아났다. 박물관 구경도 그 냄새를 통해서 했고, 프라하 전체를 황금빛 장식과 장엄성으로 가득 채워주는 바로크적 정수의 풍요와 신비를 이해한 것도 그 냄새를 통해서였다. 박명에 잠긴 제단 위에서 부드럽게 빛나는 황금빛은 프라하의 머리 위에서 자주 볼 수 있는 안개와 태양으로 빚어진 구릿빛 하늘에서 뽑아낸 것 같았다. 기둥머리와 마카롱 장식 쇠붙이들, 금종이로 만든 것만 같은 복잡한 장식들은 성탄절에 만들어놓는 아기 요람들과 너무도 흡사해서 감동적이었다. 메르소는 그 장식들을 보고 인간이 자기 자신 속의 악마를 물리치기 위한[4] 도구로 사용했던 낭만주의의 열광적이고도 유치하며 호방한 경향과 같은 거창함과, 기괴함과, 바로크적 규범 같은 것을 느꼈다. 이곳에서 숭배하는 신은 바다와 태양이 열정적으로 노니는 앞에서 사람과 한데 어울려 웃는 신이 아니라 사람들이 두려워하고 경배하는 신이었다. 어둑한 궁륭 밑에서 군림하는 먼지와 허무의 미묘한 냄새로부터 빠져나와 밖으로 나서자 메르소는 다시금 객지에 와 있음을 느꼈다. 저녁마다 그는 도시의 서쪽에 위치한 체코 승려들의 수도원으로 찾아가곤 했다. 수도원의 정원에서 시간은 비둘기들과 더불어 날아가고 풀밭 위로 부드러운 종소리가 들려왔지만 여전히 메르소에게 실감나는 것은 몸 속에서 끓어오르는 신열뿐이었다. 그래도 그 바람에 시간은 지나갔다. 그러나 그때는 이미 성당과 기념관들은 문을 닫고 식당들은 아직 문을 열지 않은 시각이었다. 그때가 위험했다. 메르소는 해가 기우는 시각에 공원과 오케스트라들이 즐비한 블타바 강변을 산책했다. 작은 배들이 이 둑에서 저 둑으로 강을 거슬러 올라가고 있었다. 메르소는 그 배들과 함께 위로 올라가면서 수문에서 나는 요란한 소음과 부글거리는 소리를 떠나 차츰차츰 저녁의 평화와 침묵을 되찾았다. 이윽고 그는 소음이 점점 커져서 야단법석을 이루는 곳을 향해 다시 걸었다. 새로운 제방에 이르면 그는 형형색색의 소형 보트들이 뒤집히지 않고 제방을 통과하려 애쓰다가 결국 헛수고가 되고 마는 광경을 바라보았다. 그중 한 척이 가장 위험한 지점을 통과하면 물소리보다 더 우렁찬 박수 소리가 솟아올랐다. 그때까지 그는 그 배들을 바라보고 있었다. 떠들썩한 소음과 음악의 선율, 그리고 정원의 냄새, 저무는 하늘의 구릿빛 광선과 카를로바 다리 위에 늘어선 동상들의 괴상하게 비틀어진 그림자를 가득 싣고 흐르는 강물을 보고 있자니, 메르소는 사랑이 끼여들 자리가 조금도 없는 냉혹한 고독을 아프고도 절실하게 느끼지 않을 수 없었다.[5] 자신이 서 있는 곳까지 올라오는 강물과 나뭇잎의 향기에 목이 메어 발걸음을 멈추면서 눈물을 상상했지만 실제로 흐르지는 않았다. 어떤 친구든 두 팔을 크게 벌려 맞아주는 이만 있어도 눈물이 날 것 같았다. 그러나 눈물은 그가 몸담고 있는 애정 없는 세계의 경계선을 넘어서지 못하고 멈췄다. 또 다른 때는 같은 저녁 시간에 카를로바 다리를 건너 강의 저 위쪽에 있는 황량하고 고요한 흐라친 거리를 산책했다. 그곳은 도시에서 가장 활기가 넘치는 중심가에서 그리 멀지 않은 곳이었다. 그는 거대한 궁전들 사이를 무작정 돌아다녔고 성당 주위의 세공된 장식 철책을 따라서 타일 깔린 광대한 뜰 안을 거닐었다. 궁전의 큰 담벽 사이를 걷는 그의 발자국 소리가 침묵 속에서 울렸다. 시가지에서부터 나직한 소음이 그에게로 올라왔다. 이 동네에는 오이 장수는 없었지만 침묵과 거대함 속에 사람의 가슴을 짓누르는 그 무엇이 깃들여 있었다. 그래서 결국 메르소는 언제나 냄새나 선율이 있는 곳으로 다시 내려가게 되었다. 이제는 그나마 그곳만이 고향 같았다. 그는 자신이 발견한 식당에서 식사를 했다. 그 식당은 적어도 그에게는 낯익은 곳이었다. 그는 저녁 때만 와서 맥주 한 잔을 마신 후 성냥을 씹어대는 붉은 별의 사내 곁에 자리를 정했다. 저녁식사 시간이 되면 다시 장님이 연주를 했고 메르소는 황급히 식사를 마치고 돈을 낸 다음 밤이면 어김없이 찾아드는 열에 들뜬 어린아이 같은 잠을 향하여 호텔로 돌아갔다.

메르소는 매일같이 떠날 생각을 하면서도 또 매일같이 단념한 상태 속으로 조금씩 더 깊이 빠져들었고 행복에의 의지를 따르는 일은 점점 드물어졌다. 프라하에 온 지 나흘이 지났지만 아침마다 아쉽게 느껴지는 빗을 아직도 사지 못한 채였다. 그러면서도 뭔가 허전하다는 감정을 은연중에 느끼고 있었는데[6] 그가 기대하던 것도 바로 그것이었다. 어느 날 저녁 그는 첫날 냄새가 코를 찔렀던 그 골목길을 지나 그의 단골 식당으로 가고 있었다. 벌써부터 냄새가 난다고 느끼면서 식당 조금 못 미친 맞은편 보도에 이르렀을 때 무엇인가가 그를 가로막으면서 가까이 끌어당겼다. 어떤 남자가 팔짱을 끼고 왼쪽 뺨을 땅에 붙인 채 머리를 떨군 자세로 길바닥에 누워 있었다.[7] 다른 사람 서넛은 벽에 기댄 채 서서 무엇인가를 기다리는 듯했는데 그러면서도 매우 태연한 모습이었다. 한 사람은 담배를 피우고 다른 사람들은 낮은 소리로 이야기하고 있었다. 그 중 한 사람은 셔츠 바람에 상의를 팔에 걸쳐 들고 펠트 모자를 약간 뒤로 젖혀 쓴 채[8] 시체 주위를 돌면서 단속적이고 집요하게 되풀이되는 인디언 스텝으로 원시적인 춤을 흉내내고 있었다.[9] 머리 위에서는 멀찍이 떨어진 가로등의 아주 희미한 불빛이 몇 발짝 앞에 있는 식당의 침침한 불빛과 어울리고 있었다.[10] 쉬지 않고 춤을 추는 그 남자, 팔짱을 낀 그 시체, 그토록 태연한 구경꾼들, 그 아이러니컬한 대조와 예외적인 침묵[11], 바

　　　　　　　　　　　　　　2부 의식적인 죽음

로 거기, 약하게 가슴을 누르면서 빛과 어둠이 교차하는 가운데, 명상과 순수로 이루어진 균형의 한 순간이 있었다. 그 순간을 넘어서면 모든 것이 광란 속으로 무너져내릴 것 같은 느낌이 들었다. 그는 더 가까이 다가가보았다. 죽은 사람의 머리는 피에 젖어 있었다. 그는 상처난 쪽으로 머리를 돌리고 누워 있었다. 프라하의 이 후미진 한 구석, 축축한 보도를 드물게 비치는 불빛과 저만치서 길게 미끄러지며 스쳐가는 자동차들과 멀리 어딘가에 도착하는 요란하고 드문 전차들 사이에서 시체는 부드럽고도 집요한 모습을 드러내 보이고 있었다. 메르소가 뒤도 돌아보지 않고 성큼성큼 걷기 시작한 순간에 느낀 것은 바로 죽음의 부름과 축축한 바람이었다. 갑자기 잊고 있었던 냄새가 그를 엄습했다. 식당에 들어가 테이블에 앉은 것이었다. 사내는 거기 와 있었으나 성냥개비는 없었다. 메르소는 어쩐지 사내의 눈초리가 안정을 잃고 있다고 느꼈다. 그는 머리에 떠오르는 엉뚱한 생각을 쫓아버리려고 애를 썼다. 그러나 머릿속에서는 모든 것이 빙글빙글 돌았다. 음식을 주문하기도 전에 그는 그곳을 후다닥 도망쳐 나와 호텔까지 달려와서는 침대에 몸을 던졌다. 관자놀이에 쑤시는 듯한 날카로운 통증을 느꼈다. 허탈감과 더불어 뱃살이 당기면서 반항심 섞인 분노가 폭발했다. 삶의 여러 장면들로 눈이 부풀어오르는 것 같았다. 내면에서 무엇인가가 여인들의 몸짓, 두 팔 활짝 벌린 가슴, 그리고 따뜻한 입술을 갈구하며 소리치고 있었다. 지

행복한 죽음

금까지 그의 몸 속의 신열을 따라다니던 저 낡은 바로크적 세계의 불안한 모습이 고통스러운 프라하 밤의 밑바닥으로부터, 식초 냄새와 유치한 선율 속에 담겨서 그에게로 올라오고 있었다. 간신히 숨을 쉬면서 그는 눈을 감고 기계적으로 몸을 움직여 침대에 앉았다. 침대 머리맡의 탁자 서랍이 열려 있어서 보니 그 속은 영자英字 신문으로 도배가 되어 있었다. 그는 거기에 찍힌 기사 하나를 전부 다 읽었다.[12] 그러고 나서 침대에 벌렁 드러누웠다. 그 남자는 상처난 쪽으로 머리를 돌리고 누워 있었고 그 상처는 손가락이 드나들 수 있을 만큼 컸다. 그는 자신의 손과 손가락을 들여다보았다. 그러자 어린아이 같은 욕망이 마음속에 솟아올랐다. 은밀하고 뜨거운 열광이 가슴을 메우면서 눈물이 솟았다. 그것은 태양과 여자들로 가득한 도시, 상처를 아물게 하는 초록색 저녁이 찾아오는 도시에 대한 향수였다. 눈물이 터져나왔다. 그의 가슴속에서는 커다란 고독과 침묵의 호수가 자꾸만 넓어져갔고, 그 호수 위에는 해방의 슬픈 노래가 흘러가고 있었다.[13]

# 2

  북쪽으로 가는 기차 속에서 메르소는 자신의 손을 가만히
들여다보았다. 비가 쏟아질 것 같은 하늘에는 달리는 기차 때
문에 낮고 무거운 구름들이 떼지어 밀려가는 것같이 보였다.
찌는 듯한 객차 속에는 메르소 혼자뿐이었다. 그는 밤중에 급
히 떠나왔다. 이제 어둑한 아침나절을 앞에 두고 홀로 앉아 있
자니 이 보헤미아 지방 풍경의 온갖 부드러움이 몸 속으로 흘
러들었다. 비단결같이 부드럽고 키 큰 포플러 나무들과 멀리
보이는 공장의 굴뚝들 사이에서 비를 머금은 풍경은 울음이라
도 터뜨리고 싶은 심정을 자극했다. 그는 '밖으로 몸을 내놓지
마시오'라고 독일어, 이탈리아어, 프랑스어 세 가지 말로 쓴 흰
색 표지판을 바라보았다. 무릎 위에 놓인 거칠고도 살아 움직
이는 짐승 같은 자신의 두 손이 그의 눈길을 끌었다. 왼쪽 손
은 길고 유연했고, 오른쪽 손은 마디가 졌고 근육이 단단했다.

행복한 죽음

그는 그 손들을 잘 알고 있었고 익숙하게 잘 알아볼 수 있었으며 동시에 자신의 의지와 상관없는 행동을 해낼 수 있을 것 같은 별개의 존재로 느꼈다. 그중 한 손이 이마를 누르면서 관자놀이에 화끈거리는 열을 가라앉혔다. 다른 한 손은 저고리를 따라 미끄러져 내려오더니 주머니 속에서 담배를 한 대 꺼냈다가, 메르소가 감당할 수 없는 구토증을 느끼자, 곧 그 담배를 도로 집어넣었다. 다시 무릎 위로 돌아온 두 손은 그냥 그대로 처져 있었다. 손바닥을 술잔 모양으로 오므린 손들은 무관심 상태로 되돌아와 처분에 맡기겠다는 듯 그의 삶의 얼굴을 메르소에게 보여주었다.[1]

그는 이틀 동안 여행했다. 그러나 이번에 그를 충동질한 것은 도피의 본능이 아니었다. 여정의 단조로움 자체가 그에겐 만족이었다. 그를 싣고 유럽의 절반을 횡단하는 기차는 그를 두 개의 세계 사이에 붙잡아두었다. 기차를 탄 지 얼마 되지 않는데 그는 벌써 기차에서 내릴 참이었다. 추억마저도 지우고 싶은 삶으로부터 기차는 그를 끌어내어 욕망이 제왕인 어떤 새로운 세계의 문턱으로 데려다 주는 것이었다. 메르소는 단 한 번도 권태를 느끼지 않았다. 그는 거의 아무도 건드리는 사람이 없는 구석자리에 앉아서 자신의 양손과 바깥 풍경을 바라보다가 깊은 생각에 잠기곤 했다. 그는 일부러 브로츠아프까지 여정을 연장했고 세관을 만나면 지폐를 바꾸는 것이 고작인 채 그저 달리기만 했다. 그는 여전히 자신의 자유와 대면

2부 의식적인 죽음

한 채 있고 싶었다. 피곤해서 움직일 기력도 없었다. 그는 작은 몇 가닥의 힘과 희망을 자신의 내부에 맞아들여서 그것을 꼭꼭 뭉치고 재결합했다. 그러자 내면에서 자신이, 아울러 장차 다가올 그의 운명이 다시 만들어지는 것이었다. 그는 기차가 미끄러지듯 레일 위를 달리는 기나긴 밤들, 벽시계만이 덩그러니 빛나고 있는 작은 역들을 쏜살같이 통과하는 것, 그리고 큰 역들의 불빛 둥지 앞에서 급정거하는 것을 좋아했다. 큰 역들은 눈에 들어오기가 무섭게 어느새 기차를 꿀컥 삼키고는 넘치도록 많은 황금과 불빛 그리고 열기를 객차들 속으로 쏟아 넣어주었다. 차 바퀴를 두들겨보는 망치 소리가 요란하게 울리고 나면 기관차는 흰 증기를 가득 뿜어대며 몸을 털었고 철도원이 기계적인 동작으로 붉은 원판을 내리면 기차는 오직 자신의 또렷한 정신과 불안감만이 깨어 있는 광란의 질주 속으로 메르소를 내몰았다. 객차칸 속에는 다시 명암의 유희가 교차하면서 검은빛과 노란빛이 뒤덮였다. 드레스덴, 바우첸, 괴를리츠, 리그니츠. 기나긴 밤 동안 외로이 앉아 있는 그의 앞에는 미래에 다가올 삶의 몸짓들을 시늉해보는 시간과 함께, 역을 하나 지날 때마다 사라졌다간 다시 떠올라 계속되고 그러고는 그것이 불러들이는 결과들과 합류했다가는 비와 불빛으로 번뜩이는 전깃줄의 춤 앞에서 또다시 달아나는 상념과의 끈질긴 씨름만이 있었다. 메르소는 마음속의 희망을 표현해주고 불안을 마감해줄 말과 문장들을 찾아내려고 애썼다. 그처

행복한 죽음

럼 허약해져 있을 때 그는 적절한 표현을 필요로 했다. 이제부터 삶을 바라보는 시선의 모든 색깔을 만들어줄 언어와 영상, 자신의 미래에 대한 흐뭇하거나 불안한 꿈, 이런 것들과 집요하게 씨름하는 사이에 밤과 낮이 지나갔다. 그는 눈을 감았다. 살기 위해서는 시간이 필요했다. 모든 예술작품과 마찬가지로 삶은 우리에게 생각할 것을 요구한다. 메르소는 자신의 삶에 대해 생각했고 자신의 들뜬 의식과 행복을 향한 의지를 객차칸 속에서 이리저리 굴려보았다. 그 무렵 유럽에서의 그에게 객차칸은 인간이 자기를 초월하는 그 무엇을 통해서 인간을 배우는 수도사의 작은 방과도 같았다.

둘째 날 아침. 아직도 평탄한 들판이긴 했지만 기차는 눈에 띄게 천천히 달렸다. 몇 시간만 가면 브로츠아프였다. 나무 한 그루 없고 진창으로 질퍽한 슐레지엔의 긴 평원 위로 동이 텄다. 하늘은 구름으로 덮인 채 비를 품고 있었다. 저 멀리에서는 일정한 간격을 두고 날개가 번뜩거리는 검고 큰 새들이 떼를 지어 날고 있었다. 포석처럼 짓누르는 하늘 아래서 더 이상 높이는 떠오르지 못하겠다는 듯 땅에서 불과 몇 미터 위를 날고 있었다. 그 새들은 느리고 무겁게 날면서 빙글빙글 돌고 있었는데 가끔 그중 한 마리가 무리에서 빠져나와 땅과 구별이 안 될 정도로 낮게 스치다가 한결같이 무거운 날갯짓으로 끝없이 멀어져가면, 나중에는 땅에 닿은 하늘을 배경으로 멀리 보이는 하나의 검은 점이 되어버렸다. 메르소는 손으로 유리창에 서린 김을 지우고서 손가락이 남긴 긴 자국들 저 너머로 골똘히 밖을 내다보았다. 황량한 대지로부터 빛깔 없는 하늘에 이르기까지 그의 눈앞에는 어떤 메마른 세계의 이미지[2]가 솟아올랐다. 처음으로 그는 그 속에서 자신에게로 되돌아왔다. 순결무구의 절망으로 되돌아온 그 대지 위에서, 원초적인 세계 속에서 길을 잃은 여행자인 그는 마음붙일 곳을 되찾아가고 있었다. 그는 주먹으로 가슴을 꽉 누르고 얼굴을 유리창에 갖다 댄 채 자신을 향하여, 그리고 자신의 내부에 잠들어 있는 위대함에 대한 확신을 향하여 내닫는 마음속의 충동을 그려보았다. 그는 이 진창 속에 뒹굴고만 싶었고, 그 진창의 목욕을 통해 땅 속으로 되돌아가고 싶었다. 그리하여 끝없는 이 들판 위에 진흙을 뒤집어쓰고 마치 삶의 절망적이고도 찬란한 상징 앞에 선 것처럼 스펀지와 먹물로 가득 찬 하늘을 향해 두 팔을 활짝 벌린 채 일어서서 가장 혐오스러운 세상과 자신과의 끊을 수 없는 유대를 긍정하고 싶었으며, 자신이 잔혹하고 추악한 면까지 모두 포함한 삶과의 공범자임을 소리쳐 말하고 싶었다. 속에서 복받쳐오르던 거대한 충동이 드디어 그가 떠나온 후 처음으로 터져버렸다. 메르소는 눈물과 입술을 차디찬 유리창에다 짓이겼다. 또다시 유리창이 흐려지면서 들판이 사라졌다.

몇 시간 후 그는 브로츠아프에 도착했다. 멀리 보이는 도시는 공장의 굴뚝과 대사원의 첨탑들로 이루어진 숲 같아 보였다. 가까이 가보니 그것은 벽돌과 검은 돌로 만들어져 있었다. 짧은 챙이 달린 모자를 쓴 사람들이 천천히 오가고 있었다. 그는 그들을 따라가 노동자들이 모이는 어느 카페에서 아침시간을 보냈다. 그곳에서는 한 젊은이가 하모니카를 불고 있었다. 어지간히도 무겁고 멍청한 곡조였지만 그걸 들으니 마음이 가라앉았다. 메르소는 머리빗을 하나 사고는 다시 남쪽으로 내려가기로 했다. 다음날 그는 빈에 가 있었고 한나절과 하룻밤을 꼬박 잤다. 잠이 깨자 열은 완전히 내렸다. 계란 반숙과 신선한 크림으로 아침을 든든히 먹고 나서 약간 메스꺼움을 느끼며 밖으로 나서니 햇빛과 빗발이 오락가락하는 아침나절이었다. 빈은 기분이 상쾌해지는 도시였다. 구경할 것이라고는 하나도 없었다. 생테티엔 성당은 너무 거대해서 싫증이 났다. 그보다는 그 건너편에 있는 카페들이, 저녁 때라면 운하의 양쪽 기슭 가까이 있는 작은 댄스홀이 더 좋아 보였다. 낮 동안에는 화려한 진열장과 우아한 여자들이 가득한 링Ring을 따라 산책을 했다. 그는 세상에서 가장 부자연스런 도시에서 인간을 자신으로부터 유리시키는 경박하고도 사치스러운 장식을 잠시나마 즐겼다. 하지만 여자들은 아름다웠고, 공원에 핀 꽃들은 탐스럽고 화려했다. 링에 어둠이 깃들자 그는 편안하고 빛나는 인파 속에 섞여서 붉게 물든 석양빛을 받으며 기념비 위에서 덧없이 날아갈 듯한 석마상을 바라보고 있었다. 그러자 여자친구들인 로즈와 클레르가 생각났다. 떠나온 후 처음으로

그는 편지를 썼다. 실상 그가 편지에 쏟아놓은 것은 넘칠 듯 가득한 침묵이었다.[3]

귀여운 아가씨들에게

빈에서 이 글을 쓴다. 어떻게들 지내고 있는지 모르겠다. 나는 여행하면서 그럭저럭 살아가고 있다. 쓰라린 마음으로 많은 아름다운 것들을 보았다. 여기서는 아름다움의 자리를 문명이 차지하고 있다. 느긋한 기분이다. 교회나 고적 따위는 구경하지 않는다. 링을 따라 산책하고 있다. 그리고 저녁이 되어 극장과 호화로운 궁전 위로 붉은 노을에 젖은 석마상들의 하늘을 날 듯한 맹목적인 기상을 바라보면 마음속에 쓰디쓴 맛과 행복감이 한데 섞인 야릇한 느낌을 맛본다. 아침에는 계란 반숙과 신선한 크림을 먹는다. 아침 늦게 일어나며 호텔에선 친절히 보살펴준다. 맛있는 음식을 포식하면서(오, 신선한 크림이여!) 호텔 웨이터들의 응대 방식에 민감해진단다. 볼 만한 공연들과 예쁜 여자들도 많다. 다만 태양다운 태양이 없을 뿐이다.

너희들은 무엇을 하고 지내는지[4], 어디를 가도 마음 붙일 길이 없는 이 불행한 나에게 너희들에 대해서, 그리고 태양에 대해서 이야기를 해주려무나.

언제나 너희들을 잊지 않는 친구

파트리스 메르소

    그날 저녁 편지를 쓰고 나서 그는 댄스홀로 갔다. 저녁을 위하여 그는 댄서인 헬렌과 약속을 해두었다. 헬렌은 불어를 좀 알고 있었고 그의 엉터리 독일어도 알아들었다. 그는 새벽 2시에 댄스홀을 나와 그 여자의 집으로 가서 세상에서 가장 정중한 사랑을 즐겼다. 다음날 아침 눈을 떴을 때 그는 벌거벗은 채 낯선 침대에서 헬렌의 등에 꼭 붙어 있는 자신을 발견했다. 무심하고 유쾌한 기분으로 그녀의 긴 둔부와 넓은 어깨를 경탄하며 바라보았다. 그는 그녀를 깨우지 않고 떠날 생각으로 구두 속에 지폐 한 장을 슬쩍 밀어넣었다. 그가 문 앞에 이르렀을 때 부르는 소리가 들렸다. "어머, 당신 잘못 줬어요." 그가 다시 침대 곁으로 갔다. 실제로 착오가 있었다. 오스트리아 화폐를 잘 몰랐기 때문에 100실링 대신 500실링짜리 지폐를 준 것이다. 그렇지만, "아냐, 맞아. 당신한테 준 거야. 당신 너무 잘했거든" 하고 미소를 지으며 말했다. 헝클어진 금발 아래로 주근깨가 잔뜩 난 헬렌의 얼굴에 웃음이 환하게 피어났다. 갑자기 그녀가 침대에서 일어나더니 그의 뺨에 키스를 했다. 그녀가 해준, 아마도 첫 진심의 키스를 받자 뭉클한 감정이 솟아올랐다. 그는 그녀를 침대에 눕히고 시트를 접어 넣어준 다음 다시 문으로 돌아와 웃으며 그녀를 바라보았다. "안녕" 하고 그가 말했다. 여자는 코밑까지 바싹 잡아당겨 덮은 시트 속에서 둥그런 눈을 크게 뜨고는 그가 사라져버릴 때까지 말문이 막힌 채 멍하니 쳐다보고만 있었다.

그로부터 며칠 후 메르소는 알제에서 온 답장을 받았다.[5]

그리운 파트리스

우리는 알제에 있어. 당신의 아가씨들은 당신을 다시 만나게 되기만을 고대하고 있어. 아무 데에도 마음붙일 곳이 없다면 알제로 와. 우리집[6]에서 지내면 되니까. 우린 아주 행복하게 지내고 있어. 물론 좀 부끄럽다는 생각도 들지만 체면상 그러는 거지. 또 선입관과도 관계가 있고. 행복해지는 데 관심이 있으면 여기 와서 한번 시도해봐. 하사관으로 재복무하기보다는 훨씬 나을 거야.[7] 아빠 같은 당신의 키스를 받고 싶어.

로즈, 클레르, 카트린

추신: 카트린은 '아빠 같은'이란 표현에 반대야. 카트린도 우리와 함께 살고 있어. 너가 원한다면 당신의 세 번째 딸이 될 거야.[8]

행복한 죽음

그는 제노바를 거쳐 알제로 돌아가기로 마음먹었다. 다른 사람들이 중요한 결정을 내리고 자기 일생에 있어서 결정적인 도박을 하기 전에 고독을 필요로 하듯이, 그는 고독과 낯설음에 진저리난 도박을 시작하기 전에 우정과 신뢰의 울타리 속으로 숨어 들어가서 표면적인 안정이라도 맛보아야 할 필요를 느꼈다.

이탈리아 북부를 거쳐 제노바[9]로 실어다주는 기차 안에서 그는 마음속에서 행복을 향해 노래하는 수많은 목소리에 귀를 기울였다. 순결한 대지 위에 꼿꼿하게 선 실편백나무가 처음으로 보이기 시작하자 곧 마음이 풀어졌다. 아직도 그는 신열과 쇠약함을 느꼈다. 그러나 그의 내부에 있던 무엇인가가 부드럽게 녹고 긴장이 풀렸다. 이윽고 아침해가 떠오르고 바다가 가까워짐에 따라 번쩍거리며 가슴을 뛰게 하는 광대한 하늘에서 공기와 빛의 강물이 살랑대는 올리브나무 위로 흘러 내렸고, 세계를 진동시키는 열광이 그의 가슴속의 정열과 합류했다. 기차 소리, 붐비는 열차칸에서 그를 둘러싸고 재잘대는 객쩍은 소리, 그리고 주위에서 웃고 노래하는 소리, 그 모든 것이 그의 내면의 춤을 박자에 맞춰 반주하고 있었다. 그 춤은 여러 시간 동안 꼼짝 않고 앉아 있는 그대로 그를 세상의 구석구석으로 투사했고 마침내 유쾌하면서도 어리둥절해진 그를 귀가 째지게 떠들썩한 제노바로 쏟아 내놓았다. 그 도시는 바다 물굽이와 하늘을 내다보면서 건강에 넘쳐 있었고 저녁이

2부 의식적인 죽음

올 때까지 진종일 욕망과 게으름이 그칠 줄 모른 채 씨름하는 곳이었다. 그는 사랑과 유희와 포옹에 목마르고 굶주려 있었다. 그를 충동하는 신들은 그를 문득 바닷속으로, 항구의 후미진 구석으로 집어던져서 그는 콜타르와 소금이 한데 섞인 맛을 혀 끝으로 느끼며 너무나 정신없이 헤엄을 친 나머지 기진맥진해버리는 것이었다. 그러고 나서 그는 구시가의 온갖 냄새가 풍기는 좁은 길을 헤매었다. 가지각색의 색깔들이 그를 향하여 고함치듯이 달려들고, 짓누르는 듯한 태양의 무게에 깔린 집들 위에서 불타던 하늘이 기진해가고, 고양이들은 쓰레기와 한여름 햇볕 가운데서 쉬고 있었다. 그는 제노바 전체가 내려다보이는 길 위로 올라가서 향기와 빛을 가득 실은 바다가 오랫동안 송두리째 그를 향하여 천천히 부풀어 올라오는 것을 바라보고 있었다. 그는 자기가 앉아 있던 미지근한 돌을 지그시 껴안고는 눈을 감았다. 그러다가 눈을 뜨자 야하고 들뜬 열기 속에서 생명이 넘쳐나는 도시가 내려다보였다. 그 후 여러 날 동안은 항구로 내려가는 난간에 앉아 있는 것도 좋았고 또 정오에는 부둣가에 있는 사무실에서 올라오는 젊은 여자들의 행렬을 바라보는 것도 좋았다. 가벼운 샌들을 신고, 젖가슴이 얇고 빛나는 옷 속에서 자유롭게 출렁거리는 그 여자들을 바라보노라면 메르소는 혓바닥에 침이 마르고 욕정으로 가슴이 펄떡거리는 것을 느꼈다. 그 욕정 속에서 그는 자유와 존재 이유를 다시 찾아냈다.[10] 저녁이면 길거리에서도 똑같은 여자들을 다시 만났고, 그들의 뒤를 따라 걸을 때면 그의 허벅지에서는 욕정이 도사린 뜨거운 짐승이 사나운 감미로움과 함께 꿈틀거리는 것이었다. 이틀 동안 그는 그런 비인간적인 흥분에 뜨겁게 시달렸다. 세 번째 되는 날 그는 제노바를 떠나 알제로 향했다.

여행하는 내내 그는 물과 빛의 유희를, 바다에 내리는 아침과 그에 이은 한낮, 그리고 저녁을 바라보면서 하늘의 느린 고동에 스스로의 맥박을 맞추어갔고 그리하여 자신에게로 되돌아왔다. 어떤 종류의 회복에는 천박함이 따르는 것을 아는 터라 그는 그것을 경계했다. 갑판 위에 드러누워 잠들지 않고 깨어 있어야 함을, 친구들로부터, 육체와 영혼의 안락으로부터 자신을 지키기 위해 깨어 있어야 한다는 것을 깨달았다. 그는 자신의 행복과 존재 이유를 구축해야 했다. 아마도 그 임무가 이젠 그에게 있어서 보다 용이해질 것 같았다. 갑자기 더 서늘해진 저녁 바다를 앞에 두고, 빛이 초록색으로 변하면서 사그라졌다가 노란색으로 다시 소생하는 하늘에 서서히 여물어가고 있는 초저녁별을 바라보면서, 자신 속에 밀려드는 기이한 평화를 맛보고 있자니 그 세찬 격동과 폭풍이 지나간 후, 자신의 내부에 있는 음침하고도 부정한 그 무엇이 밑바닥으로 가라앉고 이제부터는 선善과 결단력을 되찾은 어떤 영혼의 맑은 물만이 투명하게 정화되어 남게 되었음을 느낄 수 있었다. 그는 명확히 알 수 있었다. 오랫동안 그는 여자의 사랑을 기다

2부 의식적인 죽음

려온 것이다. 그런데 그는 사랑을 위해 태어난 인간이 아니었다. 그의 생활, 부둣가의 사무실, 방과 잠, 단골 식당과 애인들을 통하여 그는 단지 어떤 행복만을 줄기차게 추구해왔다. 그러나 모든 세상 사람들과 마찬가지로 그 역시 마음 깊은 곳에서는 그러한 행복이 불가능하다고 믿고 있었다. 그는 행복해지고 싶어하는 시늉을 했었다. 그러나 결코 의식적이고 고의적인 의지를 갖고 행복을 바라지는 않았었다. 문제의 그날까지는…. 그리하여 그 순간부터는, 또렷한 제정신으로 계산하여 실행한 단 한 가지 행동으로 인하여 그의 삶은 변했고 그의 생각에 행복이 가능한 것으로 보였다. 필시 그는 고통 속에서 새로운 존재를 분만했던 것이다. 그러나 자신이 전에 연출하던 그 타락의 코미디로 얻은 대가라면 그게 무슨 대단한 것이란 말인가? 예를 들어 그는 그가 마르트[11]에게 끌렸던 것은 애정이었다기보다 허영이었음을 알 수 있었다. 그녀가 바쳤던 저 기적 같은 입술까지도 사실은 정복욕의 만족을 통해서 확인하고 깨닫게 되는 어떤 위력에 대한 즐거운 놀라움이었을 뿐이다. 그의 모든 사랑의 역사란, 사실은 최초의 놀라움을 어떤 확신으로 바꾸고 또 그의 겸손을 허영으로 바꾼 것에 지나지 않았다. 그가 그녀에게서 사랑했던 것은 그들이 함께 영화관에 나타나면 사람들의 시선이 일제히 그녀에게로 쏠리던 저녁이나 그녀를 남들에게 소개하는 순간들이었다. 그가 그녀에게서 사랑한 것은 자신의 힘과 삶의 야망이었다. 그녀의 육체 전체에 대한 욕망 자체와 깊은 애착도 어쩌면 유달리 아름다운 육체를 자신의 것으로 하고 지배하여 마음대로 주무른다는 그 최초의 놀라움에서 온 것이리라.[12] 이제 그는 자기가 그런 식의 사랑을 위해 만들어진 인간이 아니라 이제부터 섬기게 될 검은 신의 순결하고 무시무시한 사랑을 위해 만들어진 사람임을 알았다.

흔히 그렇듯이 그의 삶에 있어서 최선의 것은 최악의 것을 에워싸고 결정結晶된 것이었다. 클레르와 그의 아가씨 친구들, 그리고 자그뢰스와 마르트를 중심으로 한 그의 행복에의 의지. 이제는 행복에 대한 자신의 의지가 선도해야 할 차례라는 것을 그는 알 것 같았다.[13] 그러나 그러기 위해서는 시간과 스스로의 호흡을 맞추어야 한다는 것, 자기만의 시간을 갖는다는 것은 가장 멋지고도 위험한 체험이라는 사실을 깨달았다. 한가함이란 오직 범인에게만 치명적인 것이다. 많은 사람들은 자신이 평범한 존재가 아니라는 것을 증명할 능력이 없다. 그는 그 권리를 얻었었다. 그러나 정작 이제부터 그것을 증명해야 했다.[14] 단 한 가지만이 변했다. 그는 자신의 과거와 자신이 잃어버린 것으로부터 자유로웠다. 그가 바라는 것은 오직 자기 내부에서의 긴축과 폐쇄된 공간이었고 세계 앞에서의 냉철하고 참을성 있는 열정이었다. 마치 따뜻한 빵을 꼭꼭 눌러 단단하게 뭉치듯이 그는 오직 자신의 생을 두 손에 쥐고 꼭꼭 뭉치고 싶을 뿐이었다. 마치 기나긴 이틀 밤 동안 기차 속에서 자신에게 말을 걸면서 삶을 준비했듯이…. 설탕 덩어리를 핥듯이 자신의 생을 핥고 날카롭게 갈고 마침내는 사랑하는 것, 그의 미칠 듯한 욕구는 바로 그것이었다. 자기 자신과의 에누리 없는 대면, 이제부터 그의 노력은 자기 삶의 모든 모습 앞에서, 경우에 따라서는 그렇게 견디기 어려운 것임을 잘 알고 있는 터인 고독을 대가로 치르고서라도, 그 대면 상태를 계속 유지하는 일이었다. 그는 약속을 저버리지 않을 것이다. 그의 격렬한 성격이 그 점에 있어서 도움이 되었고, 그의 사랑은 그 격렬함의 절정에서 광란하는 삶의 열정처럼 그를 사로잡았다.

바다는 천천히 뱃전에 부딪치며 찰싹거렸다. 하늘에는 별이 가득했다. 그리고 메르소는 침묵에 잠긴 채 눈물과 태양의 얼굴을 한 삶, 소금과 뜨거운 돌 속에 담긴 그 삶을 사랑하고 찬미하고자 하는 극한적이고 깊은 힘이 솟구쳐오름을 느꼈고, 그러한 삶을 애무하노라니 사랑과 절망의 모든 힘이 서로 어울려 합쳐질 것 같아 보였다. 그것이 바로 자신의 비길 데 없는 가난인 동시에 부유함이었다. 그는 마치 영점零點에서부터 게임을 다시 시작하는 것 같았다. 그러나 그것은 운명을 대면한 그를 등 뒤에서 떠밀어주고 있는, 자기 힘에 대한 의식과 명증한 열정을 가진 재출발이었다.

이윽고 알제 도착. 느릿느릿 찾아오는 아침, 바다 저 위에서 폭포처럼 쏟아지는 눈부신 카스바, 언덕들과 하늘, 팔을 벌리고 있는 항만, 수풀 사이의 집들과 어느새 가까이 달려드는 항구의 냄새. 그때서야 메르소는 빈을 출발한 후 단 한 번도 자신이 자그뢰스를 죽인 사람이라고 생각해보지 않았다는 사실을 깨달았다. 그는 어린이나 천재 또는 죄 없는 인간만이 갖춘 망각의 자질을 그 자신에게서 발견했다. 아무런 죄책감도 없이 기뻐 어쩔 줄 모르는 그는 마침내 자신이 행복을 위해 태어난 인간임을 깨달았다.

# 3

파트리스와 카트린은 햇볕을 받으며 테라스에서 아침식사를 하고 있다. 카트린은 수영복 차림이고 청년(그의 여자 친구들은 그를 이렇게 부른다)은 팬티 바람에 수건을 목에 걸치고 있다. 그들은 소금을 뿌린 토마토와 감자 샐러드, 꿀, 그리고 수북한 과일을 먹고 있다. 그들은 복숭아를 얼음에 채워 차게 했다가 꺼내어 비로드 같은 껍질의 솜털에 맺힌 물방울을 핥는다. 또 포도로 주스를 만들어가지고 얼굴을 태우려고 태양 쪽으로 얼굴을 돌린 채 마시고 있다(적어도 갈색 피부가 더 낫다는 것을 아는 파트리스는 그렇게 한다).

"햇빛 냄새를 맡아봐" 하고 파트리스는 카트린에게 팔을 내밀며 말한다. 그녀는 그 팔을 핥는다. "응, 당신도 맡아봐" 하고 그녀가 말한다. 그는 냄새를 맡고는 자기 옆구리를 쓰다듬으며 드러눕는다. 카트린도 그 옆에 배를 깔고 엎드려서 수영복을 허리까지 내린다.

"나 야하게 보이지 않아?"

"그럼" 하고 청년은 돌아보지도 않은 채 말한다. 햇빛이 흘러서 그의 얼굴 위에 머물고 있다. 땀구멍에 약간 습기가 찬다. 그는 전신에 흘러넘치면서 졸음을 부르는 그 불덩이를 들이마신다. 카트린도 자기의 태양을 품었다가 숨을 내뿜으며 신음하듯 말한다.

"기분 좋다" 하고 그녀가 말한다.

"그러게." 청년이 말한다.

집은 물굽이가 내려다보이는 언덕 꼭대기에 매달려 있었다. 동네에서는 그 집을 '세 여학생의 집'이라고 불렀다. 그곳은 올리브 숲에서 시작해서 올리브 숲으로 끝나는 아주 험한 길로 올라가게 되어 있었다. 그 길 중간쯤에는 회색 벽을 따라서 나 있는 평지가 일종의 층계참 구실을 하고 있는데 그 벽에는 음란한 내용이나 정치적 의미를 지닌 낙서가 뒤덮여 있어서 그곳까지 올라오느라고 지친 여행자는 그걸 읽으면서 숨을 돌리곤 했다. 그리고 나면 올리브 숲과 나뭇가지 사이로 푸른 헝겊조각 같은 하늘이 보였고 보라색, 노랑색, 붉은색의 천들이 널려 바람에 마르고 있는 다갈색의 풀밭을 따라서 유향나무 향기가 풍겨왔다. 이제 다 왔다 싶으면 흠뻑 젖은 땀과 가빠진 숨결로 제정신이 아니었다. 부겐빌레아 덩굴에 할퀴지 않도록 피하면서 푸른색의 작은 살문을 밀고 들어선 다음 사닥다리같이 가파른 계단을 또다시 기어올라야 했다. 다행히 푸른 그늘이 드리워져 있어서 벌써 갈증이 좀 가시는 기분이 되었다. 로즈, 클레르, 카트린과 청년은 그 집을 '세계 앞의 집'이라고 불렀다. 앞이 탁 트여 전경이 내다보이는 그 집은 마치 세계의 오색빛 무도회 저 위에서 작열하는 하늘에 매달린 작은 배 같았다. 발 아래 기막힌 곡선을 그리고 있는 물굽이로부터 어떤 약동하는 힘이 초목과 햇빛을 휩쓸고 올라오면서 소나무와 실편백, 먼지 덮인 올리브나무와 유칼리나무들을 집 발치에까지 밀어올리듯 자라게 하고 있었다. 이 대자연의 선물들 한가운데는 계절에 따라 흰 들장미와 미모사, 혹은 여름 저녁이면 집 담으로부터 향기를 물씬 뿜어오르게 하는 인동초가 만발했다. 흰 빨래와 빨간 지붕들, 지평선이 끝에서 저 끝까지 주름 하나 없이 당겨서 펼친 듯한 하늘 아래 미소짓는 바다, 이러한 색깔과 빛의 축제를 향해 세계 앞의 집은 그 널찍한 창문들을 내놓고 있었다. 그러나 저 멀리서는 보랏빛 높은 산들의 능선이 물굽이와 만나면서 멀리 보이는 그 윤곽선 안에 그같은 도취를 담아놓았다. 그래서 아무도 가파른 길과 거기까지 오르는 피곤을 불평하지 않았다. 그렇게 매일 자신의 기쁨을 정복해야 했다.

이렇게 세계를 눈앞에 두고 살고, 그 무게를 느끼며, 날이면 날마다 그 얼굴이 밝아져왔다가는 꺼지고 또 다음날이면 온 젊음을 다해 불타오르는 것을 보며 지내노라니 그 집에 사는

행복한 죽음

네 사람은 자신들의 심판자인 동시에 존재 이유를 확보해주는 어떤 존재를 의식하게 되었다. 이곳에서는 세계가 하나의 인격으로 변했고 우리가 기꺼이 충고를 구하는 그런 존재가 되었다. 거기서는 균형이 사랑을 말살하는 것은 아니었으므로 그들은 그 세계를 증인으로 삼아 말하곤 했다.

"나와 세계는 너희들 의견에 반대야." 파트리스는 툭하면 이런 식으로 말했다.

벌거벗는다는 것은 편견을 떨쳐버린다는 것을 의미한다고 생각하므로 카트린은 청년이 집에 없을 때면 테라스에서 옷을 벗어버리곤 했다. 그러고는 하늘의 빛깔이 변하는 것을 바라보고 나서 식탁에서는 육감적인 자만심 같은 것을 나타내면서 이렇게 말하는 것이었다.

"난 세계 앞에서 옷을 벗고 있었어."

"알겠어. 여자들이란 자신의 감각보다는 관념을 더 좋아하니까"라며 파트리스는 경멸조로 말했다. 그러면 카트린은 펄쩍 뛰었다. 왜냐하면 인텔리 여성이 되고 싶은 마음은 추호도 없었기 때문이다. 그러면 로즈와 클레르가 입을 모아 말했다.

"그만둬. 카트린, 네 잘못이야."

그것은 모두가 똑같은 방식으로 카트린을 사랑하는 만큼, 그녀가 언제나 잘못이라는 식으로 정해져 있었던 것이다. 그녀의 육체는 중량감이 있고 윤곽이 뚜렷했으며 바싹 구운 빵 빛깔이었다. 그녀는 이 세계의 본질적인 것에 대한 동물적인 본능을 갖고 있었다. 나무와 바다와 바람의 심오한 언어를 그녀보다 더 잘 분간해내는 사람은 아무도 없었다.

"요 조그만 계집애는 그야말로 자연의 힘 그 자체라니까." 클레르가 계속 먹어대며 말했다.

이윽고 모두가 밖으로 나가 일광욕을 하면서 아무 말이 없었다. 인간은 인간의 힘을 감소시킨다. 그러나 세계는 그 힘을 고스란히 남겨둔다. 로즈, 클레르, 카트린 그리고 파트리스는 그들 집의 창가에서 이미지와 겉모습의 세계 속에서 살고 있었다. 그들은 자기들 사이를 이어주는 이런 유희에 동의했고, 우정에 대해서나 애정에 대해서나 그저 웃어넘겼다. 그러나 하늘과 바다의 무도 앞으로 되돌아오면 자신들의 운명의 은밀한 색깔을 발견하고 마침내 그들 자신의 가장 내밀한 것과 마주쳤다. 때때로 고양이들이 주인들 틈에 끼었다. 고양이 굴라는 끊임없이 구박을 받으면서도 녹색 눈을 가진 검은색 의문부호 같은 모습으로 다가왔다. 바싹 마르고 섬세한 그놈은 갑자기 광기에 사로잡힌 듯 그림자를 보고 싸울 듯이 달려들기도 했다. 그러면 "저건 내분비선 때문이야" 하고 로즈가 말했다. 그러고는 묶은 머리채 아래 둥근 안경 너머 쌍꺼풀진 쾌활한 눈과 온 전신으로 깔깔대며 웃었다. 그러면 굴라가 그녀에게로 뛰어오르고(이것은 특별한 총애의 표시다) 로즈는 손가락으로 반들거리는 고양이의 털을 쓰다듬으면서 기분이 누그러지며 긴장을 풀었고, 스스로 다정스런 두 눈을 가진 암고양이가 되어 부드럽고도 자상한 손길로 고양이의 기분을 달랬다. 카트린에게는 벌거벗는 것이 세계를 향한 출구인 것처럼, 고양이는 로즈에게 있어서 세계로 향한 출구였던 것이다. 클레르는 칼리라는 이름의 다른 고양이를 더 좋아했다. 그 고양이는 자기 몸의 지저분한 흰색 털처럼 부드럽고도 바보스러워서 못 살게 굴어도 그냥 가만히 있었다. 피렌체형의 얼굴을 가진 클레르는 그럴 때면 마음이 더할 수 없이 흐뭇해졌다. 말이 적고 내성적이나 돌연 불끈하는 성질인 그녀는 식욕이 왕성했다. 그래서 그녀가 살이 찌는 것을 보고 파트리스가 나무라며 말했다.

"못 봐주겠어. 아름다운 사람은 추해질 권리가 없어…." 그러면 로즈가 나섰다.[1] "얘 좀 그만 구박하고 가만 놔둬, 클레르! 먹어라 먹어."

그리하여 해가 떠서 질 때까지, 언덕 주위와 바다 위에서, 섬세한 햇빛 아래서, 하루가 돌아가고 있었다. 그들은 웃고 농담을 하고 계획을 세운다. 모두들 사물의 겉모습을 향해 미소 짓고 그것에 순종하는 척한다. 파트리스는 세계의 얼굴에서 젊은 여자들의 심각하고도 미소짓는 얼굴들로 옮겨갔다. 그는 때때로 자신의 주위에 갑자기 나타난 세계를 보고 놀라워했다. 신뢰와 우정, 태양과 하얀 집, 느껴질까 말까 한 묘한 뉘앙스, 거기서 때묻지 않은 행복이 태어났다. 그는 그 행복의 울림을 정확히 헤아릴 수 있었다. '세계 앞의 집'은 즐기는 집이 아니라 행복해지는 집이라고 그들끼리 말하곤 했다. 파트리스가 그 점을 잘 느낄 수 있는 때는 모두들 저녁빛을 향해 얼굴을 돌리고 그 무엇과도 닮고 싶지 않은 인간적이고도 위험스런 유혹을 마지막 미풍과 함께 자신의 속에 스며들게 하고 있을 때였다.

오늘 일광욕을 마친 다음, 카트린[2]은 사무실로 갔다.

"파트리스, 좋은 소식이 있어" 하고 갑자기 나타난 로즈가 말했다.

방을 겸한 테라스에서 청년은 추리소설을 손에 든 채 긴 의자에 용감하게 쭉 뻗어 누워 있었다.

"로즈, 어디 말해봐."

"오늘은 당신의 요리 당번 날이야."

"좋아" 하고 파트리스가 말은 하면서도 꼼짝도 않는다.

로즈는 가방에 점심 때 먹을 고추와 라비스의 지루한 저서 《역사Histoire》 3권을 되는 대로 한데 섞어 담고 가버린다. 콩요리를 해야 하는 파트리스는 11시까지 이리저리 서성이다가 장의자, 선반, 청색·황색·적색의 가면들, 밝은 오렌지색 줄무늬의 생사 커튼 등으로 꾸민 황토빛 벽의 큰 방을 물끄러미 바라본다. 그러고는 급히 렌즈콩을 따로 끓이고, 냄비에 기름을 붓고, 데칠 양파며 토마토, 향료 묶음을 넣고 부산하게 조리를 하며 배고프다고 야옹대는 굴라와 칼리에게 욕을 퍼붓는다. 어제 로즈가 그들에게 이미 잘 타일러두었는데도 그렇다.

행복한 죽음

"이놈의 짐승들아, 여름에는 너무 더워서 배가 고플 수도 없다구."

12시 15분 전에 카트린이 가벼운 옷차림에 발이 다 드러나는 샌들을 신고 돌아온다. 그녀는 샤워를 하고 일광욕을 해야 성이 찬다. 그녀가 가장 늦게 식탁에 와 앉을 것이다. 그러면 로즈가 꾸짖듯이 말할 것이다. "카트린, 너 정말 너무한다." 욕실에서 쏵쏵 쏟아지는 물소리가 나고 그때 클레르가 헐레벌떡 나타난다.

"콩 요리야? 내가 아주 좋은 조리법을 알고 있는데….."

"알고 있어. 신선한 크림을 가지고… 다음 번에 해보라구, 클레르."

클레르의 조리법이 무엇이든 신선한 크림으로 시작한다는 것은 잘 알려진 사실이다.[3] "파트리스 말이 맞아." 막 들어선 로즈가 말한다.

"아무렴. 자, 식탁으로들 가실까요."

그들은 자질구레한 물건들을 넣어두는 창고 역할을 겸한 식당에서 먹는다. 그곳에는 모든 것이, 심지어 로즈의 어록을 적어두는 수첩까지도 있다. 클레르가 "멋있게, 그러나 소박하게"라고 말하면서 손가락으로 소시지를 집어먹는다. 카트린은 적당히 늦게 도착한다. 햇빛에 취하여 나른해진 표정을 한 그녀의 눈은 졸음으로 몽롱해졌다. 그녀는 이 세계와 그녀의 삶에서 8시간을 강제로 할애해 타자기에 바치는 사무실 근무를 생각할 만큼 비관적이지는 않다. 그녀의 여자친구들은 이해한다. 만약 그 8시간을 빼앗겨버린다면 자신들의 생활은 과연 어떻게 될 것인가 하고 상상해본다. 파트리스는 잠자코 있다.

"그래, 사실 그것도 심심풀이는 되겠지. 그래서 매일같이 넌 회사 얘기만 하는데, 이젠 함구령을 내려야겠어." 감상感傷을 싫어하는 로즈가 말한다.

"그렇지만…" 하고 카트린이 한숨을 내쉰다.

"그럼 다수결로 정하자. 하나, 둘, 셋, 자, 전원이 네게 반대표를 던졌어."

"그것 봐" 하고 클레르가 말한다.

콩 요리가 나왔다. 너무 졸아서 물기가 없다. 모두들 말없이 먹는다. 클레르가 요리를 할 때면 식탁에서 맛을 보며 항상 만족한 표정으로 말한다. "야, 맛 좋구나!" 점잖은 파트리스는 모두들 웃음을 터뜨릴 때까지 침묵을 지키고 있다. 카트린은 오늘 별로 기분이 나지 않는다. 그렇지만 주당 40시간 노동제를 요구하고 싶어하는 카트린은 노동조합에 같이 좀 가달라고 말한다.

"싫어. 일하는 것은 너니까 말야." 로즈가 말한다.

화가 치민 '자연의 힘'[4]은 밖으로 나가 햇볕에 눕는다. 그러나 모두들 곧 그녀 옆으로 모인다. 무심히 카트린의 머리를 쓰다듬으며, 클레르는 이 '아이'에게 필요한 것은 남자라고 생각한다. 카트린의 장래를 결정짓고, 그녀에게 부족한 것을 배정해주고, 부족분의 범위와 종류를 정해주는 것이 '세계 앞의 집'에서의 일상적인 관습이었다. 그녀가 이따금 자기도 나이를 먹을 만큼 먹었다는 등의 사실을 강조해 보이지만 아무도 그 말에 귀를 기울이지 않는다. "불쌍한 것, 저 애에겐 애인이 필요해." 로즈의 말이다.

그러고 나서 모두들 햇빛 속으로 빠져든다. 카트린은 꽁한 성격이 아닌지라 회사에서 들은 우스개 이야기를 옮긴다. 곧 결혼할 예정인 키 큰 금발의 페레스 양이 결혼에 대한 정보 수집차 이 부서 저 부서로 물어보며 돌아다녔다는 등, 신혼여행 경험이 있는 사람들은 그녀에게 소름끼치는 내용들만 골라서 신나게 묘사해주었다는 등, 그래서 정작 결혼 휴가에서 돌아온 그녀는 안도의 숨을 내쉬며, "뭐 그렇게 무시무시한 건 아니더군" 하고 선언했다는 등의 이야기였다. 그리고 카트린은 안됐다는 듯이 덧붙였다. "나이가 서른 살이나 되었거든."

그러자 로즈는 그렇게 노골적인 얘기를 한 것을 나무라면서, "이것 봐, 카트린, 여기엔 여자들만 있는 게 아니잖아" 하고 말한다.

이 시간이면 우편기가 도시 상공을 지나며 번쩍이는 금속성의 광채를 과시한다. 그것은 기복을 이루며 뻗은 물굽이 안으로 들어와서는 물굽이처럼 기울어지기도 하며, 세계의 경주에 합류하다가 돌연 곡예를 그치고 급회전하여 바다를 향해 내리박히다가 회고 푸른 물에 크게 철썩 소리를 내며 착수着水한다. 굴라와 칼리는 허리에 경련을 일으키며 사치하고 음란한 꿈을 꾸는지 뱀 같은 주둥이 속의 분홍색 입천장을 보이며 모로 엎드려 있다. 머리 위의 하늘은 햇빛과 색깔의 무게로 저 높은 곳에서 떨어져내리고 있다. 눈을 감은 채, 카트린은 자신을 내면의 깊숙한 곳으로 되돌아가게 해주는 그 길고도 깊숙한 추락을 전신으로 느낀다. 그 동물이 어떤 신神처럼 숨쉬며 조용히 꿈틀거리고 있는 그 내면 깊숙한 곳으로.

다음 일요일엔 초대 손님들이 올 예정이다. 클레르가 요리를 할 차례다. 그래서 로즈가 채소를 다듬고 식기와 식탁을 준비했다. 클레르는 그릇에 채소를 담고 방에서 책을 읽으며 채소가 익는 것을 지켜볼 차례다. 무어족 여자인 미나가 아버지를 여의는 바람에 올해 들어 오늘 아침까지 세 번째 결근하면서 로즈는 집안 치우는 일도 했다. 초대한 손님들이 도착한다. 메르소가 이상주의자라 부르는 엘리안이다. "왜 그렇게 부르죠?" 하고 엘리안이 말했다. "사람들이 당신에게 사실이긴 하지만 충격적인 일을 얘기해주면 당신은, '사실이야, 하지만 그건 좋은 일이 아냐' 하고 말하니까요." 엘리안은 마음이 착하고 자신이 '장갑 낀 남자'와 닮았다고 우기지만 남들은 그렇지 않

---

* 이탈리아의 화가인 베첼리오 티치아노가 그린 루브르 미술관 소장 〈하얀 장갑을 낀 남자L'homme au gant〉를 가리킨다.

행복한 죽음

다고 부인한다. 그러나 개성적인 그녀의 방은 '장갑 낀 남자'의 복제화로 도배가 되어 있다. 엘리안은 학생이다. 처음으로 '세계 앞의 집'에 왔을 때 그녀는 거기 사는 사람들이 '편견이 없어서' 아주 마음에 든다고 했었다. 시간이 지남에 따라 그녀는 그것이 그리 편한 것은 못 된다고 생각하게 되었다. 편견이 없다는 것은, 그녀가 애써 무슨 얘기를 하고 나면 너무나 재미없다고 평하거나, 그녀가 뭐라고 말만 꺼내면 "엘리안, 당신은 멍텅구리야" 하고 상냥스레 면박을 주는 것을 가리키는 말이다.

두 번째 손님인 조각가 노엘과 함께 부엌으로 들어선 엘리안은 한 번도 정상적인 자세로 요리를 하는 적이 없는 카트린을 보게 되었다. 카트린은 번듯이 누워서 한 손으로 포도알을 집어먹으며, 다른 한 손으로는 이제 겨우 시작인 마요네즈 소스를 젓고 있다. 커다란 푸른색 앞치마를 두른 로즈는 점심 식사 후 간식을 먹으려고 접시에 뛰어든 굴라가 영리하다고 칭찬을 늘어놓고 있다.

"글쎄, 저 고양이 좀 봐, 얼마나 영리해." 로즈가 흐뭇해서 말한다.

"그래, 오늘은 한술 더 뜨는구나" 하고 카트린이 말하며, 점점 영리해진 나머지 굴라가 작은 녹색 램프와 꽃병까지 깨뜨렸다고 덧붙였다.

아마도 너무 숨이 차서 불쾌감을 표현할 여유도 없는지 엘리안과 노엘은 아무도 그들에게 권할 생각을 않는 의자에 가

서 앉기로 한다. 싹싹하고 약간 나른한 기색인 클레르가 다가
와서 악수를 나누고는 불에 올려놓은 부야베스 요리의 맛을
본다. 그녀는 이제 식사 준비가 다 되었다고 생각한다. 한데
오늘은 파트리스가 지각이다. 그러는 동안에 그가 들어오더
니 수다스럽게 거리를 지나다니는 여자들이 아름다워서 기분
이 좋다고 엘리안에게 설명한다. 더운 계절이 이제 막 시작인
데 벌써부터 팽팽한 몸이 훤히 보이는 시원한 옷들이 나타나
고 있었다. 파트리스의 말에 의하면, 바로 그래서 그는 입 안이
타고 관자놀이가 뛰고, 허벅지가 후끈거린다는 것이었다. 이
처럼 사실적인 묘사에 수줍음 많은 엘리안은 그만 입을 다물
어버린다. 식탁에서는 부야베스 요리를 한 숟가락 맛보자마자
경악의 소리가 뒤따른다. 깜찍한 클레르가 아주 순진한 말투
로,

"이 부야베스엔 양파 탄내가 나는거 같은데" 하고 말하자,

"천만에." 마음씨가 착해서 모두 좋아하는 노엘이 말한다.

그러자 그 좋은 마음씨를 시험하기 위해 로즈는 그에게, 이
집에 필요한 목욕물을 끓이는 기구, 페르시아 융단, 냉장고 같
은 가정용품들을 사달라고 부탁한다. 노엘은 로즈에게 자기가
복권에 당첨되도록 기도해달라고 대답한다.

"그럴 바에야 차라리 우리가 당첨되도록 빌겠네" 하고 계산
이 빠른 로즈[5]가 말한다.

날씨가 상당히 더웠으므로 차게 한 포도주와 갓 따온 과일

이 한층 더 입에 당겼다. 커피가 나올 때쯤 엘리안은 용기를 내어 사랑에 관한 얘기를 꺼낸다. 자기는 사랑한다면 결혼할 거라는 의견이다. 카트린이 그녀에게, 사랑에 빠졌을 때 제일 먼저 할 일은 섹스라고 말하자, 엘리안은 그같은 유물론적인 주장에 놀라 어쩔 줄 몰라한다. 실리주의자 로즈는, 만일 '그 경험의 결과 불행히도 결혼이 사랑의 무덤이라는 사실이 증명되지만 않는다면' 그 의견에 동조하겠다고 말한다.

그러나 엘리안과 카트린은 서로의 반대 주장에 한사코 매달리면서, 고집쟁이 특유의 억지를 부린다. 어떤 형태나 진흙이라는 질료를 통해서 생각하는 것이 직업인 노엘[6]은 구체적이고 무게가 느껴지는 삶 속에서의 아내, 아이들, 그리고 가부장적인 진실을 믿고 있다. 엘리안과 카트린의 시끄러운 입씨름을 더 이상 참지 못하게 된 로즈는 갑자기 노엘이 이 집에 자주 찾아오는 저의를 알 것 같다는 태도를 취한다.

"감사해요, 그 사실을 발견하게 되니 얼마나 감격스러운지 말로는 잘 표현 못하겠군요. 내일 당장이라도 아버지께 '우리의' 계획을 말씀드릴 테니까, 며칠 후엔 그쪽에서도 우리 아버지에게 허락을 구하세요."

"아니….." 노엘은 무슨 영문인지를 잘 모르고 말한다.

"아, 알아요." 로즈는 신이 나서 말한다. "당신이 말하지 않아도 충분히 알겠어요. 당신은 구태여 말은 하지 않은 채 상대방이 속마음을 짐작해주기를 바라는 종류의 사람이니까요. 사실 확실하게 고백해줘서 고마워요. 당신이 자주 찾아오시는 바람에 내 평판의 순결성이 흐려지기 시작했거든요."

재미있으면서도 어딘가 불안한 느낌이 든 노엘은 그의 소원이 이루어져 매우 기쁘다고 털어놓는다.

"서둘러야 하는 것은 물론이지만 로즈의 상태가 상태이니만큼 일을 빨리 처리해야 할 필요가 있어요." 파트리스가 담뱃불을 붙이기 전에 말한다.

"뭐라구요?" 하고 노엘이 묻는다.

"맙소사, 이제 겨우 두 달째인 걸요…" 하고 클레르가 말한다.

"그리고, 당신은 남의 아이에게서 자신의 모습을 발견하고 행복해하는 나이가 되었단 말예요" 하고, 부드러우면서도 그럴듯한 어조로 로즈가 덧붙였다.

노엘이 얼굴을 찌푸리자, 마음씨 착한 클레르가 말한다.

"농담이에요. 재치 있게 받아야 해요. 거실로 옮깁시다."

이로써 원칙적인 것에 대한 토론은 끝이 났다. 하지만 남몰래 좋은 일을 하는 로즈는 엘리안에게 조용조용 얘기한다. 거실에 들어서자 파트리스는 창문 곁에 자리잡고, 클레르는 테이블에 몸을 대고 똑바로 앉았고, 카트린은 돗자리 위에 드러누웠다. 다른 사람들은 장의자에 앉았다. 도시와 항구에는 짙은 안개가 끼어 있다. 예인선들은 작업을 계속하고 있고, 그들의 둔탁한 고동 소리는 콜타르와 생선냄새와 함께, 저기 발 아래서 깨어나고 있는 붉고 검은 선복과 녹슨 계선주繫船柱와 해

초로 끈적이는 쇠사슬의 세계를 이곳까지 전해주고 있다. 매일같이 들리는 그 소리는 힘이 넘치는 삶의 남성적이고 동지애 가득한 부름의 소리였다. 이곳의 모든 사람들은 그런 삶의 유혹과 직접적인 부름을 느낀다. 엘리안은 로즈에게 서글픈 어조로 말한다.

"당신도 따지고 보면 나와 같아요."

"아네요. 나는 행복해지려고 애쓸 뿐이에요. 최대한의 행복을…."

"그런데, 사랑만이 그 유일한 방법은 아니거든요" 하고 파트리스가 돌아보지도 않은 채 말한다.

그는 엘리안에게 퍽 호감을 갖고 있었으므로 자신이 조금 전에 그녀를 마음 아프게 하지나 않았나 걱정한다. 그러나 그는 행복하기를 바라는 로즈를 이해한다.

"그것은 변변치 못한 이상이에요" 하고 엘리안이 말한다.

"나는 그게 변변치 못한 이상인지 아닌지는 모르지만 그것이 건전한 이상이라는 건 알아요. 그건 말이지요…." 파트리스는 더 계속하지 않는다. 로즈는 가볍게 눈을 감았다. 굴라가 그녀의 무릎에 올라앉자 그녀는 고양이의 머리뼈를 쓰다듬으며 반쯤 눈을 감은 고양이와 꼼짝 않고 앉아 있는 여자가 동일한 시선으로 비슷한 세계를 바라보게 되는 은밀한 혼례를 예고해 보인다. 예인선의 긴 고동 소리 사이사이에 모두들 제각기 깊은 생각에 잠긴다. 로즈는 그녀 몸의 오목한 곳에 도사리

2부 의식적인 죽음

고 있는 굴라의 가르릉거리는 소리가 자신의 내면을 거슬러 올라오는 것을 가만히 느끼고 있다. 뜨거운 열기가 두 눈꺼를 눌러대는 가운데 그녀는 맥박 뛰는 소리만 가득한 침묵 속으로 빠져든다.[7] 고양이들은 한나절 내내 잠을 자고 초저녁별이 돋을 때부터 날이 샐 때까지 사랑을 한다. 그들의 관능적 쾌락은 물어뜯는 듯하고 그들의 잠은 고요하다. 그들은 또한 육체가 영혼을 갖고 있다는 것도 알고 있다. 영혼의 몫이라고는 조금도 없는 영혼을.

"그래, 행복해야 해, 최대한." 눈을 뜨면서 로즈가 말한다.

메르소는 뤼시엔 레날을 생각하고 있었다. 좀 전에 그가, 거리에 지나가는 여자들이 아름다웠다고 얘기한 것은 특히 어떤 한 여자가 그에게 아름다워 보였다는 뜻이었다. 그는 그녀를 친구들 집에서 처음으로 만났었다. 일주일 전에 그들은 함께 외출했다. 뜨겁고 아름다운 아침나절, 할 일도 없고 해서 부두를 따라 큰길을 거닐었다. 그녀는 입을 꼭 다물고만 있었다. 그녀를 집에까지 바래다주고 나서 메르소는 그녀와 악수하며 손을 오랫동안 잡고 미소를 지어 보이는 자신에게 스스로도 놀랐다. 그녀는 키가 꽤 큰 편이었고, 모자를 쓰지 않았으며 발이 드러나 보이는 샌들을 신었고 하얀 천의 옷을 입고 있었다. 거리에서 그들은 가벼운 바람을 맞받으며 걸었다. 그녀는 햇볕에 뜨겁게 단 포석 위에 발바닥 전체가 닿도록 발을 디뎠다가는 그 발에 의지하여 바람을 거스르며 몸을 가볍게 쳐들곤

행복한 죽음

했다. 그렇게 움직일 때마다 그녀의 옷은 몸에 착 달라붙으면서 편편하고도 약간 솟아오른 복부의 곡선을 드러냈다. 그녀는 뒤로 흘러내린 금발, 작고 곧은 코, 멋있게 앞으로 솟은 젖가슴과 함께, 그녀를 대지에 이어주고 그녀의 동작을 중심으로 하여 세계를 정돈하는 어떤 비밀스런 조화를 실감나게 보여주고 또한 그것을 확인해주고 있었다. 은팔찌를 낀 오른손으로 가방을 들고 가면 그 팔찌는 가방의 여닫이 장식과 부딪쳐 쨀랑대는 소리를 냈고, 오른발의 발끝은 아직 땅에 댄 채 발꿈치를 살짝 들어올리는 순간 왼손을 머리 위로 올려 햇빛을 가릴 때면, 파트리스에게는 그녀가 자신의 동작을 세계와 연결시키고 있는 것처럼 느껴졌다.

바로 그런 순간에 그는 자신의 발걸음을 뤼시엔의 발걸음과 일치시켜주는 신비스런 조화를 느끼게 되었다. 메르소 쪽에서 일부러 발을 맞추려고 노력하지 않아도 그들은 함께 잘 걸었다. 아마도 그 조화는 뤼시엔의 굽이 없는 신발 덕이었는지도 모른다. 그러나 그와 동시에 그들 각자가 내딛는 걸음걸이에는 길이와 유연성에서 어떤 공통점이 있었다. 그럴 때 메르소는 뤼시엔의 침묵과 굳어 있는 얼굴 표정을 의식했다. 그녀는 필경 지적인 여자가 못 된다는 생각이 들었다. 오히려 잘됐다고 기뻐했다. 정신이 깃들이지 않은 아름다움에는 어떤 신성한 데가 있는 법인데 메르소는 그 어느 누구보다도 그 점에 민감했다. 이 모든 것 때문에 그는 뤼시엔의 손을 오래 잡곤 했고, 그녀를 자주 만나며, 태양이나 별들을 향하여 그을린 얼굴을 내맡긴 채 오랫동안 그녀와 똑같은 보조로 말없이 걷곤 했으며, 함께 있는 육체의 감각 외에는 아무 말도 주고받지 않은 채 동작과 보조를 일치시키면서 수영을 했다. 어제 저녁 그가 뤼시엔의 입술에서 어떤 친근하고도 충격적인 기적을 발견하기 전까지는 모든 것이 그랬었다. 그때까지 그를 감동시킨 것은 그녀가 그의 옷자락에 매달리거나 팔을 잡고 그를 따르는 행동 그리고 한 남자를 마음속으로 흐뭇하게 해주는 그녀의 신뢰감과 믿고 방임하는 태도였다. 그녀의 침묵도 마찬가지였다. 그녀를 순간의 동작 속에 완전히 몰입하게 하는 것이나 고양이와 완벽하게 닮았다고 느끼게 하는 것이 바로 그 침묵이었다. 그녀의 몸짓 하나하나에[8] 배어 있는 골똘한 면도 고양이에게서 배운 것 같았다. 어제 그는 저녁식사 후 그녀와 함께 부둣가를 거닐었다. 한동안 그들은 발걸음을 멈추고 대로의 난간에 서 있었는데 문득 뤼시엔이 메르소 속으로 파고들었다. 그는 어둠 속에서, 광대뼈가 튀어나온 차가운 두 뺨과 누르면 들어갈 듯 탄력을 지닌 뜨거운 입술을 손가락 밑에 느낄 수 있었다. 그러자 그의 속에서 아무런 욕심이 없는 어떤 열렬한 절규 같은 것이 솟구쳐 올랐다. 밤하늘에는 와르르 쏟아질 것만 같은 별들이 가득했고, 마치 하늘을 뒤집어 땅 위에 널어놓은 듯한 시가지는 항구에서 그의 얼굴 쪽으로 올라오는 훈훈하고도 깊은 바람을 받으며 인간의 불빛들로 부풀어 있는데

행복한 죽음

그에게는 이 따뜻한 샘물을 마시고 싶은 갈증, 마치 다문 입 속에 갇혀 있는 침묵과도 같이 잠들어 있는 비인간적인 이 세계의 모든 의미를 그 살아 있는 입술 위에서 포착하고 싶은 억제할 수 없는 의지가 밀려들었다. 그는 몸을 굽혔다. 그것은 마치 한 마리 새에게 입술을 대는 것과 같았다. 뤼시엔은 신음 소리를 냈다. 그는 그녀의 입술을 깨물었다. 몇 초 동안 입을 마주 댄 채 그는 마치 세계를 품안에 껴안은 듯 전신을 뒤흔드는 그 따뜻한 열기를 들이마셨다. 그녀는 마치 물에 빠진 사람처럼 그에게 매달리더니 자신이 빠져 있던 그 크고 깊은 구멍으로부터 힘껏 솟아 올라와서는 그의 입술을 확 밀어냈다가 또다시 그 입술을 끌어당기면서 한 무리의 신들처럼 자신을 불태우는 차갑고 검은 물 속으로 다시 빠져 들어가는 것이었다.

… 그런데 엘리안은 벌써 자리에서 일어나 나가고 있었다. 방에서 침묵과 명상의 긴 오후가 메르소를 기다리고 있었다. 저녁식사 때는 모두 말이 없었다. 그러나 모두들 약속이나 한 듯이 테라스로 나갔다. 하루가 가면 언제나 또 다른 하루가 거기에 이어지게 마련이다. 안개와 태양으로 빛나는 항만의 아침에서 시작하여 항만 위에 감미로운 저녁이 덮일 때까지 해는 바다에서 떠서 언덕 너머로 진다. 하늘은 바다에서 언덕으로 가는 단 하나의 길밖에 보여주지 않기 때문이다. 세계는 언제나 단 한 가지밖에 이야기하지 않기 때문에 관심을 끌었다가는 싫증나게 한다. 그러나 세계는 반복에 반복을 거듭한 나

머지 결국은 승리를 거두게 되고 그 끈기의 보상을 받고 만다. 이리하여 웃음과 단순한 동작들이 반복되어 호사스런 비단으로 짜여진 '세계 앞의 집'의 나날도 별들이 총총히 들어찬 밤하늘을 바라보는 테라스에서 끝난다. 모두들 등의자에 눕고, 카트린은 난간 벽 위에 앉는다.

불타는 듯 은밀한 하늘에는 어두운 밤의 얼굴이 빛난다. 저 멀리 항구에는 불빛이 명멸하고 덜컥거리면서 지나가는 기차 소리도 점점 드물어진다. 별들은 커졌다가 작아지고, 사라졌다가 다시 나타나며, 저희들끼리 불안정한 형상을 만들었다가 또 다른 별들과 다시 이어진다. 침묵 속에서 어둠은 점점 두터워지고 살이 붙는다. 별들이 수없이 미끄러지고 있는 그 어둠은 두 눈 속에 눈물이 만드는 빛의 유희를 남겨놓는다. 각자는 깊은 하늘 속에 빠져들면서 모든 것이 서로 만나는 이 극점에서 자신의 삶의 모든 고독을 빚어 만드는 비밀스럽고도 정다운 상념을 다시 찾아낸다.

갑자기 사랑으로 가슴이 터질 것 같은 카트린은 한숨을 내쉴 뿐이다. 자기 목소리가 변했다고 느끼면서 파트리스가 물어본다.

"여러분, 춥지 않아요?"

"아니, 더군다나 이렇게 아름다운걸."

클레르는 일어서서 두 팔을 벽에 대고서 하늘을 향해 얼굴을 쳐들었다. 이 세상에 있는 본질적이고도 고귀한 이 모든 것

앞에서, 그녀는 삶과 살려는 욕망을 분간하지 못하고 자기의 희망을 별들의 운행에다 섞어본다. 그녀는 갑자기 돌아서서 파트리스에게 말한다.

"한참 좋은 시절엔 삶에 대해 신뢰를 갖게 되면 삶도 성실하게 대답하지 않을 수 없겠지."

"그래 맞아." 하고 그녀를 쳐다보지도 않고 파트리스가 말한다.

별 하나가 흐른다. 그 별 너머로, 이젠 보다 어두워진 밤 속에서 멀리 있는 등대의 불빛이 퍼진다. 사람들이 말없이 길을 올라오고 있다. 그들의 발자국 소리와 가쁘게 몰아쉬는 숨소리가 들린다. 그리고 잠시 후엔 꽃향기가 올라온다.

세계는 언제나 단 한 가지 말만 한다. 별에서 별로 이어가는 저 참을성 있는 진리 속에서 하나의 자유가 세워지고[9] 그 자유는 죽음으로부터 죽음으로 가는 또 다른 참을성 있는 진리 안에서처럼 우리를 자신과 타인으로부터 해방시켜준다. 그리하여 파트리스, 카트린, 로즈, 클레르는 세상을 믿고 자기를 내맡기는 데서 오는 행복을 의식한다. 이 밤이 그들 운명의 모습과도 같은 것이라고 한다면 그들은 그 운명이 관능적이고 은밀하다는 것과 얼굴에는 눈물과 태양이 얼룩져 있다는 것에 감탄해 마지않는다. 그래서 고통과 환희가 담긴 그들 가슴은 행복한 죽음으로 이끄는 이중적인 교훈을 들을 수 있는 것이다.

이젠 밤이 깊었다. 벌써 자정이다. 세계의 휴식이며 명상과도 같은 이 밤의 앞에서는 나직한 팽창과 별들의 수런거리는 소리가 머지않아 다가올 깨어남의 시간을 예고한다. 별들이 빽빽하게 들어찬 하늘로부터 떨리는 빛이 내려온다. 파트리스는 친구들을 바라본다. 머리를 뒤로 젖히고 벽 위에 몸을 웅크리고 있는 카트린, 고양이 굴라에게 손을 얹고 등의자에 쭈그리고 앉아 있는 로즈, 벽에 몸을 붙이고 꼿꼿이 선 채 튀어나온 이마가 하얀 반점 같아 보이는 클레르. 젊음을 서로 나누고, 자신들만의 비밀[10]을 간직하는, 행복의 능력을 갖춘 젊은이들. 메르소는 카트린에게 다가서서 살과 태양으로 만들어진, 하늘처럼 둥근 그녀의 어깨를 내려다본다. 로즈도 벽으로 다가왔고,[11] 넷은 모두 '세계' 앞에 마주 서있다. 이는 마치 보다 신선해진 밤이슬이 문득 그들의 이마 위에 떨어져 고독의 표시들을 씻어내면서 그들을 자신으로부터 해방시켜주고 파르르 떨리는 덧없는 세례를 통해서 그들을 이 세계로 되돌려주기라도 하는 듯했다. 어둠 속에 별들이 넘칠 듯이 총총한 이 시간에 그들의 몸짓은 하늘의 커다랗고 침묵에 잠긴 얼굴 위에서 굳어진 듯이 정지한다. 파트리스는 밤을 향해 팔을 쳐들어 내킨 힘으로 별 다발과, 팔의 움직임에 휘저어진 하늘의 물을, 그리고 보석과 조개껍질로 찬란하게 빛나는 어두운 색깔의 외투인 양 그들 주위를 에워싸며 발 아래 펼쳐져 있는 도시 알제를 확 끌어당긴다.

행복한 죽음

# 4

　새벽에 메르소의 자동차는 작은 등을 켜고 해안길을 달리고 있었다. 알제를 벗어나자 그는 곧 앞서 가던 우유 배달 마차들을 따라잡아 추월해버렸다. 후끈한 땀과 마구간 냄새가 뒤섞인 말들의 체취로 인해서 이른 아침 공기의 신선함이 더욱 새롭게 느껴졌다. 아직은 어두운 시간이었다. 마지막 별 하나가 하늘에서 희미하게 사라져가고 있었고 어둠 속 번쩍거리는 길 위에서 자동차의 모터 소리, 그리고 조금 더 멀리서 간간이 들려오는 말발굽 소리, 또 우유통을 가득 실은 마차가 요란스럽게 흔들리는 소리만이 들렸다. 그러다가 어둠에 묻혀 보이지 않는 길 저쪽에서 네 개의 말발굽에 번쩍이는 쇠붙이의 광채가 눈에 들어오곤 했다. 이윽고 속도가 붙은 자동차 소리 속으로 모든 것이 자지러들어 버렸다. 이제 그는 좀 더 속력을 내어 달렸다. 빠른 속도로 밤이 아침으로 바뀌어가고 있었다.

알제의 언덕들 사이에 몰려 있는 어둠 속을 빠져나와 자동차는 아침빛이 둥글어지는 바다를 굽어보며 탁 트인 길로 들어섰다. 메르소는 전속력으로 차를 몰았다. 차바퀴는 이슬에 젖어 축축한 길 위를 굴러가면서 수없이 삑삑거리는 소리를 냈다. 수많은 커브를 돌 때마다 브레이크를 거는 바람에 타이어가 날카롭게 울부짖는 소리를 냈고 곧은 길에 들어서서 다시 속력을 내면 그 부르릉거리는 소리가 발 아래 해변에서 들려오는 나지막한 바닷소리를 삼켜버리곤 했다. 오직 비행기만이 자동차를 타고 가며 맛볼 수 있는 그것보다 더 실감나는 고독을 느끼게 해준다. 자기 자신과 마주한 채 자신의 몸짓의 정확성을 뚜렷하게 의식하며 흐뭇해하는 메르소는 마침내 자기 자신에게로, 또 그와 동시에 스스로의 관심사로 돌아올 수 있었다. 이제 길 저편 끝에 훤하게 동이 트고 있었다. 태양은 바다 위로 떠오르고 있었고 그와 함께 조금 전까지도 황량했던 길가의 들판이 벌겋게 물든 새, 곤충과 더불어 이제 막 깨어나고 있었다. 가끔 어떤 농부가 들판을 지나가게 되면 쾌속으로 달리던 메르소의 머릿속에 남는 것은 기름지고 축축한 땅을 밟으며 부대를 짊어지고 힘겹게 걷고 있는 사람의 윤곽뿐이었다. 자동차는 규칙적으로 바다를 내려다보는 언덕을 거슬러 올라갔다. 언덕들의 덩치가 점점 커지면서 조금 전에는 역광의 음영으로 흐릿하게 보일 뿐이었던 옆모습이 빠른 속도로 가까이 다가들면서 윤곽이 뚜렷해졌고 올리브나무, 소나무,

그리고 조그마한 벽돌집들이 가득 들어앉은 모습과 갑자기 드러나는 산허리가 메르소의 눈앞에 자세히 보였다. 이윽고 또하나의 모퉁이를 돌아가자 만조로 부풀은 바다가 눈앞으로 확밀어닥치면서 마치 소금기와 홍조와 졸음이 가득 찬 봉헌물처럼 솟구쳐 올랐다. 그러면 자동차는 길 위에서 경적을 울리고 또 다른 언덕들과 언제나 한결같은 바다를 향하여 다시 속력을 냈다.

한¹ 달 전에 메르소는 '세계 앞의 집'에다 자기가 떠난다는 것을 알려주었다. 우선은 여행을 떠났다가 나중에 알제 근처에 정착할 생각이었다. 이제부터는 자신에게 있어서 여행이란 그저 나그네의 생활일 뿐임을 확신하면서 그는 몇 주일 뒤에 돌아왔다. 낯설음이란 것이 좀 불안한 행복으로만 보였던 것이다. 더군다나 그는 속으로 영문을 알 수 없는 피로를 느꼈다. 그는 티파사의 폐허에서 몇 킬로미터 떨어진 슈누아에다가 산과 바다 사이에 자리잡은 집을 하나 사려던 계획을 하루빨리 실천에 옮겨보고 싶었다. 알제에 돌아왔을 때 그는 자기삶의 외면적인 무대장치를 꾸며놓았다. 그는 독일 약품을 수입하는 허가증을 사들인 후 사업을 이끌어나갈 고용인을 두고 월급을 주었다. 그래서 알제를 떠나 독립적인 생활을 하는 것이 남들의 눈에 자연스럽게 보이도록 했다. 게다가 사업도 그럭저럭 되어갔고 때때로 적자가 날 때는 자기가 마음껏 누리는 자유에 대한 세금을 바치는 셈치고 기꺼이 보조를 해주

2부 의식적인 죽음

었다. 사실 외부 세계에 대해 세상 사람들이 이해할 수 있는 얼굴만을 보여주면 그것으로 족한 것이다. 그 나머지는 게으름과 비열함이 맡아서 한다. 값싼 속내 이야기 몇 마디만 털어놓고 나면 독립을 획득할 수 있는 것이다. 그리고 나서 메르소는 뤼시엔 일에 열중했다.

그녀는 부모도 없이 혼자 살면서 석탄회사의 비서로 일하고 있었다. 그녀는 주로 과일로 식사를 대신했고 운동으로 몸을 가꾸었다. 메르소는 그녀에게 책들을 빌려주었고 그녀는 보고 나서 말 한 마디 없이 돌려주었다. 그가 물으면 "네, 좋은 책이에요" 하거나, 아니면 "좀 슬퍼요"라고 했다. 알제를 떠나기로 작정한 날 그는 그녀에게 함께 살자고 제의했다. 그러나 직장엔 다니지 말고 알제에서 살면서 그가 그녀를 필요로 할 때는 찾아와준다는 조건이었다. 그는 아주 굳은 확신을 가지고 말했으므로 뤼시엔은 그 제의에 조금도 모욕감을 느끼지 않았고 또 사실상 거기에 모욕적이라 할 것은 전혀 없었다. 뤼시엔은 종종 머리로 이해할 수 없는 점들을 몸으로 느낄 수 있었다. 그녀는 그의 제의를 받아들였다. 메르소는 덧붙여 말했다.

"당신이 구태여 원한다면 결혼을 약속할 수도 있지만 그럴 필요가 있을까 하는 생각이 들어요."

"좋을 대로 하세요." 뤼시엔의 말이었다.

일주일 후 그들은 결혼식을 마치고 떠날 준비를 하고 있었다. 뤼시엔은 그 동안 푸른 바다에 나가서 탈 오렌지색 보트를 하나 샀다.

메르소는 핸들을 재빨리 돌린 덕분에 아침 일찍 밖에 나온 암탉을 치지 않고 피할 수 있었다. 그는 카트린과 나누었던 대화를 생각하고 있었다. 떠나기 전날 저녁 그는 세계 앞의 집에서 나와 혼자 호텔에서 하룻밤을 지냈다.

이른 오후였다. 아침나절에 비가 왔기 때문에 둥근 해안 전체가 비에 씻긴 유리창 같았고 하늘은 금방 빨아 다린 시트 같았다. 마주 보이는 곳에는 만의 곡선을 한계짓고 있는 곳이 기막힐 정도로 선명히 보였다. 햇빛을 받아 금빛으로 물든 채 갑은 커다란 여름 뱀처럼 바닷속에 엎드려 있었다. 파트리스는 가방의 고리를 잠그고 난 뒤 팔을 창턱에 얹은 채 세계의 새로운 탄생을 뚫어지게 응시하고 있었다.[2]

"왜 떠나려고 하는지 모르겠네. 이곳 생활이 행복하다면서." 카트린이 그에게 말했다.

"카트린, 여기 계속 있다가는 사랑을 받을 위험이 있거든. 그렇게 되면 난 행복하지 못하게 돼."

긴 의자 위에 몸을 웅크리고 앉은 채 머리를 약간 숙인 카트린은 티없이 아름다운 시선으로 파트리스를 쳐다보았다.[3] 그는 뒤돌아보지도 않은 채 말했다.

"많은 사람들은 삶을 복잡하게 만들어가지고는 온갖 운명들을 만들어내지. 난 아주 단순해. 보라구⋯."

그는 세계를 대면한 채 말하고 있었으므로 카트린은 메르소에게서 아예 잊혀져버린 느낌이었다. 그녀는, 창턱에 기댄 채 굽힌 팔목 끝으로 이어진 파트리스의 긴 손가락들이라든가 몸의 중력을 한쪽 엉덩이에만 싣고 있는 몸가짐, 그리고 안 봐도 알아차릴 수 있는 멍한 시선을 바라보았다.

"내가 바라는 것은…." 그녀는 말을 하다[4] 뚝 그치고 파트리스를 바라보았다.

조그마한 돛단배들이 물결이 잔잔해진 틈을 타서 바다로 나가고 있었다. 배들은 좁은 수로 쪽으로 다가가서는 날개를 치듯이 서로 부딪치며 가득히 모여 있더니 돌연 물거품이 되어 길게 떨리며 퍼지는 공기와 물의 길을 내면서 넓은 바다를 향해 달음질쳐 갔다. 돛단배들이 넓은 바다로 나아감에 따라 카트린이 앉아 있는 자리에서는 조각배들이 마치 흰 새들이 날아가듯이 파트리스의 좌우에서 하늘로 솟아오르는 것이 보였다.[5] 카트린의 침묵과 시선을 느꼈는지 메르소는 뒤로 돌아서더니 그녀의 손을 잡고 자기 쪽으로 끌어당겼다.

"카트린, 절대로 포기해서는 안 돼. 너는 내면에 많은 것을 간직하고 있어. 무엇보다 가장 고귀한 것으로, 행복의 감각을 가졌어. 오로지 한 남자에게서만 삶을 기대해서는 안 돼. 그때문에 많은 여자들이 잘못 생각하는 거야. 그게 아니라 너 자신에게서 삶을 기대해야 해."[6]

"난 절망하지 않아, 메르소. 현재로서 중요한 것은 단 한 가지뿐이야. 몸조심해." 카트린은 파트리스의 어깨를 잡으면서

행복한 죽음

부드럽게 말했다.[7]

그는 그때 자기의 확신이 별것 아닌 것으로부터 온 것이었음을 새삼스레 느꼈다. 그의 가슴은 이상하게도 메말라 있었다.[8]

"지금 그런 말을 하면 안 되는데."

그는 가방을 들고 가파른 계단을 내려간 다음 올리브나무에서 다른 올리브나무들로 이어진 길을 내려갔다. 이제 그를 기다리는 것은 폐허와 압생트 숲인 슈누아[9], 식초 맛과 꽃으로 이루어진 삶의 추억과 더불어 희망도 절망도 없는 사랑뿐이었다. 그는 뒤를 돌아보았다. 저쪽 꼭대기에서 카트린이 아무런 손짓도 없이 떠나는 그를 가만히 지켜보고만 있었다.

두 시간 좀 못 되어 메르소는 슈누아가 보이는 곳에 도달했다. 그 무렵 바다로 뻗어나간 슈누아의 비탈에는 아직도 밤의 마지막 보랏빛 미광이 어슴푸레 남아 있었고 정상에는 붉고 노란 아침빛이 비치고 있었다. 거기에는 지평선 저쪽에 그 윤곽이 어렴풋이 보이는 사헬의 고원에서 출발한 대지의 육중하고 힘찬 약동 같은 것이 깃들여 있다가 높은 곳에서 바닷속으로 빠져들어가는 근육이 매우 발달된 짐승의 거대한 등에 이르는 것 같았다. 메르소가 매입해둔 집은 벌써부터 뜨거운 햇살에 금빛으로 물들어가는 바다로부터 100여 미터 떨어진 마지막 비탈 위에 서 있었다. 아래층 위로 또 한 층이 더 있는 집이었는데 이층에는 부속실들이 달린 방 하나뿐이었다. 그러나 그 방은 널찍했고 테라스가 딸린 멋진 창문을 통해 바로 앞쪽의 정원과 바다가 바라다보였다. 메르소는 얼른 그리로 올라갔다. 바다는 벌써 김을 내뿜고 있었고 그 바람에 푸른색이 더욱 짙어져가고 있었다. 한편 테라스 창문의 뜨거운 붉은빛은 더욱 거세게 광채를 발했다. 벽토를 바른 난간 위로는 덩굴져 오르는 멋진 장미나무에서 벌써 첫 꽃봉오리들이 피어 있었다. 장미는 하얀색이었으며 바다를 배경으로 윤곽이 뚜렷하게 활짝 핀 꽃송이들의 경우 그 단단한 꽃잎에는 충만하고도 풍족한 그 무엇이 엿보였다. 아래층에 있는 방들 중 하나는 과일나무가 많이 심어진 슈누아의 첫 비탈에 면해 있었고 나머지 두 개의 방은 정원과 바다 쪽으로 나 있었다. 정원에는 엄청나게 굵은 두 그루의 소나무가 하늘을 찌를 듯이 솟아 있었고 오직 가지 끝에만 노랗고 파릇한 잎새를 달고 있었다. 집에서는 두 그루의 나무 사이에 담긴 공간과 둥치를 잇는 바다 곡선만을 볼 수 있을 뿐이었다. 적어도 지금은 작은 증기선 한 척만이 먼바다에 지나가고 있었는데 메르소는 그 기선이 한 소나무에서 또다른 소나무로 옮겨가는 동안 그 긴 행로를 줄곧 지켜보았다.

그가 살려는 곳이 바로 여기였다. 필시 그곳의 아름다움이 그의 마음을 사로잡았던 것 같다. 그 위치 때문에 그는 이 집을 샀던 것이다. 그러나 거기서 찾고자 갈망했던 휴식이 이제는 그를 섬뜩하게 했다. 그가 그토록 또렷한 정신으로 추구했던 고독이었지만 주위 환경을 보고 알게 된 지금은 더욱 불안스럽게만 느껴졌다. 마을은 그리 멀지 않은 불과 몇백 미터 거리였다. 그는 밖으로 나갔다. 작은 오솔길이 대로에서 바다로 내려가고 있었다. 그 길로 들어서자 그는 처음으로 바다 저편에 티파사의 뾰족한 한쪽 끝머리가 보인다는 것을 알아차렸다. 보이는 곳의 가장 꼭대기에 황금빛으로 물든 사원의 기둥들이며 그 둘레에 멀리서 보면 회색빛 양털 모양을 이루는 압생트 속에 묻힌 채 풍화에 씻긴 폐허가 뚜렷이 드러나 보였다. 유월의 저녁이면 바람이 햇빛을 담뿍 받은 압생트에서 뿜어나는 향기를 바다 건너 슈누아로 싣고 올 것이라고 메르소는 생각했다.

이사를 해서 집안 정리를 할 필요가 있었다. 처음 며칠은 금세 지나갔다. 벽에 회를 바르고 알제 시내에 가서 벽지를 사오고 전기 시설을 새로 했다. 낮에 마을의 호텔에 가서 식사를 하거나 해수욕을 하는 것 외에는 고되게 일만 하다보니 그는 자기가 왜 이곳으로 왔는지도 잊어버리고 있었고, 페인트가 모자라지 않는지 혹은 복도의 이로二路 배선 설치에 이상이 없는지에 신경을 쓰며 허리가 당기고 다리가 뻣뻣해진 채 육체적 피로로 주의가 분산되어 있었다. 잠은 호텔에서 잤고 마을 사람들과도 조금씩 친숙해졌다. 일요일 오후면 호텔에 와서 러시아식 당구나 탁구를 치는 청년들(그들은 오후 내내 오락실을 독차지하지만 마실 것은 한 잔밖에 시키지 않아서 주인은 몹시 화를 냈다). 저녁에 바다를 굽어보는 길로 산책하는 처녀들(그들은 서로 팔짱을 끼고 걸었는데 말의 마지막 음절에 이르면 꼭 노래하는 것 같은 목소리였다). 호텔에 생선을 대는 외팔이 어부 페레스. 대개 그런 사람들이었다. 그가 마을 의사 베르나르를 만난 곳도 거기였다. 그러나 집 정리가 모두 끝나던 날 그는 자기 물건들을 날라다 놓고 나자 정신이 좀 들었다. 저녁이었다. 그는 이층 방에 앉아 있었다. 창 너머로 두 가지 세계가 소나무 두 그루 사이의 공간을 서로 차지하려는 듯이 다투고 있었다. 그 중 하나는 거의 투명한 것으로 별들이 무수히 깔려 있었고, 다른 하나는 보다 농도가 짙고 검은 공간으로 물이 출렁거리는 은은한 소리로 그것이 바다라는 것을 알 수 있었다.

지금까지 그는 자신을 도와주는 일꾼들과 만나거나 카페 주인과 잡담을 나누면서 자유롭게 지내왔다. 그러나 그날 저녁 그리고 이튿날에도, 또 그 다음날에도 영원히 만날 사람이 아무도 없다는 것을, 그리하여 그토록 원했던 고독과 마주하게 되었다는 것을 깨달았다. 아무도 만날 사람이 없는 때가 되자 그만 이튿날이 무섭도록 바싹 다가드는 느낌이었다. 그렇지만, 앞으로 오랫동안, 자신의 목숨이 다하는 날까지 자신과 마주 대면하는 것, 그건 바로 자신이 바랐던 바라고 스스로를 설득해보았다. 그는 밤 늦도록 앉아서 담배나 피우고 생각에 잠기리라고 마음먹었다. 한데 10시쯤 되자 졸려서 자리에 누웠다. 다음날 그는 아주 늦게야 잠을 깼다. 10시경에 일어나 세수하기 전에 아침을 준비했다. 약간 피곤했다. 면도를 하지 않아 텁수룩했고, 머리칼은 헝클어져 있었다. 그래도 그는 아침을 먹고 난 뒤 목욕탕으로 가는 대신 이 방 저 방 서성거리며 잡지를 들춰보다가 벽에서 떨어진 전기 스위치를 찾아내게 된 것이 몹시 반가워서 작업을 하기 시작했다. 그때 문 두드리는 소리가 났다. 전날 약속한 대로 호텔 보이가 점심을 가지고 들어왔다. 그는 게으름을 피우면서 식탁에 앉아 식욕은 없었지만 음식이 식기 전에 억지로 먹고 나서는 아래층 긴 의자에 누워서 담배를 피우기 시작했다. 깨어나서는 깜빡 잠이 들었던 것에 화가 치밀어 시계를 보니 4시였다. 그제야 세수를 하고 정성스럽게 면도를 한 뒤 옷을 입고 두 통의 편지를 썼다. 한 통은 뤼시엔에게, 또 한 통은 세 여학생에게였다. 벌써 늦은 시간으로 밤이 내리고 있었다. 그래도 마을에까지 내려가 우체국에서 편지를 부치고는 아무도 만나보지 않고 집으로 돌아왔다. 2층 방에 올라가서 테라스로 나갔다. 밤과 바다가 모래톱 위에서, 그리고 폐허 가운데서 대화를 나누는 것 같았다. 그는 깊은 생각에 잠겼다. 그냥 허비해버린 그날 하루의 기억 때문에 마음이 언짢았다. 적어도 그날 저녁만은 일을 하고 싶고, 뭔가 하고 싶고, 책을 읽거나 밤바람을 쐬며 걷고 싶었다. 정원의 철책 문이 삐걱거렸다. 저녁식사가 왔다. 배가 고픈 참이라 맛있게 먹고 나니 밖으로 나갈 수가 없을 것 같았다. 침대에 누워 오랫동안 책을 읽으리라 마음먹었다. 그러나 처음 몇 페이지를 넘기자 눈이 감겼고 다음날은 늦게서야 일어났다.

그 후 여러 날 동안 그는 자신의 나태에 저항하려고 해보았다. 철책 문이 삐걱거리는 소리와 담배 꽁초만 수북한 나날이 흘러가게 되자 이런 생활에 이르게 한 그 행동과 그 생활 자체 사이의 괴리를 깨달았고 그로 인한 번민에 사로잡혔다. 어느 날 저녁 그는 그렇게도 많은 것을 기대했던 고독과 결별하고서 뤼시엔에게 자신을 찾아오라는 편지를 썼다. 편지를 부치고 나자 그는 남모르는 수치심에 시달렸다. 그러나 막상 뤼시엔이 도착하자 그 수치심은 눈녹듯 사라지고 친숙한 한 존재와 그가 옆에 있음으로써 맛보게 되는 일종의 멍청하고도 불 같은 기쁨에 휩싸였다. 그는 그녀에게 정성을 쏟으면서 비위를 맞추었다. 뤼시엔은 그의 갑작스런 태도에 약간 놀라 바라보면서도 예쁘게 다려 입은 하얀 천의 드레스에만 신경을 썼다.

그는 들판으로 나갔다. 그러나 뤼시엔과 함께였다. 그는 세계와의 연대의식을 되찾았다. 그러나 뤼시엔의 어깨에 손을 얹음으로써 느낄 수 있는 연대의식이었다. 그는 이처럼 인간 속에 몸을 숨김으로써 자기 속에 도사린 은밀한 공포에서 벗어났던 것이다. 그러나 웬일인지 이틀이 못 가서 그는 다시 뤼시엔에게 싫증을 느꼈다. 하필이면 그런 순간에 그녀는 그의 곁에서 살고 싶다고 말했다. 그때 그들은 함께 저녁을 먹고 있었는데 그는 접시에서 눈을 떼지 않고 분명하게 거절했다.

잠시 침묵을 지킨 후 뤼시엔이 담담한 목소리로 덧붙였다.

"당신은 나를 사랑하지 않아."

메르소는 고개를 쳐들었다. 그녀의 눈에 눈물이 가득 고여 있었다. 그는 부드럽게 말했다.

"그런 말은 한 적 없는데."

"사실이야. 바로 그래서 그러는 거지" 하고 뤼시엔이 말했다.

메르소는 일어나 창가로 걸어갔다. 두 소나무 사이 어둠 속에서 별들이 무수히 빛나고 있었다. 파트리스의 마음속에는 고통과 함께 이제 금방 지내온 며칠에 대한 감당할 수 없는 역겨움만 가득 치밀어올랐다.

"뤼시엔, 당신은 아름다워. 나에게 그 이상 보이는 것은 없어. 그 이상은 아무것도 요구하지 않아.[10] 우리 둘에겐 그것이면 충분해."

"알고 있어." 파트리스에게 등을 돌린 채 그녀가 말했다. 그녀는 칼 끝으로 책상보를 긁적거리고 있었다. 그가 가까이 가서 그녀의 목덜미를 감싸쥐었다.

"내 말을 믿어줘. 커다란 고통도, 커다란 후회도, 커다란 추억도 없어. 모든 것이 다, 대단한 사랑까지도 결국은 잊히는 거야.[11] 그게 바로 삶에서 슬프면서도 우릴 열광시키는 점이야. 다만 사물을 보는 일정한 시각만이 있을 뿐이고 그 시각이 때로 나타나는 거지. 그렇기 때문에 인생에 있어서 엄청난 사랑과 불행한 정열을 겪는 것이 좋은 거야. 그러한 것은 적어도 우리를 짓누르는 이유 없는 절망에 대해 알리바이 구실을 해주거든."

잠시 후 메르소는 생각에 잠겼다가 말을 이었다.

"내 말을 잘 이해하는지 모르겠어."

"이해할 것 같아" 하고 뤼시엔이 말했다. 그녀는 갑자기 그에게 고개를 돌리며 말했다. "당신은 행복하지 않아."

"이제 행복해질 거야. 행복해져야 돼. 이 밤과 이 바다, 손에 잡고 있는 이 목덜미가 있는데" 하고 메르소가 격한 목소리로 말했다.

그는 창문으로 몸을 돌리고 손으로 뤼시엔의 목을 꽉 붙잡았다. 그녀는 침묵을 지켰다.

"적어도 나에 대해서 조금이나마 우정은 갖고 있는 거야?" 그녀는 그를 쳐다보지도 않고 말했다.

파트리스는 그녀 곁에 꿇어앉아서 그녀의 어깨를 깨물고 있었다. "우정이야 물론이지. 밤에 대해서 우정을 갖고 있듯이. 당신을 보면 즐거워. 당신은 그 즐거움이 내 가슴에 어떤 자리를 차지하고 있는지 모르고 있어."

그녀는 다음날 떠났다. 그리고 그다음날 메르소는 마음을 가라앉힐 수 없어서 자동차를 타고 알제로 갔다. 그는 우선 세계 앞의 집에 갔다. 그의 여자친구들은 그 달 말께 그를 찾아가 겠다고 약속했다. 그래서 그는 그가 살던 동네를 다시 보고 싶었다.

그의 집에는 어떤 카페 주인이 세들어 있었다. 그는 통장이에 대해 물었지만 아무도 소식을 아는 사람이 없었다. 일거리를 찾아 파리로 떠난 것 같다고들 했다. 메르소는 산책을 했다. 단골 식당에 가니 그 동안 셀레스트는 늙었다. 그러나 따지고 보면 많이 늙은 것은 아니었다. 르네는 폐결핵도 심각한 표정도 그대로인 채 여전했다. 모두가 파트리스를 다시 만나 반가워했고 그 역시 그들을 다시 보니 감회가 새로웠다.[12]

"어, 메르소, 하나도 변하지 않았구먼. 여전해." 셀레스트가 말했다.

"그래." 메르소가 대답했다.

사람들이 자신의 변화는 그렇게도 잘 알면서 친구들에 대해서는 처음 한 번 마음속에 간직해둔 이미지를 맹목적으로 고집하는 것이 그에겐 놀랍기만 했다. 그에 대해서도 사람들은 과거의 그를 기준으로 판단하고 있었다. 마치 개의 성미가 변화하지 않듯이 사람들도 다른 사람에게 있어서는 개나 마찬가지였다.

셀레스트, 르네, 그리고 다른 사람들이 과거에 그를 잘 알고 지냈다는 점에서 생각해본다면 이제 그는 그들에게 있어서 마치 사람이 살지 않는 별처럼 낯설고 닫혀진 존재가 되어버린 것이다. 하지만 그는 다정스럽게 그들과 헤어졌다. 단골 식당에서 나오다가 그는 마르트와 마주쳤다. 그녀를 보자 그는 자기가 그녀를 거의 잊고 있었으나 동시에 속으론 만나고 싶어한다는 것을 깨달았다. 그녀는 여전히 그려놓은 여신과 같은 얼굴이었다. 그는 은근히 그녀를 원했으나 확고한 열망은 없었다. 그들은 함께 걸었다.

"파트리스, 정말 반가워. 어떻게 지내?" 그녀가 말했다.

"보다시피 그냥 그래. 시골에서 살고 있어."

"어머 멋있어. 난 늘 그런 생활을 꿈꾸었는데."

한동안 침묵이 흐른 후, "그런데 말이지, 난 너를 원망하지는 않아" 하고 그녀가 말했다.

"응. 적당히 마음을 달랬겠군." 메르소가 웃으며 말했다.

그러자 마르트는 전혀 생소한 어조로 말했다.

"비꼬지 마. 언젠가는 그런 식으로 끝날 줄 알고 있었다구. 당신은 이상한 사람이었어. 난 당신 말대로 철없는 계집애일 뿐이었고. 일이 닥쳤을 때는 물론 미치도록 화가 났지. 하지만 결국 네가 불행한 사람이란 생각을 하게 되었어. 뭐 그런 걸 잘 표현할 수는 없지만 참 이상해. 우리 둘 사이의 일이 처음으로 슬프면서도 동시에 기쁘게 느껴지는 거 있지."

메르소는 놀라서 그녀를 바라보았다. 그는 갑자기 마르트가 언제나 자신과 아주 잘 지냈다는 생각이 났다. 그녀는 있는 그대로의 그를 받아들여주었고 깊은 고독에서 그를 구해주었다. 그런데 그는 그만큼 대해주지 못했었다. 그는 상상력과 허영심 때문에 그녀를 과대평가한 만큼이나 자만심 때문에 그녀를 충분하게 평가해주지 못했다. 인간은 그 어떤 잔인한 역설로 인하여 스스로 사랑하는 존재들에 대해서 처음에는 그들에게 이로운 방향으로, 다음에는 그들에게 해로운 방향으로

행복한 죽음

항상 두 번 잘못 생각하게 된다는 것을 그는 실감했다. 오늘에야 그는 마르트가 그에 대하여 자연스러웠다는 점, 즉 있는 그대로를 보여주었다는 점에서 자신은 그녀에게서 얻은 것이 많음을 깨달았다. 비가 아주 조금, 거리의 불빛이 보도 위에 반사되어 반짝이다간 흐트러질 만큼 내리고 있었다. 불빛과 빗방울 사이로 갑자기 심각해진 마르트의 얼굴을 건너다보면서 그는 어떤 감사의 마음을 장황하게 나타내고 싶은 심정이었으나 도무지 말로는 표현되지 않았다. 다른 때 같았으면 일종의 사랑으로 착각했을지도 모를 그런 감정이었다. 그러나 그는 아주 시원치 않은 몇 마디 말밖에는 하지 못했다. "알겠지만 난 너를 정말 좋게 생각하고 있어. 그래서 지금도 내가 어떻게 할 수만 있다면…" 하고 말했다.

그녀가 그에게 미소지어 보였다.

"아냐. 나는 젊어. 그러니까 어떻게 생각하는지는 몰라도 아쉬운 건 없어."

그도 동의했다. 그와 그녀 사이에는 얼마나 먼 거리가 가로 놓여 있으며 그와 동시에 또 얼마나 은밀한 이해가 이어져 있는 것인가. 그녀의 집 앞에서 그들은 헤어졌다. 그녀는 우산을 펴며 말했다.

"또 만나게 되길 바라."

"그래." 메르소가 말했다. 그녀는 서글픈 웃음을 엷게 띠었다. "저런, 네 얼굴이 어린 소녀 같아" 하고 메르소가 말했다.

그녀는 문 밑으로 들어서서 우산을 접었다. 파트리스는 그녀에게 손을 내밀면서[13] 이번에는 그 편에서 미소를 지어 보였다. "안녕, 겉모습 아가씨." 그녀는 재빨리 그의 손을 꼭 잡고 두 뺨에 키스를 하고는 층계를 뛰어올라갔다. 메르소는 빗속에 서서 아직도 두 뺨에 남아 있는 마르트의 차가운 코와 뜨거운 입술을 느꼈다. 이 갑작스럽고 무심한 키스는 빈에서 만났던 주근깨투성이의 키 작은 창녀와 똑같이 순수한 것이었다.

그는 뤼시엔을 찾아가 그녀의 집에서 자고 다음날엔 거리로 나가 함께 산보하자고 청했다. 그들이 거리로 내려왔을 때는 정오가 다 된 시간이었다. 오렌지색의 선체들이 조각의 결대로 잘라놓은 과일처럼 햇볕에 마르고 있었다. 비둘기와 비둘기 그림자들이 쌍을 이루며 부두 쪽으로 날아 내려갔다가 다시 곧 완만한 곡선을 그으며 올라왔다. 폭발할 듯한 태양이 점차로 뜨거워져갔다. 메르소는 빨갛고 검은색의 우편 비행기가 수로를 천천히 빠져나와 점점 속력을 내다가 하늘과 태양과 마주 닿아 거품을 일으키며 번쩍이는 빛의 막대기를 향해서 여유 있게 회전하는 것을 보았다. 떠나는 것을 지켜보는 사람에게 있어서 모든 이별에는 씁쓰레한 부드러움이 담겨 있는 법이다. "저 사람들은 복도 많군요." 뤼시엔이 말했다. "응" 하고 파트리스가 말했다. 그는 속으로는 '아니'라고, 아니 적어도 자신은 그런 복이 부럽지는 않다고 생각하고 있었다. 그에게도 역시 다시 시작하는 것, 떠나감, 그리고 새로운 생활은 그

행복한 죽음

나름의 매력이 있었다. 그러나 나태한 자들과 무력한 자들의 정신 속에서만 행복이 그런 것에 결부되어 있다는 것을 그는 알고 있었다. 행복은 선택을 전제로 하는 것이었고 그 선택 안에서는 어떤 신중하고 냉정한 의지를 전제로 하고 있었다. 그의 귀에는 '포기의 의지가 아니라 행복의 의지로서'라던 자그뢰스의 말이 들리는 것만 같았다. 그는 한쪽 팔로 뤼시엔을 껴안고 있었고 그의 손 안에는 그 여자의 부드럽고 뜨거운 젖가슴이 얹혀서 쉬고 있었다.

그날 저녁, 슈누아로 가는 자동차 안에서 메르소는 눈앞에 부풀어오르는 바닷물과 갑자기 불쑥불쑥 나타나는 산봉우리들을 보며 자신의 내부에 도사리고 있는 커다란 침묵을 느꼈다. 몇 가지 새출발을 흉내내보고 자신의 지나간 삶을 자각해봄으로써 그는 자기가 되기를 원했던 것과 원하지 않았던 것을 명확하게 규명해본 것이었다. 정신이 해이해졌던 날들이 부끄럽게 여겨진 것은 사실이지만 그것이 자기에게 위험은 하면서도 또한 필요했다는 생각이 들었다. 그는 그러한 날들 속에 빠져 허우적거리면서 자신의 유일한 존재 이유를 잃어버릴 수도 있었을 것이다. 그러나 어찌 되었건 그 어떤 상황에든 적응을 할 필요가 있었다.[14]

메르소는 브레이크를 한 번 밟고 다음 또 한 번 밟는 사이에 자신이 찾고 있는 특이한 행복은 바로 이른 아침의 기상과 규칙적인 해수욕과 의식적인 건강법에 있다는 부끄럽기 짝없는 진실을 뼈저리도록 느끼고 있었다. 그는 매우 빠르게 달렸다. 그렇게 내친 힘에 실려 어떤 삶 속에 기반을 잡고, 일단 그렇게 되면 삶은 그에게 더 이상의 노력을 요구하지는 않을 테니, 시간과 삶의 깊은 리듬에 자신의 호흡을 일치시키기로 결심한 듯이.

이튿날 아침 그는 일찍 일어나 바다로 내려갔다. 날이 이미 환히 밝았으며, 아침은 새들의 날개 치는 소리와 지저귀는 소리로 가득 차 있었다. 그러나 태양은 이제 겨우 지평선의 둥근 선을 스치고만 있었다. 그래서 아직 광채 없이 흐릿한 물 속으로 들어가자 불분명한 어둠 속에서 수영하는 듯한 느낌이었다. 이윽고 태양이 떠오르면서 붉고 써늘한 황금빛 흐름 속에 팔을 푹 찔러넣었다. 그는 곧 물 밖으로 나와 집으로 돌아왔다. 그는 자신의 육체가 경쾌해지면서 모든 것을 받아들일 준비가 되었음을 느꼈다. 다음날부터 아침이면 메르소는 동이 트기 조금 전에 바다로 내려갔다. 그 첫 행동이 하루의 나머지 시간을 지배했다. 사실 그렇게 해수욕을 함으로써 그는 피로해졌다. 하지만 수영은 기운이 빠지게 하면서도 동시에 힘을 주었기 때문에 그는 온종일 만사를 방임한 채 행복한 나태에 맛을 들이게 되었다. 그런데도 그의 하루하루는 여전히 길게만 느껴졌다. 그는 지금까지 자신에게 어떤 척도가 되어주었던 습관의 틀로부터 자신의 시간을 분리시켜 생각할 수가 없었다. 할 일이 아무것도 없었고 그래서 그의 시간은 한껏 늘어

행복한 죽음

났다. 매 순간은 그것이 지닌 기적적인 가치를 되찾았지만 그는 아직 실질적인 가치를 인식하지 못했다. 여행을 할 때는 하루하루가 끝이 없는 것처럼 보이지만 사무실에서는 반대로 월요일에서 토요일까지가 시간이 번개같이 지나가는 것처럼 보이듯이 그와 마찬가지로 자기의 거점을 잃어버린 그는 그런 거점을 가져봐야 어디에 쓸지도 모를 생활 속에서도 여전히 그런 거점을 다시 찾으려고 했다. 때때로 그는 손목시계를 꺼내 들고 시계 바늘이 하나의 숫자에서 다른 숫자로 옮겨가는 것을 보면서 단 5분이 그처럼 끝없이 긴 것인가 하고 놀랐다. 이 시계는 분명 그에게 무위無爲라는 지고한 예술로 인도하는 어렵고도 험난한 길을 열어준 것이었다. 그는 산책하는 것을 배웠다. 오후에는 가끔 저쪽 끝의 폐허까지 해안의 모래밭을 따라 걷곤 했다. 그럴 때면 그는 압생트 속에 누워서 뜨거운 돌 위에 손을 얹은 채 열기에 넘치는 그 하늘의 견딜 수 없는 거대함을 향하여 두 눈과 가슴을 여는 것이었다. 그는 심장의 고동을 오후 2시의 태양의 격렬한 맥박에다 맞추었고 야생의 향내와 벌레들의 조는 듯한 연주 속에 파묻힌 채 하늘이 흰빛에서 순수한 푸른빛으로 변했다가 곧 녹색으로 옅어지면서 아직도 후끈한 폐허에 그 감미로움과 부드러움을 부어주는 것을 바라보았다. 그러다가 그는 일찌감치 집에 돌아와서 자리에 누웠다. 하루 해에서 그다음날의 해로 달음질치는 흐름 속에서 그의 하루하루는 일정한 리듬에 따라 정돈되었다. 그 리듬의 완

2부 의식적인 죽음

만함과 기이함은 그 전에 사무실과 식당 그리고 잠이 필요했던 것만큼이나 그에게 필요한 것이 되었다. 두 경우에 있어서 그는 그 사실을 거의 의식하지 못하고 있었다. 이제는 적어도 맑은 정신이 들 때면 시간이 자신의 것이며 붉은 바다에서 푸른 바다로 가는 이 짧은 순간 속에서 매초마다 영원한 그 무엇인가가 자신에게 모습을 드러내는 것을 느꼈다. 그는 초인간적인 행복을 꿈꾸지 않듯이 하루하루가 그리는 곡선을 초월하는 영원은 엿보려 하지 않았다. 행복이란 인간적인 것이고 영원이란 일상적인 것이다. 요는 하루하루의 리듬을 우리의 희망이 그리는 곡선에 맞출 것이 아니라 우리의 마음을 하루하루의 리듬에 순응하도록 자신을 낮출 줄 알아야 한다.

예술에 있어서는 적절한 지점에서 정지할 줄 알아야 하고, 조각작품을 창조할 때는 더 이상 손질을 해서는 안 되는 순간이 늘 찾아오는 것이며, 또 이런 경우에 있어서는 통찰력이 주는 가장 섬세한 역량보다도 무심無心의 의지가 항상 예술가에게 더 많은 도움이 된다. 그와 마찬가지로 행복 속에서 삶을 완성하려면 최소한의 무심이 필요한 것이다. 그 무심을 소유하지 못한 사람들은 그것을 노력으로 획득해야 한다.

한편 일요일이면 메르소는 페레스와 함께 당구를 쳤다. 페레스는 한쪽 팔이 없는 불구였다. 성치 않은 한쪽 팔은 팔꿈치 위에서부터 잘려나가고 없었다. 그래서 그는 묘한 자세로 당구를 쳤다. 즉 가슴을 앞으로 쑥 내밀고[15] 절단된 팔의 잘라진 부분을 큐 위에 댔다. 아침에 고기잡이를 나갈 때면 겨드랑이 밑에 왼쪽 노를 끼고 작은 배 안에 서서 몸을 기울이면서 노 하나는 가슴으로 다른 하나는 손으로 저어가는 이 늙은 어부의 솜씨를 메르소는 감탄해 마지않았다. 둘은 뜻이 잘 맞았다. 페레스는 매콤한 소스를 쳐서 오징어 요리를 만들곤 했다. 그는 오징어를 삶은 국물에 넣어 익혔고 그들 둘은 어부의 부엌에서 까맣게 그을린 프라이팬 위로 빵조각을 지근지근 눌러 시커멓고 뜨거운 소스를 짜내면서 나누어 먹었다. 페레스는 도무지 말이 없는 사람이었다. 메르소는 그의 침묵하는 능력에 대해 감사히 여겼다. 아침 나절에 때때로 수영을 마치고 난 후 그는 페레스가 작은 배를 바다에 띄우고 있는 것을 보곤 했다. 그럴 때면 그는 앞으로 나아가,

"페레스, 나도 같이 탈까요?" 하고 물었다.

"타요." 그의 대답이었다.

그들은 두 개의 밧줄걸이에 노들을 매고, 트롤 낚시에 발이 걸리지 않도록 조심하면서(적어도 메르소는) 서로 호흡을 맞춰 노를 저었다. 그러고는 고기를 낚았는데 메르소는 수면에서는 번쩍거리지만 물 속에서는 흔들거리면서 검게 보이는 낚싯줄을 살폈다. 햇빛은 물 위에서 수많은 작은 조각들로 부서졌고 메르소는 바다에서 숨결처럼 뿜어 올라오는 무겁고 질식할 듯한 냄새를 맡았다. 이따금 페레스가 작은 고기를 끌어올렸다. 그럴 때마다 그는 고기를 다시 바다에 던져주면서 말했다.

"엄마한테 가거라." 11시면 그들은 돌아오는 것이었는데 메르소는 생선 비늘로 번쩍이는 손과 햇볕에 익은 얼굴을 하고서는 마치 신선한 동굴로 들어가듯이 집으로 돌아갔고, 페레스는 저녁 때 그들이 같이 먹을 생선 요리를 준비하러 갔다. 메르소는 물 속에 몸을 맡기고 빠져들어가듯이 매일매일의 생활에 있어서도 그저 되어가는 대로 따라갔다. 그리고 마치 우리가 물 속에서 우리를 띄워주고 실어다 주는 팔과 물의 의기투합 덕분에 앞으로 헤엄쳐나갈 수 있듯이 메르소도 몇 가지 기본적인 동작, 즉 한 손을 나무둥치 위에 올려놓는다든지, 모래사장 위를 달린다든지 하는 것으로 충분히 자신을 고스란히 그리고 의식이 또렷하게 유지할 수 있었다. 그는 그렇게 함으로써 순수한 상태의 삶으로 돌아갔다. 그러고는 지성이 가장 결여되어 있거나 지성이 가장 발달된 동물에게만 주어지는 천국을 다시 발견했다. 정신이 정신을 부정하는 그런 경지에 이르러 그는 자신의 진실에 닿을 수 있었고 진실과 함께 자신의 극단의 영예와 사랑을 맛보는 것이었다.

베르나르 덕분에 그는 마을의 생활에 섞이게 되었다. 그는 몸이 좀 불편해서 의사인 베르나르를 불러오게 한 일이 있었는데 그 이후로 그들은 계속 만나는 것이었다. 언제나 만나면 즐거웠다. 베르나르는 말이 없는 사람이었으나 일종의 비관적인 정신 때문에 그의 안경테 너머에는 번쩍이는 빛이 서려 있었다. 오랫동안 인도차이나에서 개업한 후 그는 40세에 이 알

행복한 죽음

제리 구석으로 물러나 앉았다. 몇 년 전부터 그는 머리를 쪽 지고 현대적인 양장 차림에 말이 없는 인도차이나 출신의 아내와 함께 조용하게 살고 있었다. 베르나르는 마음이 너그러운[16] 사람이어서 어느 계층의 사람들에게든 잘 적응했다. 그래서 그는 마을 사람들을 모두 사랑했고[17] 또 그들의 사랑을 받았다. 그는 메르소를 사람들에게로 데리고 갔다. 메르소는 이미 호텔 주인을 잘 알고 있었다. 본래 테너 가수 출신인 그는 카운터에서 노래를 부르곤 했고 〈라 토스카〉에 나오는 두 개의 우렁찬 독창곡 막간이면 아내에게 손짓하면서 얻어맞을 각오를 하라고 별러대기도 했다. 파트리스는 베르나르와 함께 축제위원회의 일을 봐달라는 부탁을 받았다. 그래서 7월 14일 혁명 기념일이나 다른 축제일이면 그들은 삼색기 완장을 두르고 돌아다니거나 당분이 많은 아페리티프가 흘러서 더러워진 녹색의 철제 테이블에 다른 위원들과 함께 둘러앉아 악단이 자리잡을 무대를 참빗살나무로 꾸밀 것인가 종려나무로 장식할 것인가를 토론하기도 했다. 심지어 그들은 그를 선거전에까지 끌어들이려고 했다. 메르소는 시장을 만나볼 기회가 있었다. 시장은 10년 전부터 (그의 말에 따르면) '자기 지역사회의 운명을 개척해가고' 있었으며, 장기 집권으로 말미암아 자신을 보나파르트 나폴레옹이라고 믿는 경향이 있었다. 그는 부유한 포도밭 경작인이어서 그리스풍의 저택을 지었다. 메르소는 그의 초대로 그 집을 방문했었다. 그 집은 2층으로 되어 있었는데, 시장은 엄청난 재정적 부담에도 굽히지 않고 집에다 엘리베이터를 설치해놓았다. 그는 메르소와 베르나르에게 엘리베이터를 한번 타보라고 권했다. 그러자 베르나르가 "잘 미끄러지는군" 하고 태연히 말했다. 그날부터 메르소는 시장에 대해 깊은 존경심을 품게 되었다. 베르나르와 그는 자신들의 영향력을 발휘하여 무엇으로 보나 가장 적당한 인물이라 여겨 그를 시장 자리에 계속 앉아 있도록 했다.

봄이 되자 산과 바다 사이로 빨간색 지붕들이 다닥다닥 붙어 있는 작은 마을에 다색茶色 덩굴의 장미와, 히아신스와 부겐빌레아 등의 꽃들이 만발했고 곤충들이 윙윙거렸다. 낮잠 자는 시간이 되면, 메르소는 테라스에 나와, 잠들어 있는 마을에서 작열하는 태양을 받아 연기처럼 김이 피어오르는 것을 바라보곤 했다. 마을의 중요한 화젯거리는 모랄레스와 뱅게스의 경쟁이 어떻게 되느냐 하는 것이었다. 이 두 사람은 부유한 스페인 식민이었는데 일련의 투기로 백만장자가 되었다. 그렇게 되자 곧 그들은 누가 더 훌륭한지 보자는 듯 경쟁에 열을 올렸다. 한 사람이 최고급 자동차를 사면 상대방은 똑같은 차를 구입하고 한술 더 떠서 거기다가 은제 손잡이를 달았다. 그런 일에 있어서 천재는 단연 모랄레스였다. 사람들은 그를 '스페인 왕'이라고 불렀다. 무슨 일에 있어서나 상상력이 모자란 뱅게스를 물리치고 승리했기 때문이다. 전쟁 중에 하루는 뱅게스가 수만 프랑짜리 국채를 사자 모랄레스는, "난 그 이상의 것을 하겠어. 내 자식을 나라에 바치는 거야" 하고 선언했다. 그러고는 아직 적령에 달하지도 않은 어린 아들을 입대시켰다. 1925년에 뱅게스는 알제에서 멋진 부가티 스포츠카를 타고 돌아왔다. 보름 후 모랄레스는 큼직한 창고를 짓고 쿠드롱 비행기를 한 대 사들였다. 그 비행기는 아직까지도 창고에서 썩고 있다. 그는 일요일에만 손님들에게 비행기를 구경시켜주었다. 뱅게스가 모랄레스 얘기를 하다가 '그 거지'라고 하는 반면 모랄레스는 뱅게스를 '그 멍텅구리'라고 했다.

베르나르는 메르소를 모랄레스의 집으로 데리고 갔다. 벌과 포도 냄새가 가득 찬 대농장에서 모랄레스는 온갖 경의를 표하며 그들을 맞았으나 저고리와 구두는 너무 거추장스러워서 운동화에 셔츠 차림이었다. 그는 그들에게 비행기와 여러 대의 자동차와 액자에 넣어 거실에 걸어놓은 아들의 훈장을 보여주었다. 모랄레스는 프랑스령 알제리에서 외국인들을 추방해야 한다고 역설하고서(정작 자기는 귀화했지만 '예를 들어서 그 뱅게스 같은 사람 말이죠' 하는 투였다) 최신의 착상을 보여주려고 그들을 데리고 갔다. 그들은 넓은 포도밭에 들어섰다. 그 한가운데는 둥근 교차로가 마련되어 있었다. 교차로에는 가장 희귀한 목재와 천들로 꾸민 루이 15세식[18] 살롱이 마련되어 있었다. 이리하여 모랄레스는 자기 땅에서 손님들을 초대하여 접대할 수 있었다. 비가 많이 오면 어떻게 하느냐고 정중히 묻는 메르소에게 모랄레스는 시거를 문 채로 거침없이, "갈아치우지요"라고 대답했다. 베르나르와 함께 돌아오면서 그들은 벼락부자와 시인을 구별하는 이야기를 했다. 베르나르의 말에 따르면 모랄레스는 시인이라는 것이었다. 메르소는, 만약 때가 로마 쇠퇴기였더라면 그는 멋진 황제가 되었을 것이라는 생각을 했다.

그로부터 며칠 후[19] 뤼시엔이 슈누아에 와서 며칠 머물다가 떠났다. 어느 일요일 아침에는 클레르, 로즈, 카트린이 약속한 대로 메르소를 찾아왔다. 그러나 파트리스의 마음가짐은 이미 은퇴의 초기에 알제로 갔을 때와는 거리가 멀었다. 그렇긴 해도 그들을 만나는 것은 반가웠다. 그는 베르나르와 함께 그곳까지 왕래하는 큰 카나리아 버스 정류장으로 그들을 맞으러 갔다. 날씨는 화창했고 마을에는 순회 정육점의 아름다운 빨간색 자동차들과 꽃잎이 도톰한 꽃들, 밝은 색깔의 옷차림을 한 사람들로 가득했다. 그들은 카트린의 제안으로 잠시 동안 카페에 들어가 앉았다. 그녀는 빛나는 햇빛과 생기에 감탄해 마지 않았고 그녀가 기대고 있는 벽 뒤에 바다가 있다는 것을 짐작할 수 있었다. 그곳을 떠나려고 하는 순간 바로 옆 거리에서 요란한 음악 소리가 울려나왔다. 분명 《카르멘》에 나오는 〈투우사의 행진〉이었으나 왁자지껄하고 원기가 넘쳐흘러서 악기들이 제 소리를 못 내고 있었다. "운동회가 따로 없군" 하고 베르나르가 말했다. 그런 중에 얼굴도 모르는 20여 명의 악사가 쏟아져 나와 각종 취주악기를 잠시도 쉬지 않고 불어대는 것

행복한 죽음

이 보였다. 그들은 카페 쪽으로 왔고 그 뒤로는 손수건을 받쳐서 밀짚모자를 뒤로 젖혀 쓴 모랄레스가 광고가 찍힌 부채를 살랑대며 나타났다. 그가 돈을 주고 악대를 마을로 불러온 것이었다. 그는 나중에, '불경기가 닥쳐오니 활기가 없고 너무 따분해서' 그랬노라고 설명했다. 그는 자리를 정하고 나서 행진곡을 마친 악사들을 자기 주위에 앉혔다. 카페에는 사람들이 들끓었다. 그때 모랄레스가 일어나 좌중을 빙 둘러보면서 엄숙하게 말했다. "지금부터 제 요청에 따라서 오케스트라가 〈투우사의 행진〉을 다시 연주하겠습니다."

카페에서 나오면서 귀여운 아가씨들은 숨이 끊어질 듯 웃어댔다. 집에 다다르자 정원의 햇빛을 담뿍 받은 담벽의 눈부신 흰색을 한층 더 뚜렷이 느끼게 해주는 실내의 그늘과 서늘함을 맛보면서 그녀들은 침묵과 깊은 조화를 되찾았다. 카트린의 경우 그에 대한 반응은 테라스로 나가서 일광욕을 하는 것으로 나타났다. 메르소는 베르나르를 배웅했다. 베르나르가 메르소의 생활의 일부를 보게 되는 것은 이것이 두 번째였다. 메르소는 베르나르가 행복하지 않다는 것을 눈치챘고 베르나르는 메르소의 생활을 보고 약간 당황했으나 그들은 결코 서로의 속마음을 털어놓지 않았다. 그들은 한 마디 말도 없이 헤어졌다. 메르소는 여자 친구들과 다음날 아침 일찍 소풍을 가자고 약속했다. 슈누아는 무척 높아서 등산하기가 힘들었다. 피곤과 태양이 어우러진 멋진 하루가 내다보였다.

새벽에 그들은 첫 번째 가파른 비탈길을 기어올랐다. 로즈와 클레르가 앞서갔고 파트리스는 카트린과 뒤섰다. 그들은 말이 없었다. 그들은 아직 아침 안개에 싸여 하얗게 보이는 바다 위로 차츰차츰 올라갔다. 나직한 나무들이나 콜히쿰 꽃나무가 헝클어져 있는 산과 차디찬 샘물, 그늘과 태양, 그리고 말을 잘 듣는 것 같다가는 다시 마음 같지 않아지는 자신의 육체에 온통 몰두한 채 파트리스 역시 말이 없었다. 그들은 걸음걸이에만 노력을 집중시키면서 빨갛게 단 무쇠나 뾰족한 면도날처럼 폐부를 깊숙이 찌르는 아침 공기를 들이마셨다. 그들은 인내와 주력을 다하여 경사를 정복하려는 데만 정신을 몰두하고 있었다. 로즈와 클레르는 지쳐서 걸음을 늦추었다. 카트린과 파트리스가 그들을 앞장서게 되었는데 얼마 안 되어 그들이 시야에서 사라져 보이지 않게 되었다.

"괜찮아?" 파트리스가 말했다.

"응, 아주 멋있어."

하늘에 해가 떠오르고 그와 함께 날씨가 뜨거워지자 벌레들이 우는 소리가 점점 커졌다. 이윽고 파트리스는 셔츠를 벗고 상체를 드러낸 채 계속 길을 갔다. 햇빛을 받아 껍질이 벗겨진 어깨 위로 땀이 흘러 내렸다. 그들은 산허리를 돌아가는 듯한 오솔길로 접어들었다. 그들의 발 밑에 밟히는 풀들이 더 축축했다. 곧 샘물 소리가 그들을 맞아주더니 깊숙이 들어간 곳에서 서늘한 기운과 그늘이 샘솟고 있었다. 그들은 서로 물을 끼

얹어주었고 목을 약간 축였다. 카트린은 풀 위에 누웠고 물에 젖은 검은 머리가 이마 위에서 곱슬거리는 파트리스는 폐허와 눈부신 길과 태양의 광채로 뒤덮인 풍경을 앞에 놓고 두 눈을 끔뻑이고 있었다. 잠시 후 그는 카트린 옆에 앉았다.

"메르소, 우리 둘만 있을 때니 어디 말 좀 해봐. 행복해?"

"저것 좀 봐" 하고 메르소가 말했다. 길은 햇빛을 받아 진동하며 아물거리고 있었고 형형색색의 개미 같은 인간들이 그들 쪽으로 올라오고 있었다. 파트리스는 빙긋이 웃으면서 자신의 팔을 쓰다듬었다. [20]

"그래. 그런데 네게 물어보고 싶은 게 있어. 물론 싫으면 대답하지 않아도 좋아." 그녀는 망설였다. "넌 아내를 사랑해?"

메르소는 미소지었다.

"꼭 그래야 되는 건 아니야." 그는 카트린의 어깨를 잡고는 고개를 저으면서 그녀의 얼굴에 물을 뿌렸다. "카트린, 행복에는 반드시 선택을 해야 한다든가, 자신이 하고 싶은 일만 해야한다든가 하는 조건이 있다고 믿는 건 잘못이야. 중요한 것은 말이지, 다만 행복의 의지이고 언제나 뚜렷하게 깨어 있는 의식을 가지는 거야. 그 나머지 것들, 여자, 예술작품, 또는 속세의 출세 등은 구실에 지나지 않아. 우리가 수를 놓아주기를 기다리고 있는 캔버스인 거야."

"그래." 카트린이 눈에 해를 가득 담고 말했다.

"내게 중요한 것은 행복의 어떤 특성이야. 행복이 그와 반대

되는 것과 집요하고도 치열한 대결을 벌이는 가운데에서만 나는 행복을 맛볼 수 있어. 내가 행복하냐고, 카트린? '만약 내 인생을 다시 시작해야 한다면' 하는 그 유명한 표현은 너도 알 거야. 그런데 나라면 있는 그대로의 생을 다시 시작하겠어. 물론 넌 그게 무슨 뜻인지 모를 거야."

"몰라." 카트린이 대답했다.

"어떻게 말하면 좋을까. 내가 만일 행복하다면 그건 내 양심의 거리낌 덕분이야. 나는 멀리 떠나서 이 고독을 획득할 필요가 있었어. 고독 속에서 나는 내 안에 있는 서로 대결시켜야 할 것을, 태양이었던 것과 눈물이었던 것을 서로 대결시킬 수 있었던 거야…. 정말 나는 인간적인 의미에서 행복해."[21]

로즈와 클레르가 오고 있었다. 그들은 짐을 다시 둘러멨다. 길은 여전히 산을 돌아가고 있었고 여전히 우거진 초목지대 속으로 나 있었다. 길 양편에는 선인장과 올리브나무, 대추나무들이 죽 늘어서 있었다. 그 길에서는 나귀를 탄 아랍인들도 만날 수 있었다. 그들은 계속 산을 올라갔다. 이제는 태양이 길 위의 돌멩이들을 한결 더 세차게 후려치며 내려쬐고 있었다. 정오가 되자 그들은 더위에 짓눌리고 온갖 향기와 피로에 취해서 바구니들을 집어던지고 정상까지 올라가기를 포기해버렸다. 산비탈은 바위가 많고 규석이 가득했다. 키가 작고 오그라진 한 그루 떡갈나무의 둥글고 작은 그림자 아래에서 그들은 더위를 피했다. 그들은 바구니에서 먹을 것을 꺼내 먹었다. 산 전체가 땡볕과 매미 소리로 찌룽찌룽 진동하고 있었다. 열기가 올라와 떡갈나무 밑의 그늘을 포위했다. 파트리스는 땅에 배를 깔고 엎드려서 돌들에 가슴을 대고는 타는 듯 뜨거운 향기를 들이마셨다. 그는 마치 역사하고 있는 것 같은 산의 나지막한 고동 소리들을 뱃속에 맞아들이고 있었다. 그 소리들의 단조로움과 뜨거운 돌 사이에서 울어대는 벌레들의 귀따가운 노랫소리와 야생의 향내로 인해 마침내 그는 잠이 들었다.

잠이 깼을 때 그는 땀에 흠뻑 젖고 기진맥진해 있었다. 3시쯤 된 것 같았다. 아가씨들은 사라지고 없었다. 얼마 있다가 웃고 떠드는 소리로 그들이 오는 것을 알 수 있었다. 더위가 좀 가라앉았다. 다시 내려가야 했다. 메르소가 생전 처음으로, 그것도 산에서 내려오다가 졸도한 것은 바로 그때였다. 그가 정신을 되찾았을 때, 세 개의 불안한 얼굴 사이로 새파란 바다가 보였다. 그들은 더 천천히 내려갔다. 마지막 비탈길에서 메르소는 잠시 쉬자고 청했다. 바다는 하늘과 함께 초록색으로 변해갔고 지평선으로부터 부드러운 기운이 올라왔다. 작은 물굽이 주위로 슈누아가 연장되어 뻗은 언덕들 위에서 실편백나무들의 색채가 천천히 짙어져가고 있었다. 모두들 말이 없었다. 그러나 클레르가 말을 꺼냈다.

"피곤하신 것 같아요."

"그런 것 같군, 아가씨."

"나에게는 상관없는 문제지만요, 이 지방이 당신한테 별로 좋을 게 없는 것 같아요. 바다에 너무 가깝고 너무 습해요. 왜 프랑스의 산악지대에 가서 쉬지 않아요?"

"이 지방이 나한테 좋진 않아, 클레르. 하지만 난 이곳에서 행복해. 이곳과 일치되는 느낌이 들거든."

"완전하게, 그리고 오래오래 행복할 수 있기 위해서 그래야 할 것 같은데요."

"더 혹은 덜 오랫동안 행복하게 살 수 있는 것은 아니야. 그 냥 행복한 것뿐이지. 죽음도 그건 막을 수 없어. 죽음은 이 경 우 행복이 맞는 돌발사라고 할 수 있어." 모두가 잠잠했다.

"나는 그 얘기에 승복할 수 없어요." 얼마 후 로즈가 말했다.

그들은 저녁 어둠이 깔릴 무렵 천천히 집으로 돌아왔다.

카트린이 베르나르를 부르러 갔다. 메르소는 자기 방에 있 었다. 집 유리창들의 번뜩이는 그림자 위로 난간의 하얀 반점 들과 어두운 천으로 된 띠가 출렁대는 듯한 바다, 그리고 그 위 로 더 밝지만 별이 없는 밤이 내다보였다. 그는 기운이 없다고 느꼈으나 어떤 고마운 조화인지 기운이 허약하기 때문에 마음 이 더 가벼워졌고 정신은 더욱 맑아졌다. 베르나르가 문을 두 드렸을 때 메르소는 그에게 모든 것을 다 말할 것 같다는 느낌 이었다. 마음속의 비밀이 부담이 되기 때문은 아니었다. 거기 엔 아무런 비밀도 없었다. 그가 지금까지 침묵을 지켰던 것은, 어떤 계층의 사람들 속에서는 편견이나 어리석음이 마찰을 일으킨다는 것을 알기 때문에 자신의 생각을 밖으로 내보이지 않고 묻어두기도 한다는 것을 고려해서였다. 그러나 오늘은 피로에 지친 몸과 마음에서 우러나는 진정과 함께, 마치 예술가가 오랜 시간 동안 자기 작품을 어루만지며 이룩해놓고 나서는, 어느 날 갑자기 세상에 내놓아 보여주고 마침내 다른 사람들과 더불어 대화를 나누고 싶은 필요성을 절감하듯이, 메르소는 말을 하지 않으면 안 되겠다는 느낌을 가졌다. 과연 자신이 속마음을 털어놓을지 확신을 갖지 못한 채 그는 마음졸이며 베르나르를 기다렸다.

아래층 방에서 시원한 두 웃음소리가 들려와 그를 미소짓게 했다. 그때 베르나르가 들어왔다.

"어찌 된 거야?" 그가 말했다.

"그냥요" 하고 메르소가 말했다.

베르나르는 그를 진찰했다. 그로서는 판단이 서지 않았다. 그러나 그는 메르소에게 할 수 있다면 X선 촬영을 해보는 게 좋겠다고 했다.

"나중에 하지요" 하고 메르소가 대답했다.

베르나르는 아무 말도 않고 창턱에 걸터앉았다.

"나는 말이지 병드는 것은 좋아하지 않네. 병이 어떤 것인지 잘 아니까. 병처럼 추하고 자존심 상하는 것은 없어" 하고 그가 말했다.

메르소는 개의치 않았다. 그는 안락의자에서 일어나 베르나르에게 담배를 권하고 자신도 한 대 피워 물고서 웃으면서 말했다.

"베르나르, 뭐 하나 물어볼까요?"

"그러게."

"당신은 절대로 해수욕을 안 하면서 왜 이곳에 은거하기로 했죠?"

"아 글쎄, 잘 모르겠군. 오래된 일이라서."

잠시 후 그는 덧붙였다.

"그리고 난 항상 원한의 충동을 받아 행동했었지. 이제는 한결 나아졌지만[22], 예전에 나는 행복해지고, 하고 싶은 일을 하고, 그리고 예를 들면 마음에 드는 고장을 골라 정착하고 싶었지. 그런데 감정적으로 앞질러 생각한다는 것은 언제나 잘못이거든. 그래서 사람은 가장 편한 방식으로 살아야 하는 걸세. 무리하지 말고[23]. 약간 시니컬한 태도지만. 그러나 이건 또한 세계 최고의 미녀가 지닌 관점이기도 해. 인도차이나에서는 방방곡곡을 돌아다녔지. 여기서는 난 반추하는 생활을 하고 있어. 그것뿐이야."

"그래요." 메르소가 의자에 푹 파묻혀 천장을 향한 채 계속 담배를 피우면서 말했다. "하지만 나는 감정적으로 앞질러 생각하는 것이 잘못이라고는 자신할 수 없어요. 그건 다만 조리에 맞지 않을 뿐이죠. 여하튼 내 흥미를 끄는 경험은 모든 것이 바라는 대로 되어가는 경험들이거든요."[24]

베르나르가 미소지었다. "음, 미리 재단해놓은 운명 말이군."

메르소가 움직이지 않고 말했다. "한 인간의 운명이란 그걸 열정적으로 걸머지는 경우에는 언제나 흥미진진한 법이죠. 한데 어떤 사람들에게 있어서 흥미진진한 운명이란 미리 재단해놓은 운명이죠."

"옳아" 하고 베르나르가 말했다. 그리고 그는 힘들여 자리에서 일어나서는 잠시 메르소에게 등을 돌린 채 밤을 바라봤다.

뒤를 돌아보지 않은 채 그는 말을 이었다.

"자네는 나와 더불어 이 고장에서 혼자 살고 있는 유일한 사람이네. 난 자네 부인이나 친구들에 대한 말은 하지 않겠네. 그들이 부수적 존재에 불과하다는 걸 잘 아니까. 그렇지만 자넨 나보다 훨씬 인생을 사랑하는 것 같군" 하고 말하며 그는 뒤를 돌아보았다. "내가 볼 때 삶을 사랑한다는 것은 해수욕을 하는 정도가 아니라 정신이 아찔하도록 필사적으로 살아가는 것이기에 하는 말일세. 여자, 모험, 여러 고장들 사이에서 말일세. 그건 어떻게든 억지를 써서라도 해내는 것을 의미한다구. 불타는 듯 뜨겁고 놀라움에 찬 삶 말이야. 요컨대 내 말은… 알아듣겠지? (그는 그처럼 열을 올렸던 것을 부끄러워하는 것 같았다.) 나는 자연으로 만족하기에는 인생을 너무 사랑하네."[25]

베르나르는 청진기를 챙겨 넣고 왕진가방을 닫았다. 메르소가 그에게 말했다.

"요컨대 당신은 이상주의자군요."

그는 출생에서 죽음으로 가고 있는 이 순간 속에 모든 것이 갇혀 있으며 그 속에서 모든 것이 심판받고 거기에 바쳐진다는 느낌을 가지고 있었다.

"이봐, 그건 이상주의자의 반대가 대개는 사랑이 없는 사람이기 때문이야." 베르나르가 서글픈 표정을 지으면서 말했다.[26]

"그렇게 생각하지 말아요." 메르소가 손을 내밀면서 말했다.

베르나르는 그의 손을 한참 동안 꽉 잡고 있었다.

"당신처럼 생각한다면, 세상에는 위대한 절망 아니면 위대한 희망에[27] 차 있는 사는 사람들뿐이겠지" 하고 그가 미소를 지으며 말했다.

"아마 둘 다겠죠."

"오, 난 그렇게 질문을 많이 하지 않아."

"알아요" 하고 메르소가 진지하게 말했다.

그러나 베르나르가 문 앞에 이르렀을 때 메르소는 무의식적인 충동에 그를 불렀다.

"왜 그래? 하고 의사가 돌아보며 말했다.

"당신은 사람을 경멸할 수 있겠습니까?

"그럴 것 같소."

"어떤 경우에요?

상대방이 생각에 잠겼다.

"그건 아주 간단할 것 같은데. 이해관계나 돈 벌 욕심으로

행복한 죽음

움직이는 사람이라면 어느 경우에나 그렇겠지."

"하긴 정말 간단하군요. 잘 가요, 베르나르" 하고 메르소가 말했다.

"잘 있게."

혼자 남은 메르소는 생각에 잠겼다. 지금 그가 처한 상태에서 어떤 사람의 멸시쯤은 그에게 대수롭지 않았다. 그러나 그는 베르나르에게서 그를 자기와 가깝게 해주는 깊은 공명 같은 것을 느꼈다. 그래서 그는 그의 한 부분이 자기를 심판한다는 느낌을 견디기가 어려웠다. 자신이 이해관계에 따라 행동했었는가? 그는 돈이야말로 자신의 위엄을 확보하는 데 있어서 가장 확실하고 가장 신속한 방법의 하나라는 그 본질적이고도 비도덕적인 진리를 인식했던 것이다. 그는 팔자 좋게 태어난 사람의 신분과 성장 조건이 지니는 부당하고 비열한 면을 목도하면서 올바른 정신을 지닌 사람이 느끼는 씁쓸한 기분을 떨쳐버리는 데 성공했었다. 가난한 사람은 가난 속에서 태어나 가난 속에서 일생의 막을 내린다는 저 가증스럽고 참을 수 없는 저주를 그는 돈에는 돈, 증오에는 증오를 맞세우면서 싸워 물리쳤던 것이다. 그리고 이 짐승 대 짐승 같은 투쟁에서 천사가 태어나는 경우도 더러 있었다. 훈훈한 바닷바람을 받으며 날개와 영광을 가졌다는 행운에 젖어서. 다만 그는 베르나르에게 아무 말도 하지 않았고, 그러므로 그가 저지른 일을 이제는 아무도 알 수 없게 된 것이다.[28]

이튿날 오후 5시경 아가씨들이 떠났다. 버스에 오르는 순간 카트린은 바다를 돌아보았다.

"잘 있어, 해변아" 하고 그녀가 말했다.[29]

잠시 후 웃음을 띤 세[30] 얼굴이 뒤쪽 유리창으로 메르소를 바라보았다. 그리고 마치 황금색의 큼직한 벌레 같은 노란색 버스는 햇빛 속으로 사라졌다. 하늘이 맑긴 했지만 어딘지 가슴을 내리누르는 것 같았다. 길에 혼자 남은 메르소는 가슴속 깊은 곳에서 해방과 슬픔이 뒤섞인 감정을 느꼈다. 자신이 고독과 이어져 있음을 느꼈기 때문에 오늘에야 비로소 그의 고독은 현실이 되었다. 그리하여 그 고독을 받아들였다는 것, 그리고 이제부터 스스로의 앞날의 주인임을 알게 되었다는 것으로 인하여 그의 마음속에는 모든 영광에 부수되는 서글픔이 가득 차올랐다.

큰길을 택하지 않고 캐롭나무와 올리브나무들 사이 작은 에움길로 해서 집에 돌아왔다. 그 길은 산기슭을 지나서 그의 집 뒤로 나 있었다. 몇 개의 올리브가 발밑에 밟혀 돌아보니 길은 온통 검은색 점들로 얼룩져 있었다. 여름이 끝날 무렵이면, 캐롭나무들은 알제리 전역에 사랑의 냄새를 뿜어대어서 저녁이나 비온 다음에는 대지가 온통 태양에 몸을 바치고 난 후 씁쓸한 아망드 향내가 나는 정액에 뱃구레가 온통 젖은 채 나른하게 쉬고 있는 것이었다. 하루 종일 그 냄새가 커다란 나무들에서 내려올 때면 향내가 무거워 가슴이 답답했다. 오솔길에 저녁이 오고 대지가 느릿하게 한숨을 쉬고 나면 그 냄새는 파트리스의 코에 느껴질까 말까 하게 옅어졌다. 마치 찌는 듯한 오후 내내 정사를 벌인 후 같이 거리로 나왔을 때 빛과 사람들의 무리 가운데서 어깨를 나란히 한 채 남자를 바라보는 정부와도 같았다.

이 사랑의 냄새와 발에 밟혀 향내를 뿜는 열매를 보면서 메르소는 그제야 계절이 기울고 있음을 깨달았다. 대단한 겨울이 닥쳐올 참이었다. 그러나 그는 겨울을 맞을 마음의 준비가 되어 있었다. 이 길에서는 바다가 보이지 않지만 산꼭대기에 저녁을 예고하는 가볍고 불그레한 안개를 알아볼 수 있었다. 땅바닥에는 햇빛의 반점들이 나뭇잎들의 그늘 가운데서 희미해지고 있었다. 메르소는 쓰고도 향긋한 냄새를 정신없이 들이마셨다. 그 냄새는 자신과 대지와의 결혼을 축복해주고 있었다. 이 세계 위에 내리는 이 저녁, 올리브와 유향나무 사이의 길에, 포도밭과 붉은 대지 위에, 부드럽게 철썩대는 바다 옆에 내리는 이 저녁은 밀물처럼 그의 속으로 밀려들고 있었다. 이와 비슷한 숱한 저녁들이 그에겐 어떤 행복의 약속과도 같았기에, 이날 저녁을 행복이라고 느끼다보니 그는 이제 희망으로부터 정복에 이르기까지 스스로 거쳐온 이정里程을 헤아릴 수 있었다. 순진무구한 마음으로 자그뢰스를 죽였던 그때와 다름없는 열정과 욕망의 전율을 느끼면서 그는 저 초록빛하늘과 사랑에 젖은 대지를 받아들였다.

# 5

1월에 편도나무꽃이 피었다. 3월이 되자 배나무, 복숭아나무, 사과나무에 꽃이 만발했다. 그다음달엔 샘물이 보이지 않는 사이에 불어나더니 이윽고 평상시의 수준으로 되었다. 5월 초엔 건초를 베었고 요 얼마 전에는 밀과 보리를 거둬들였다. 벌써 살구가 여름을 맞아 굵어졌다. 6월에는 수확기와 더불어 일찍 따는 배나무에 커다란 열매들이 열렸다. 어느덧 샘물이 마르고 날씨가 뜨거워졌다. 그러나 대지의 피는 이쪽에서는 고갈되었지만 다른 쪽에서는 목화꽃을 피우고 먼저 익는 포도에 단맛이 들게 했다. 거세고 뜨거운 바람이 불어 대지가 건조해지고 여기저기서 화재가 일어났다. 그러더니 갑자기 한 해가 기울었다. 서둘러 포도 수확이 끝났다. 9월부터 11월까지의 큰 비가 대지를 씻어갔다. 비와 함께 여름 농사일이 끝나자 샘물이 급격히 불어나고 물이 콸콸 솟아올라 도랑을 이루자

행복한 죽음

곧 첫 번째 파종이 시작되었다. 연말이 되자 어떤 땅에서는 어느새 밀이 싹트는가 하면 다른 곳에서는 겨우 밭갈이가 끝나고 있었다. 얼마 후 다시 편도나무꽃이 차고 푸른 하늘에 하얗게 피었다. 대지와 하늘에 새해가 시작되었다. 담배를 심었고 포도밭을 갈아 유황가루를 살포했으며 나뭇가지에 접을 붙였다. 같은 달에 모과가 익었다. 다시 건초 작업과 수확과 여름 밭갈이가 되풀이되었다. 1년의 반은 물 많고 손에 묻으면 끈적거리는 큰 과일들이 식탁을 장식했다. 그래서 다음 타작을 시작할 때까지는 무화과, 배, 복숭아들을 실컷 먹을 수 있었다. 그다음 포도 수확 철이 되자 하늘이 어두워졌다. 북쪽에서 온 검고 조용한 찌르레기와 지빠귀 떼들이 지나갔다. 그들을 위해 올리브 열매가 이미 익어 있었다. 새떼가 지나간 지 얼마 안 되어 곧 올리브 열매를 땄다. 끈적거리는 대지에 다시 밀이 싹텄다. 짙고 큰 구름 떼가 이번에도 북쪽에서 날아와 바다와 대지 위로 흘러가면서 바다의 물거품을 쓸어버려 수정 같은 하늘 아래 바닷물이 티없고 싸늘해졌다.[1] 저녁이 되면 여러 날 동안 멀고도 조용한 번개가 번뜩거렸다. 첫 추위가 시작되었다.

  그 무렵에 메르소는 처음으로 병이 들어 자리에 누웠다. 늑막염이 발병해 한 달 동안 꼼짝도 못 한 채 방에 갇혀 있었다. 그가 병상에서 일어났을 때 바다로 내려가는 슈누아의 끝 쪽 비탈길 나무들에는 꽃이 만발해 있었다. 그는 여태까지[2] 봄에 이처럼 민감했던 적이 없었다. 건강을 되찾고 난 첫날 밤 그

2부 의식적인 죽음

는 폐허로 뒤덮인 언덕에까지 한참 동안 들길을 걸어갔다. 그 곳에는 티파사가 잠들어 있었다. 하늘의 부드러운 소리가 깃든 침묵 속에서 밤은 세계 위로 흘러내리는 젖과도 같았다. 그 밤에 대한 심각한 명상에 젖은 채 메르소는 절벽 위로 걸었다. 약간 저 아래에서는 바다가 부드럽게 철썩이고 있었다. 바다는 비단결같이 부드러운 달빛으로 충일되어 짐승처럼 나긋나긋하고 윤기가 돌았다. 자신의 삶이 그토록 멀게만 느껴지는 이 시간, 모든 것에 무심하고 자신으로부터도 초연한 채 혼자가 된 그는 마침내 자신이 추구하던 것에 도달한 것 같았고, 그를 가득 채워주고 있는 이 마음의 평화는 그가 추구해온 참을성 있는 자기 포기에서 얻어진 것 같았으며, 분노하지 않은 채 그를 부정하는 열광적 세계의 도움에 의해 도달한 것 같았다. 그는 가벼운 발걸음으로 걸었다. 자신의 발소리가 이상하게 들렸다. 분명 친숙한 소리였지만 그것은 유향나무 덤불 속에서 짐승들이 바삭거리는 소리나 파도가 부딪치는 소리, 혹은 깊은 밤하늘 속에서 밤이 뒤척이는 소리와 마찬가지로 친숙한 것이었다. 그는 또한 자신의 육체를 느끼고 있었지만[3] 그역시 봄날 밤의 따뜻한 숨결과 바다에서 올라오고 있는 소금냄새나 썩은 냄새와 마찬가지로 외적인 의식을 가지고 느끼는 것이었다. 시정에서의 줄달음질, 행복에 대한 욕구, 골과 뼈가 드러나 보이던 자그뢰스의 끔찍한 상처, 세계 앞의 집에서 보낸 감미롭고도 절제된 시간들, 그의 아내, 그의 희망과 신들,

행복한 죽음

그 모든 것이 그의 앞에 있었다. 그러나 그 모두가 낯설면서도 동시에 은근히 친밀감을 주는, 납득할 만한 이유도 없이 수많은 이야기들 중에서 유난히 더 좋아하게 된 이야기, 마치 그를 마음속 깊숙이 어루만져주고 확인해주는, 그러나 다른 사람이 쓴 애독서와도 같았다. 처음으로 그는 모험에 대한 열정과 정기에 대한 욕구, 또 세계와의 혈연관계에 대한 총명하고 다정한 본능, 이런 것들의 현실감 이외에는 아무런 현실감도 느낄 수가 없었다. 분노도 증오도 없었고 후회 따위는 알지도 못했다. 손가락 밑에 까슬까슬한 얼굴이 느껴지는 바위 위에 앉아 그는 달빛 아래서 조용히 부풀어오르고 있는 바다를 바라보았다. 그는 자신이 애무했던 뤼시엔의 얼굴과 그 따뜻한 입술을 생각해보았다. 주름 하나 없는 바닷물 표면 위로 마치 기름처럼 달이 길게 떠도는 미소를 띄우고 있었다. 물은 남자가 껴안으면 지긋이 눌릴 준비가 되어 있는 연한 입술처럼 따뜻해 보였다. 메르소는 여전히 바위 위에 앉은 채 행복이란 얼마나 눈물과 가까이 있는가를 느끼면서 인간의 삶에 대한 희망과 절망으로 짜여진 저 고요한 열광 속에 흠뻑 빠져 있었다. 자신을 의식하면서도 자신이 낯설게 느껴지고, 정열에 휘몰리면서도 무심한 메르소는 그의 삶 자체와 운명이 이제 여기서 마감되고 있으며, 앞으로는 이러한 행복에 만족하고 그의 무서운 진실을 감당하는 데 모든 노력을 쏟아야 하리라는 것을 깨달았다.

그는 이제 따뜻해진 바닷물 속으로 몸을 던져 자신을 잃어버렸다가 다시 찾고, 과거의 잔재가 완전히 입을 다물고 행복의 심오한 노래가 살아나도록 달빛과 따뜻한 물 속에서 헤엄을 쳐야만 했다. 그는 옷을 벗고 바위 몇 개를 밟고 내려가서 바다로 들어갔다. 바다는 살아 있는 육체처럼 뜨거웠다. 물이 팔을 따라 흘러내리다가 형언할 수는 없지만 분명하게 느껴질 만큼 포용하며 그의 두 다리에 달라붙었다. 그는 규칙적으로 헤엄을 쳐나갔고 등의 근육이 그의 동작에 리듬을 맞추고 있는 것을 느꼈다. 그는 한 팔을 들어올릴 적마다 말이 없으나 생동하는 하늘을 향해 행복의 결실을 위한 찬란한 파종을 그려 보이듯이 은색 물방울들을 망망한 바다 위로 날려 보냈다. 그러고는 그의 팔은 다시 물 속으로 파고들어 세찬 보습의 날처럼 물살을 둘로 가르면서 밭 갈듯이 갈았고, 바닷물에서 새로운 전진과 보다 젊은 희망을 위한 버팀점을 구했다.

뒤에서는 그의 발차기에 따라 물거품이 일었고 동시에 철썩거리는 물소리가 밤의 적막과 고요 속에 이상하리만큼 또렷하게 들렸다. 자신의 헤엄치는 리듬과 활력을 느끼자 그는 흥분을 느끼면서 더 빨리 나아갔다. 얼마 안 있어 그는 해안에서 멀리 떨어진 밤과 세계의 한가운데 홀로 있게 되었다. 그는 갑자기 발 아래로 펼쳐진 물의 깊이를 느끼고는 동작을 멈췄다. 그의 아래에 있는 모든 것이 마치 알지 못하는 어떤 세계의 얼굴처럼 그를 끌어당겼다. 그것은 그를 본래의 자기에게로 돌아가게 해주는 이 밤의 연장 같았고 아직 탐험해보지 못한 어떤 삶의 물과 소금으로 된 심장과도 같았다. 어떤 유혹이 다가드는 것 같아 즉시 육체의 커다란 희열 속에서 그것을 물리쳤다. 그는 더욱 힘차게 헤엄쳐 앞으로 나아갔다. 그러고는 이상할 만큼 지친 느낌이어서 해안을 향하여 돌아갔다. 그러다가 그는 갑자기 싸늘한 물살을 만나 이빨이 떨리고 손발의 놀림이 맞지 않는 바람에 헤엄치기를 멈추지 않을 수 없었다. 바다의 기습에 그는 경탄을 금할 수 없었다. 냉기가 사지에 스며들어 온몸이 뜨겁게 화끈거렸다. 그것은 마치 냉철하면서도 열정에 불타는 신의 사랑과도 같은 것이어서 전신의 힘을 일시에 앗아가버리고 말았다. 다시 돌아오기가 더욱 힘들었다. 해안으로 돌아오자 그는 하늘과 바다 앞에서 이를 덜덜 떨면서도 행복한 웃음을 지으며 옷을 입었다.

집에 돌아왔을 때 몸에 이상이 생겼다. 바다에서 그의 별장으로 오르는 오솔길에서 그는 맞은편에 돌출한 바위투성이의 곶과 둥근 기둥들이며 폐허의 반들반들한 형체를 볼 수 있었다. 갑자기 풍경이 기우뚱하며 뒤집혔고 정신을 차려보니 자신은 유향나무 덤불 위에 반쯤 쓰러진 채 어떤 바위에 몸을 의지하고 있었고 짓눌린 그 유향나무 잎사귀들에서 향내가 피어올랐다. 그는 간신히 별장으로 돌아왔다. 조금 전까지 희열의 극에 이르렀던 그의 육체는 이제 그를 고통 속에 빠뜨리면서 복부를 뒤틀었으므로 두 눈을 감고 말았다. 그는 차를 끓였다.

그러나 더러운 주전자로 물을 데웠기 때문에 차에 기름기가 떠서 구역질이 났다. 그래도 그는 잠자리에 들기 전에 차를 마셨다. 구두를 벗으면서 핏기가 가신 손에서 손톱이 유난히 분홍색을 띠고 길게 늘어나 손가락의 맨 가장자리까지 덮고 있는 것을 보았다. 그는 이제까지 한 번도 자기의 손을 울퉁불퉁하고 비위생적인 모습으로 보이게 만드는 그런 손톱을 가져본 적이 없었다. 그는 가슴이 답답하게 꽉 조여드는 것을 느꼈다. 입 안에 핏멍울이 고이는 것 같긴 했어도 정상적으로 몇 번 기침을 했고 가래를 뱉었다. 침대에 들자 한참 동안 오한이 들었다. 그는 오한이 사지의 끝에서부터 뻗치고 올라와서 얼어붙은 두 가닥 물줄기처럼 두 어깨에 와서 합치는 것을 느꼈고 그동안 축축하게 젖어 있는 듯한 홑이불 위에서 이가 덜덜 떨렸다. 집이 무척 넓어 보였고 귀에 익은 소리들이 한없이 멀리 퍼져갔다. 그 소리들의 울림을 막는 벽이 없는 것 같았다. 물과 조약돌이 굴러가는 듯한 바닷소리며, 큰 유리창들 뒤에서 뒤척이는 밤의 소리, 멀리 떨어진 농가로부터 개 짖는 소리가 들려왔다. 그는 더워서 이불을 걷어찼다가는 곧 추워져서 다시 끌어당겨 덮었다. 졸림과 잠들지 못하게 하는 불안, 이 두 가지 고통 사이를 오락가락하면서 그는 병이 들었다는 것을 갑자기 의식했다. 이런 일종의 무의식 상태 속에서 앞도 보지 못한 채 죽을지도 모른다는 불안한 생각이 떠올랐다. 마을에서 성당의 종이 울렸으나 그는 종이 몇 번을 치는지 셀 수가 없었다. 그는

행복한 죽음

병자로 죽고 싶지 않았다. 자기에게 있어서만은 병이 흔히 그러하듯이 힘의 쇠약이나 죽음으로 가는 통과 과정이 되지 않기를 바랐다. 그가 무의식중에서도 원한 것은 혈기와 건강에 충만한 생명을 갖고 죽음을 맞는 것이었다. 결코 그는 거의 죽은 것이나 다름없는 상태에서 죽음을 맞고 싶지는 않았다. 그는 자리에서 일어나 의자를 간신히 창 쪽으로 끌어당겨서는 담요를 뒤집어쓰고 앉았다. 주름이 두껍게 잡히지 않은 군데군데의 엷은 커튼 너머로 별들이 보였다. 그는 길게 숨을 들이마셨다가는 떨리는 손을 진정시키기 위해 의자의 팔걸이를 꽉 잡았다. 그는 다시 정신을 차리고 싶었다. '그럴 수 있었는데' 하고 그는 생각했다. 그러면서 동시에 부엌의 가스불이 아직도 켜져 있다는 것이 생각났다. "그럴 수 있었는데" 하고 그가 되뇌었다. 정신의 각성 역시 오랜 인내였다. 무엇이나 획득과 정복의 산물이었다. 그는 주먹으로 의자의 팔걸이를 두드렸다. 인간은 결코 태어날 때부터 강하거나 약하거나 의지력이 강한 것이 아니다. 서서히 강해지고 명철해지는 것이다. 운명은 인간의 내부에 있는 것이 아니라 인간의 주변에 있는 것이다. 그 순간 그는 자신이 울고 있다는 것을 깨달았다. 몸이 아픈 데서 오는 겁 같은 것인지 그는 마음이 약해지면서 다시 어린애가 되어 맥없이 울었다. 손이 차가워지고 가슴에는 엄청난 구토를 느꼈다. 그는 자신의 손가락을 생각했고 쇄골 아래로 크게 부은 것처럼 보이는 임파선을 손으로 쓸어보았다.

밖에는 온 누리에 퍼진 아름다움. 그는 살고자 하는 열의와 삶에 대한 질투를 버리고 싶지 않았다. 그는 작업 종료 사이렌 소리가 나면 공장에서 쏟아져 나오는 사람들의 왁자지껄한 소리가 초록색 하늘로 울려퍼지던 알제의 그 저녁들을 생각해보았다. 그럴 때면 압생트의 맛, 폐허에 피는 야생화들, 그리고 사헬의 실편백나무들이 둘러선 작은 집들의 침묵 사이에서 하나의 삶의 이미지가 짜여지고 거기서는 아름다움과 행복이 절망으로부터 그의 얼굴을 얻어 가지며 파트리스는 거기에서 일종의 덧없는 영원을[4] 발견하는 것이었다. 그는 그 절망을 떠나고 싶지 않았고, 또 자신이 없어지고 난 뒤에도 이미지가 지속되기를 원하지 않았다. 그때, 반항과 연민에 가득 찬 그에게 창문 쪽으로 향하고 있는 자그뢰스의 얼굴이 보였다. 그는 오랫동안 기침을 했다. 호흡하기가 힘들었다. 잠옷이 답답해 숨이 막혔다. 추워졌다가는 더워졌다. 엄청나고 혼탁한 분노로 몸이 불처럼 뜨거워졌다. 두 주먹을 움켜쥐자 전신의 피가 두개골 속에서 크게 고동치기 시작했다. 초점을 잃은 시선으로, 그는 자신을 맹목의 신열 속으로 몰아넣을 새로운 오한이 오기를 기다렸다. 오한이 밀려와 그를 축축하고도 밀폐된 세계로 이끌어갔고 거기서는 두 눈이 감겨버렸으며 갈증과 기아를 시샘하는 동물적인 반항도 진정되었다. 그러나 잠들기 전에 그는 커튼 뒤에서 밤이 조금 하얗게 바래어지는 것을 볼 수 있었고 새벽이 되어 세계가 깨어남과 더불어 정다움과 희망이 가득한 엄청난 부름 같은 것을 들을 수 있었다. 그 부름 소리는 분명히 죽음에 대한 공포를 녹여주는 동시에 그에게 그 전까지는 생존의 이유였던 것 속에서 죽음의 이유를 발견할 것이라는 확신을 주었다.

잠에서 깨었을 때 이미 한낮이 되었고 모든 새와 벌레들이 열기 속에서 떼지어 울고 있었다. 그는 바로 그날이 뤼시엔이 오기로 한 날이라는 생각을 했다. 그는 기진맥진한 상태로 간신히 침대로 돌아갔다. 그리고 입 안에 열기를 느꼈다. 그런 병약함으로 인하여 병자의 눈에는 사물들이 보다 딱딱하게 보이고 사람들은 자신을 옥죄는 존재들로 느껴지는 것이다. 그는 베르나르를 불러오도록 했다. 그가 와서는 여전히 말이 없으면서도 부지런히 그를 진찰하고 나더니 안경을 벗어서 닦았다. "건강이 안 좋은데." 하면서 주사 두 대를 놓았다. 과민하지는 않은 편인데도[5] 메르소는 한순간 거의 정신을 잃었다. 메르소가 정신이 들자 베르나르는 한쪽 손목을 잡은 채 다른 손에는 시계를 들고 초침이 팔짝팔짝 앞으로 나가는 모습을 바라보고 있었다. "이봐, 십오 분 동안 졸도했었네. 심장이 약해진 거야. 다시 한번 더 졸도했다가는 아주 가는 걸지도 몰라."

메르소는 눈을 감았다. 그는 몹시 피로했고 입술이 허옇게 탔고 호흡은 헐떡거렸다.

"베르나르 씨!" 그가 불렀다.

"왜?"

"나는 졸도로 끝나고 싶지 않아요. 맑은 정신으로 있고 싶어요. 이해하시겠죠?"

"그래." 베르나르가 대답했다. 그는 앰풀을 몇 개 건네주면서, "기운이 없고 정신이 몽롱해지면 이걸 깨서 마시게. 아드레날린이야" 하고 말했다.

밖으로 나오다가 베르나르는 막 도착한 뤼시엔과 마주쳤다.

"여전히 매력적이군요."

"파트리스가 아픈가요?"

"네."

"심한가요?"

"아뇨, 아주 좋아요." 그러고서 떠나기 전에 베르나르가 말했다. "한 가지만 충고하겠는데 될 수 있는 한 그를 혼자 있도록 놔두시오."

"아, 그렇다면 별일 아니군요" 하고 뤼시엔이 대답했다.

하루 종일 메르소는 숨을 쉬기 어려웠다. 그는 두 번 써늘하고도 끈질긴 공허감을 느끼면서 또다시 졸도할 뻔했는데 두 번 다 아드레날린 덕분에 물 속으로 빠져드는 듯한 위기를 모면할 수 있었다. 하루 종일 그의 어두운 두 눈은 찬란한 들판을 응시했다. 4시쯤 커다란 적색 보트가 하나 바다에 나타나더니, 햇빛과 물과 비늘을 반짝이며 점점 커졌다. 페레스가 거기에 타고 서서 규칙적으로 노를 젓고 있었다. 그러더니 금세 밤이 다가왔다. 메르소는 눈을 감았다. 그리고 지난 밤 이래 처음으로 미소를 지었다. 그는 입을 열지 않았다. 조금 전부터 자신의 방에 가 있던 뤼시엔이 왠지 불안한 느낌이 들어 급히 달려와 그를 껴안았다.

"앉아요. 여기 있어도 괜찮아."[6]

"말하지 말아요. 피로해져요." 뤼시엔이 말했다.

베르나르가 와서 주사를 놓고 갔다.[7] 커다란 붉은 구름들이 천천히 하늘을 지나갔다.

메르소는 베개에 몸을 파묻은 채 눈을 하늘로 향하고 힘겹게 말하기 시작했다. "내가 어렸을 적에 어머니는, 천당으로 올라가는 것은 죽은 사람의 영혼들이라고 말씀하셨어. 나는 붉은색 영혼을 갖는다는 것이 너무나도 신기했었지. 이제 나는 그것이 대개의 경우 헛된 약속이란 것을 알아. 하지만 이것 역시 신기한 일이지."

밤이[8] 시작되었다. 여러 영상들이 찾아왔다. 황폐한 풍경들 위에 머리를 흔들고 있는 기괴하고 커다란 동물들. 메르소는 고열 속에서 그것들을 부드럽게 떨쳐버렸다. 그는 다만 피에 젖은 우애 속으로 찾아오는 자그뢰스의 얼굴만은 그냥 놔두었다. 그에게 죽음을 가져다 주었던 자가 이제 죽어가고 있는 것이다. 그때 자그뢰스에게 있어서와 마찬가지로, 그가 자신의 생에 대하여 던지고 있는 명철한 시선은 이제 한 인간의 것이었다. 지금까지 그는 살아왔다. 이제 사람들은 그의 생에 대하여 말할 수 있으리라. 그를 앞으로 떠밀었던 엄청나고 파

괴적인 충동, 생의 덧없으면서도 창조적인 시로부터 남은 것
이라고는 이제 시와는 정반대되는, 주름살 하나 없이 빤빤한
진실뿐이었다. 모든 사람이 자기 생의 초기에 품듯이 그가 자
기 속에서 품었던 인간상들 중에서, 그리고 서로 혼동되지는
않으면서도 그 뿌리가 한데 얽혀 있었던 다양한 존재들 가운
데서, 자신은 그중 어떤 사람이었던가 하는 것을 이제는 알 수
있었다. 그리고 운명이 인간 속에서 창조하는 선택을 그는 의
식과 용기 속에서 행했던 것이다. 바로 거기에 그의 모든 삶과
죽음의 행복이 있었다. 짐승처럼 미쳐 날뛰면서 그가 바라보
았던 죽음, 그는 이제 그 죽음을 겁낸다는 것은 바로 삶을 겁낸
다는 것임을 알게 되었다. 죽는 것에 대한 공포는 인간 속에 살
아서 움직이는 것에 대한 끝없는 집착을 정당화해주는 것이었
다. 그리고 자기들의 생을 보다 높은 차원으로 끌어올리기 위
한 결정적인 행동을 해보지 않은 모든 사람들, 무력함을 두려
워하고 그것을 찬양하는 모든 사람들[9], 그들은 모두 자기들이
끼여들어본 적도 없는 어떤 생에 죽음이 가하는 제재 때문에
죽음을 겁내고 있었다. 그들은 한 번도 살아본 적이 없으므로
결코 충분히 살아보지 못한 것이다. 그래서 죽음은 마치 갈증
을 가라앉히려고 헛되이 애쓰는 여행자에게 영원히 물을 얻지
못하도록 막는 손길과도 같은 것이다. 그러나 다른 사람들에
게, 죽음은 인정하든 반항하든 항상 미소를 지으면서 소멸시
키고 부정하는 숙명적이고도 부드러운 손길이었다. 그는 하루

의 낮과 밤을 침대에 앉아 팔을 침대맡 탁자에 기대고 머리를 팔 사이에 묻고서 보냈다. 드러누워서는 호흡을 할 수가 없었다. 그 옆에는 뤼시엔이 앉아서 한 마디 말도 없이 그를 지켜보았다.[10] 메르소는 가끔 그녀를 바라보았다. 그는 자기 다음에 또 다른 어느 남자가 나타나 그녀를 안아준다면 저 허리는 금방 맥없이 흐늘거리리라는 생각을 했다. 그녀는 그에게 몸을 주었던 것처럼 그 남자의 품에 안겨 모든 것을 바칠 것이며, 그녀의 반쯤 열린 입술의 따뜻한 열기 속에서 세계는 여전히 계속되리라. 때때로 그는 고개를 들어 창 저편을 바라보았다. 그는 수염을 깎지 않았고, 양쪽 가장자리가 불그레해지고 움푹 패인 두 눈은 어두운 광채를 잃어버렸으며, 두 뺨은 푸르스름한 솜털 아래로 창백하게 쑥 들어가 그의 인상을 완전히 바꾸어놓았다.

병든 고양이 같은 그의 시선이 유리창에 가 놓였다. 그는 숨을 쉬면서 뤼시엔 쪽을 돌아다 보았다. 그러고는 미소지었다. 그러자 그 단단하고 또렷한 미소는 사방으로 무너지고 허약해지는 얼굴에 새로운 힘과 경쾌한 중력을 더하는 것 같았다.

"괜찮아?" 뤼시엔이 꺼져가는 목소리로 말했다.

"응." 그리고 그는 자신의 두 팔 속 어둠에 몸을 파묻었다. 그의 힘과 저항의 한계점에서 처음으로 그는 자기 속에서 롤랑 자그뢰스를 만나고 있었다. 처음에는 자그뢰스의 미소가 그의 신경을 몹시 건드렸다. 짧고도 가쁜 그의 호흡이 침대 머

2부 의식적인 죽음

리맡의 대리석 탁자 위에 축축한 입김을 남겼고, 그 입김이 그의 얼굴에 열기를 반사해 보냈다. 그러자 그를 향해 올라오고 있는 그 병적인 온기 때문에 얼어붙은 듯 싸늘한 그의 손가락과 발끝이 전보다 더 민감하게 느껴졌다. 그러한 것마저도 하나의 생을 계시했고, 이 냉기에서 열기로 가는 도정 속에서 그는 '그에게 다시 한번 불태울 기회를 허락해준 생'에 대해 감사할 때 자그뢰스를 사로잡았던 바로 그 열광을 다시 맛보는 것이었다. 자신과는 그처럼 거리가 멀다고 느꼈던 그 남자에 대해 그는 형제 같은 격렬한 사랑을 느꼈다. 그는 그를 죽임으로써 그들 두 사람을 영원히 결합시키는 혼례식을 올린 것임을 깨닫고 있었다. 그의 내면에서 마치 삶과 죽음이 뒤섞인 맛과도 같았던 저 무거운 눈물의 소용돌이, 그것이 그들에게 공통된 것임을 그는 깨닫게 되었다. 그리고 죽음과 마주한 자그뢰스의 부동자세에서 그는 바로 자신의 삶의 비밀스럽고도 모진 영상을 찾게 되었다. 전신에 끓어오르는 열이 그런 사실을 깨닫게 도와주었고, 그 열과 더불어 그가 끝까지 의식을 지닌 채 눈을 똑바로 뜨고 죽을 수 있다는 열정적인 확신을 갖게 되었다. 자그뢰스 역시 그날 눈을 크게 뜨고 있었고 눈에서는 눈물이 흐르고 있었다. 그러나 그것은 자기 생에서 자신의 몫을 얻지 못한 인간이 보인 최후의 나약한 모습이었다. 파트리스는 그러한 나약함을 두려워하지 않았다. 항상 그의 육체의 한계점에서 몇 센티미터 못 미쳐 멈추곤 하는 뜨거운 피의 고동 소리를 들으며 그는 다시 한번 더 그렇게 나약해지지는 않을 것임을 알 수 있었다. 그는 자신의 역할을 다했고 행복해야 한다는 인간의 유일한 의무를 완수했기 때문이었다. 행복할 시간이 얼마 남지 않았으리라. 그러나 시간이 어쩌지는 못한다. 아마 그것은 기껏해야 장애물이 되거나 아니면 아무것도 아닌 것이리라. 그는 그 장애물을 파괴했다. 그가 자신 속에서 잉태한 그 내면의 형제가 2년이든 20년이든 상관이 없었다. 그것이 있었다는 것만으로도 행복하였다.

뤼시엔이 일어나서 미끄러져내린 담요로 메르소의 어깨를 다시 덮어주었다. 그는 그 손길 아래서 몸을 떨었다. 자그뢰스의 별장 근처 작은 광장에서 재채기를 하던 그날부터 지금 이 시간까지[11] 그의 몸은 그를 위하여 충실히 봉사했고 그를 세상에 열어놓아주었던 것이다. 그와 동시에 그 몸은 그가 상상하고 있었던 인간의 깨끗하고 초연한 삶을 계속해왔다. 그것은 몇 년 동안을 통해서 어떤 완만한 붕괴의 궤적을 계속 따라왔다. 이제 그것은 그 곡선을 다 완성했고 메르소를 떠나 그를 세계에 되돌려줄 준비를 갖추었다. 메르소가 느끼고 있는 이 돌연한 오한의 떨림을 통하여 몸은 다시 한번 그들에게 이미 수없는 희열을 가져다 주었던 저 공모관계를 속에서 나타내 보이는 것이었다. 그러한 이유만으로 메르소는 오한을 하나의 희열로 받아들였다. 의식한다는 것, 그것은 기만하거나 비겁해지지 않은 채[12] 자신과 일 대 일로 자기 육체와 대면하여 두 눈을 똑바로 뜨고 죽음을 바라본다는 것이다. 그것은 사내들 사이의 문제였다. 아무것도, 사랑도 장식도 없이, 오직 행복과 고독의 끝없는 사막이 있을 뿐이었다. 메르소는 거기서 최후의 도박을 하고 있었다. 그는 숨이 꺼져가는 것을 느꼈다. 숨을 한모금 내쉬자 그와 더불어 그의 가슴속의 모든 오르간이 그르렁거렸다. 장딴지가 몹시 차가워지고 손이 무감각해지는 것을 느꼈다.[13] 동이 트고 있었다.

동이 터오는 아침은 새들과 신선한 공기로 가득했다. 해가 재빨리 떠서 눈 깜짝할 사이에 지평선 위에까지 왔다. 대지는 황금과 열기로 덮였다. 아침 속에서 하늘과 바다는 튀어오르는 듯한 커다란 반점들을 통해서 푸르고 노란 빛들을 전신에 뿌리고 있었다. 가벼운 바람이 일었고 소금 냄새가 섞인 공기가 창으로 흘러들어와 메르소의 두 손을 서늘하게 해주었다. 정오가 되자 바람이 그쳤고 갑자기 울어대는 매미들의 연주 속에서 낮은 잘 익은 과일처럼 껍질이 터져서는 온 세계에 뜨뜻하고 숨막히는 과즙이 되어 흘렀다. 바다는 향유 같은 금빛 과즙으로 덮여 태양에 짓눌린 대지 위로 더운 입김을 맞받아 보냈는데, 그 입김에 열린 대지에서는 압생트와 로즈메리와 뜨거운 돌의 향기가 솟아올랐다. 메르소는 침대에서 이러한 충격과 봉헌의 정경을 느끼고 있었다. 그러고는 한없이 넓고, 둥글고, 번쩍이는 신들의 미소가 가득 깃들인 바다를 향해 두 눈을 떴다. 그는 갑자기 자신이 침대에 일어나 앉아 있다는 것과 뤼시엔의 얼굴이 자기의 얼굴 바로 곁에 있다는 것을 깨달았다. 그의 몸 속에서 조약돌 하나가 마치 하복부에서부터 목구멍까지 천천히 올라오는 듯했다. 그는 그 조약돌의 이동을 틈타서 점점 빨리 숨을 쉬었다. 그것은 여전히 올라오고 있었다. 그리고 뤼시엔을 바라보았다. 그는 경련하지 않고 미소를 지었다. 그 미소 역시 내면에서 우러나오는 것이었다.[14] 그는 침대에 엎어져서 속에서 천천히 올라오는 것을 느끼고 있었다. 그는 탄력 있게 부푼 뤼시엔의 입술과 그녀의 등 저 너머 대지의 미소를 바라보았다. 그는 한결같은 시선과 한결같은 욕망을 가지고 그것들을 바라보았다.

'1분 후에, 1초 후에' 하고 그는 생각했다. 올라오던 것이 멈췄다. 그리고 그는 수많은 돌들 가운데 섞여 있는 돌이 되어 가슴 가득한 희열 속에서 움직이지 않는 세계의 진실로 돌아갔다.

# 주석 및 이문異文

우리는 카뮈가 작성하고 카뮈 부인이 그 판권을 소유하고 있는 《행복한 죽음》의 두 가지 타자본을 사용한다. 첫 번째 것에는 손으로 직접 수정하고 가필한 내용이 덧붙여져 있는데, 두 번째 것에는 이 내용이 타이핑되어 합쳐져 있고, 게다가 몇 가지 이문까지 소개되어있다. 카뮈 부인은, 1961년 5~6월에, 두 번째 것에 있는 이문들이 잉크로 적혀 있는 첫 번째 타자본에 의거하여 새로운 타자본을 3부 작성했다. 현재 사용하고 있는 판본은 바로 이 타자본을 복제한 것이고, 잘못 읽어서 생긴 몇 가지 오류는 고쳐져 있다. 두 번째 타자본의 이문들은, 비록 카뮈의 손으로 직접 작성된 것은 아닐지라도 분명 그의 승인을 거쳐서 이뤄졌으며, 그중 대부분은 유보되었다.

이 타자본에서는 각 장의 분할이 여백으로만 표시되어 있다. 그러나 우리는 첫 번째 타자본에 존재하고 있었고, 《이방

주석 및 이문

인》에서 볼 수 있던 로마 숫자를 복원시켰다.

거기에 더하여, 위에서 말한 판권에 속해 있는, 《행복한 죽음》을 위한 메모와 초벌 원고들이 또 있고, 거기에 《작가수첩》의 단편적인 글들을 덧붙여야 한다. 2부의 3장을 제외하고는 손으로 쓴 판본이 존재하지 않는 이 소설의 거의 전 내용이, 그 속에 육필로 씌어져 있는 것을 발견할 수 있다. 그러나 대부분이 아주 산만하게 흩어져 있는 조각글들로 되어 있다.

여기서는 원전 대조본을 만들고자 하는 것이 아니기 때문에, 우리는 이 소설의 다양한 조각들이 어떻게 가다듬어졌는가를 보여주는 데 역점을 두었다. 우리는 이문들을 **선별했다**. 메모와 초벌 원고에서 끄집어낸 것은 'Ms.'로 표시했고, 첫 번째 타자본에서 끄집어낸 것은 'D.'로 표시했다. 《작가수첩》에 의존했을 때는 그 사실을 명시했다. 어떤 장에서는 손으로 쓴 몇 가지 텍스트를 비교할 수 있었는데, 그런 경우에는 세심하게 그것들을 구분지어놓았다. 손으로 쓴 원고나 타자본에서 지워져 있는 단어나 문장 구절은 대괄호([  ])로 표시한다.

이 작품의 텍스트와 마찬가지로, 여기의 이 주석과 이문들을 만드는 데에는 카뮈 부인에게 힘입은 바 크다. 이 자리를 빌어서 감사의 뜻을 전한다.

행복한 죽음

# 1부

# 자연적인 죽음

이 제목을 이해하려면 《결혼》의 〈제밀라의 바람〉과 〈긍정과 부정의 사이〉의 한 원고를 참조하는 것이 좋다.


## 1장

손으로 쓴 일련의 원고들은 4장 다음에 1장이 연속되어 있다. 아다시피 1장은 원래 5장이었다.

1 Ms.: 메르소는 (메르소Mersault라는 이름은 메르mer(바다)와 솔레유soleil(태양)로 읽을 수 있다.)

2 자그뢰스라는 이름은 어디에서 왔을까? 카뮈는 널리 알려진 신화 속에서, 거인족에게 희생되어 자신의 심장으로 테베의 디오니소스를 낳게 했다는, 오르페우스주의에서 말하는 디오니소스(자그레우스)를 염두에 두었던 것이 아닐까? 그 경우라면 자그뢰스는 프로메테우스적인 인물이고, 자신의 희생을 통해 자유를 가져다주는 희생자 유형에 속하게 될 것이다. 하지만 이것은 추측일 따름이다.

3 Ms.: [교외를]

**4** Ms. : 텅 비어 있었다. **롤랑과 이야기를 나누고서 이틀이 지난 후였다.**

**5** Ms. : **3월**

**6** Ms. : **겨울**

**7** Ms. : 흘러내리고 있었고, **그것은 마치 황금빛 대지의 고고한 웃음과도 같았다.**

**8** Ms. : 장갑을 꼈다. **이제 문제는 금고가 열려 있는지와 권총이 장전되어 있는지를 아는 것이었다.**

**9** Ms. : 문을 [별다른 조심성 없이 살짝] 열고 [꽤 긴 복도를 따라 들어갔다]

**10** Ms. : 문을 두드렸다. ["들어오시오, 메르소." 자그뢰스가 말했다. 그는 알고 있었다]

**11** Ms. : 자그뢰스는 분명 그의 사무실 벽난로 옆에 있었다.

  D. : 자그뢰스는 담요로 다리를 덮은 채 자기 사무실의 안락의자에 앉아 있었다

**12** Ms. : **온통 푸르고 찬란한 이빨을 드러내놓고** 미소를 짓고 있었다.

**13** Ms. : **싸늘하고 큰 기쁨, 작은 계곡 위에서 춤추는 세계의 고전무용.**

**14** Ms. : 아침은 **어린아이와 늙은 고관의 모습을 동시에 지니고** 있었다. 하늘에서 메르소에게 미소짓고 있었던 것은 바로 진실의 모습 그 자체였다.

**15** Ms.: 자그뢰스는 여전히 아무 말 없이 그를 쳐다보고 있었다. [그는 자그뢰스를 쳐다보지도 않고 문 옆에 있는 긴 의자 위에 가방을 내려놓았다]

D.: 자그뢰스는 여전히 입을 다문 채 그를 쳐다보고 있었다. 그는 다가갔다….

**16** Ms.: [이 세상에 흩어져 있는 아름다움을] 물끄러미 바라보고 있는 것 같았다[이 하늘의 비정하기만 한 그것을].

**17** "파란 하늘에서는 (…) 거슬러 올라가는 것이었다"와 "그때 저 위의 하늘에 (…) 행복해지는 것뿐이라는 생각이 들었다"라는 구절은, '가난한 동네의 병원'에 관한 한 텍스트(플레야드판 전집 2권, 1216쪽 참조)에서, 하나는 그대로, 또 다른 하나는 약간만 수정되어 다시 쓰이고 있다. 결핵 환자의 회상, 폐와 관련된 일종의 초현실주의.

**18** 손으로 쓴 텍스트에는 "저녁에도 여전히 자리에 누운 채 (…) 오게 했다"로 시작하는, 5장에서 다시 채택되고 있는 문단이 하나 더 있다.


## 2장

이 소설에서 가장 고심하여 쓴 부분이면서도 제일 못 쓴 부분이다. 하나같이 평범하고 틀에 박힌 삶에 대한 인상을 심어보려는 의도로 씌어진 몇 개의 단편적인 글들로 구성되어 있다.

이 장과 관련된《행복한 죽음》의 모든 계획과 초안들 속에서, 이 부분은 1부에 배당되어 있다. 1937년 8월《작가수첩》에는 다음과 같이 적혀 있다.1부. 그의 그때까지의 삶." 혹은 "1부. A1. 외부에서 본 메르소의 하루. B1.(판독할 수 없는 글자) 파리의 가난한 동네. 말고깃간. 파트리스와 그의 가족. 벙어리. 할머니." 이들 요소들 중 어떤 것은 5장으로 옮겨질 것이다.

그 후에 짜여진 것이 분명한 계획안에는, "1부: 1) 가난한 동네, 2) 파트리스 메르소"라고 예고하고 있고, 그와 같은 시기에, 1부에 관한 두 가지 도식이 같은 종이 위에 다음과 같이 적혀 있다.

1부.

메르소 자기 집으로 돌아감. 세부 사항 … 일요일. 죽은 그의 어머니(정면의 고깃간 위에는 '인간이 거둔 가장 고귀한 승리'). 세놓는다는 팻말.

[그의 사무실. 이웃 통장이. 누군가 문을 두드린다. 그에게 묘지까지 같이 가자고 부탁하는 통장이] 잃어버린 그의 (한 글자 판독 불능) … 더러운 거리.

1) 초조한 마르트가 그를 기다린다. [그의 질투]

2) 마르트와 그녀의 인간 됨됨이(추측한 글자) 그녀의 바람기, 질투, 그녀의 첫 애인 자그뢰스

3) 자그뢰스와 대화

행복한 죽음

이 계획안은 두 줄을 굵게 그어 지워져 있고, 다음과 같은 내용이 그 자리를 대신한다.

a) 메르소가 집으로 돌아옴. 세부 사항. 일요일

b) 그의 집. 말고깃간. 이웃 통장이와 그의 누이 (오늘 메르소의 어머니가 죽었다. [판독할 수 없는 글자] … 의 역사)

식당에서: 자기 테이블에서 식사하고 있는 로페즈 씨 (판독할 수 없는 몇 글자)

c) 마르트

d) 자그뢰스

이 장의 위치가 확실하게 정해지더라도(이 장은 언제나 1장이었다) 그것을 이루고 있는 소재와 그 구성만큼이나 불확실하다는 것은 분명한 사실이다. 예를 들자면, 처음에는 메르소의 집과 일요일에 대한 묘사 뒤에 배열하기로 예정되어 있던 식당 장면도 최종판에서는 앞으로 보내질 것이다. 통장이의 이야기도 따로 떼내어져서 5장으로 옮겨질 것이다.

몇몇 부분은《안과 겉》의 중심적인 핵인 〈가난한 동네의 목소리Voix du quartier pauvre〉에서 차용해 오기도 한, 잡다한 단편적 글들로 구성되어 있는 이 장을 전체적으로 한데 모아 쓴 원고는 없다. 우리는 그 단편적인 글들을 따로따로 살펴보았다.

A. 항구, 부상자, 에마뉘엘과 트럭까지 뜀박질: 여기서 문제

가 되는 것은 이 장의 도입부분의 느린 텍스트인데, 손으로 쓴 원고는 다음과 같은 문장으로 끝나고 있다. "벨쿠르에 도착하자 메르소는 내렸다. 에마뉘엘은 계속…."

이 텍스트의 초안은 《작가수첩》, 1권, 36~37쪽에 실려 있다.

**1** Ms.: 앞부분 몇 개의 문장이 지워짐.

[자기 사무실을 나와서, 파트리스 메르소는 큰 걸음으로 걸었다. 여름이 시작되어 있었다. 그걸 느낄 수가 있었다. 그는 스스로를 느끼고 있었다. 저녁 5시에는…]

[11시 반, 파트리스 메르소는 자기 사무실에서 나와 부두에서 '뜀박질 땅딸보' 에마뉘엘과 같이 있었다.]

**2** Ms.: [햇빛과 콜타르 냄새로]

B. 이 장의 나머지 부분: 벨쿠르에 도착하면서부터는, 일련의 손으로 쓴 원고 종잇장들이 순서대로 정렬되어 있다.

**a) 식당까지**

메르소의 걸음걸이가, 별도로 쓰여졌다가 타자본에 삽입된 한 부분의 묘사 대상이 되고 있다. 에마뉘엘은, 이 원고에서는, 마르셀로 불리고 있다.

**3** Ms.: **아무나 입고 다니는 옷 속의**

**4** Ms.: **드러내놓은**

**5** Ms.: **받치는 것이었다. 그리고 이러한 인식은 그에게 다소 '미소 년'의 인상을 심어주고, 동시에 그의 몸은 교훈적인 신뢰감을**

**준다.**

b) 셀레스트에 관한 이야기

이 부분은, 원고상에는 빈칸으로 남아 있는데, 연결부분으로서 다음의 에피소드만이 적혀 있다.

"말하자면 꼴 좋게 됐군." 메르소가 말했다.

"오, 그렇게 심보 고약하게 말하면 안 되는 거야. 어쨌든…"

이 이야기의 원고는 세 부가 존재하는데, 한 부는 병원 대화 속에 끼워져 있다. 따라서 이 이야기를 따온 장소는 카페가 아니다.

**6** 손으로 쓴 가장 오래된 원고는 다음과 같이 시작한다.

"늙은이들이란… 50줄을 넘어섰기에 하는 말이야. 말을 하던 그 남자는, 털이 텁수룩한 자신의 손이 왔다갔다할 때마다 펄렁거리던 긴 옷 자락을 걷어 올리고서 자기 배를 긁적거렸지. 두 쌍의 콧수염 때문에 밝게 빛나는 그의 커다란 얼굴은, 루이를 쳐다보면서 **(판독할 수 없는 글자)**. 이 사내에게서 어딘가 착한 마음씨와 무관하지 않은 지성과 솔직함을 느낄 수 있었어."

"난 말이죠, 알고 있어요…"

7 Ms.: 잘했지. 루이는 물결무늬 천으로 된 쿠션의 장식술을 짰었지. 당신에게 하는 말이지만, 만약 나에게, 그가 가졌던 만큼 90만 프랑이 있다면, 나는 사겠어…

우리는, 메르소라는 이름보다 훨씬 앞서서, 병원에 관한 단편들 속에서 카뮈를 지칭한, 루이라는 이 이름에 주목하게 될 것이다.

8 Ms.: 어느 쪽에서 바람이 불어오나 보는 거지.

그의 웃음은 그 자체로 관대하기가 그지없었어. 하지만 루이가 갑자기 "인생이란, 항상 좋은 쪽으로 봐야 돼. 그리고 곧장 나가는 거지"라고 말하면서, 떠나려고 일어설 때는.

루이는 벌써 길에 있었다. 그는 아주 빨리 걷는다. 한 구두닦이를 피하고, 두 번째는 거절하고서, 이내 딱 멈추어서는 세 번째 구두닦이에게 자기 발을 맡긴다.

c) 에마뉘엘에 관한 일화

이 이야기는 낱장 원고에서 처음 나온다. 이것도 역시 일상생활 속에서 따온 이야기가 분명한데, 손으로 전체를 다 옮겨 적은 원고는 존재하지 않는다. 이것도 병원의 회상에서 나온 것일까? 어쨌든 이 '뜀박질 땅딸보'는 마른 전투에 참가했을 가능성이 거의 없다.

d) 주인과 그의 아들

e) 장 페레스 관한 이야기

낱장 원고에는 여백으로 남겨져 있다. 이 이야기는 〈가난한 동네의 병원〉에서 다시 사용된다.

f) 메르소의 회상

그의 귀가 ("자신은 가장 좋은 방 하나만을 차지했다."까지).

**9** Ms.: **바나나**를 먹기만 했다.

**10** Ms.: 등에 적힌 장부를 가져오는 것이었다. **나머지는 그의
두 팔이 맡았다.**

g) 어머니의 죽음, 장례식

낱장 원고에는 여백으로 되어 있다. 이 텍스트는,《이방
인》의 1장에서 전개부를 이루고 있는데, 카뮈의 고정관념
중 하나를 드러낸다. 어머니의 혹은 아내의, 하다못해 애인
의 죽음. 이러한 주제에 관해서 카뮈는 지칠 줄 모르고 쓰고
있다.

이 글의 모체가 되었고 필시 가장 오래 되었을 텍스트 속에
서는, 상을 당한 인물이 메르소(카뮈)가 아니라, 자기 부인을
잃은 운송업자(〈가난한 동네의 주민〉)이다. 그 텍스트의 전문은
다음과 같다.

> 젊은 사람이 자기가 늙을 수 있다는 사실을 믿으려면 굉장한 상
> 상력이 필요하다. 죽는 사람이 없다면 자기가 죽으리라고 믿는
> 사람도 거의 없을 것이다. 이 남자의 인생이 노년에 의해 기습을
> 당했던 것도 그래서이다. 그의 가족의 인생도 이 동네에서 그 전
> 부가 펼쳐졌었고 이웃들의 입방아와 세상 사람들의 동정 속에서

전개되어갔었다.

여자가 예쁘면 자기가 매력 있게 보일 수도 있고, 남의 눈에 띄면서 살 수도 있다고 믿는다. 이 남자의 아내는 예뻤다. 그래서 그녀는 자기가 매력 있게 보일 수 있다고 믿었고, 남의 눈에 띄었으며 또 꽤나 살았다. 남자는 운송업자였고 시간에 일을 했다. 그들에겐 출가한 두 딸이 있었다. 그리고 절름발이 아들도 하나 있었는데, 그는 가죽을 다듬는 일을 하면서 그들과 같이 살았다.

마흔 살 가량 되었을 무렵, 이 여자는 무서운 병에 걸렸다. 그녀는 태평스러운 삶으로, 기타 등, 장식했었다. 그녀는 10년 동안 견딜 수 없는 삶을 유지했다. 병고가 너무 오랫동안 계속되자 주위의 사람들은 (…) 그녀는 죽을 수 있다.

그녀에게는 결핵에 걸린 한 조카가 있었는데 가끔 그녀를 보러 오곤 했다. 그녀는 그가 오는 것을 좋아했는데, 그것은 같은 처지에 놓여 있음을 느꼈기 때문이었다. 그러나 그는 아주 어렸고, 타고난 소심함은 그에게서 모든 저항을 앗아가는 이 (판독 불가능한 단어) 앞에서 머뭇거리고 있었다.


어느 날 그녀가 죽었다. 쉰여섯 살이었다. 그녀는 아주 어려서 결혼을 했었다. 그의 남편은 그때서야 자신이 늙었음을 깨달았다. 그 전에 그 사실을 실감하기에는 너무 일을 많이 했다. 사람들은 이 남자를 동정했다. 동네에서는 장례식에 대해 기대하는 바가 컸다. 사람들은 죽은 아내에 대한 남편의 커다란 슬픔을 생각했

행복한 죽음

다. 그들은 이 아버지가 더욱 마음 아파할 것을 걱정해서 그 딸들에게는 눈물을 흘리지 말도록 간청했다. 사람들은 그들에게 아버지를 보호하고 성심껏 돌봐주라고 간곡히 부탁했다. 그러나 그는 가장 좋은 옷을 갖춰 입었다. 그러고는 모자를 든 채 장례 준비, 기타 등을 물끄러미 바라보았고 그것이 전부였다.

다만, 그는 곧 자기가 가지고 있던 얼마 안 되는 돈으로 트럭을 사고 빚을 갚고 나자, 그때서야 자기가 늙고 빈털터리임을 알았다. 그는 지금 딸네 집에서 살고 있는데, 그 길고 긴 나날들을 발코니에서 보내고 있다. 그는 동네를 떠났다. 그때 그가 살았던 집에서는 '세놓습니다'라는 팻말을 볼 수 있는데, 그것이 의미하는 바에 대해서 사람들은 언제나 충분한 주의를 기울이지 않는다.


보다 나중에 씌어진 것이 분명한, 거의 지운 부분 없이 보다 단호한 필체로 씌어진 또 다른 한 원고도 거의 같은 내용의 텍스트를 제공하고 있지만, 거기서는 카뮈가 그것 자체로서 높이 평가하고 있는 듯이 보이는 다음 문장으로 시작하고 있다. "여자가 예쁘면 자기가 매력 있게 보일 수도 있고 잘 살 수도[1] 있고, 남의 눈에 띄게 지낼 수도 있으리라고 믿는다." 그다음은, "이 여자의 남편은 사업가였다." 등. 마지막 문장의 변화에 대해서도 주목하자. "씌어 있는 의미보다 더 많은 것을 의미하는 '세놓습니다'라는 이 팻말…."

주석 및 이문

h) 자기 방에 대한 메르소의 애착

낱장 원고에는, 죽음과 장례식을 삽입하기 위해 비워둔 여백 밑에 다음의 문장이 계속된다.

> 그러나 그는 자신의 학업과 야망을 포기하고 직업을 가져야만 했었다. 우선 사람들이 싸웠다. 그는 자신을 위해 살고 싶었고, 일하고, 글쓰고, 자신의 삶을 살고 싶었다. 잠시 후 그는 모든 것을 포기했었고 자기 자신만의 삶을 지워버리는 데 열중하고 있었다. 그는 깨어났다, 등.(사무실의 메르소)

"이제 그는 이 방에서 지내고 있었다. 좀 더 안락한 집으로 이사갈 수도 있었을 것이다. 그런데도 (…) 삶을 향한 창문을 열어보는 것만 같았다"의 문장은 별도의 낱장 원고에 씌어 있다.

끝으로, 《안과 겉》의 〈긍정과 부정의 사이〉를 거의 유사하게 상기시키는, "저녁에 다시 만나 (…) 불쌍하다는 생각이 가는 쪽은 자기 자신이었다"라는 문장은 타자본에서만 볼 수 있다.

i) 사무실의 메르소

이 텍스트는 전체가 낱장 원고에 나타난다.

j) 저녁에 그의 집

* 손으로 쓴 이전 원고에 첨가됨.

행복한 죽음

상동.

11  Ms.: [뚱뚱하고 메스꺼운] 사무장 랑글루아 씨의 얼굴을 안 볼 수가 있었다. **랑글루아 씨는 쿠르틀린 작품을 읽고 있었다.** 세 명의 타이피스트는…

12  Ms.: 혹은 **고위직에 있는 사람의**

13  Ms.: 몸을 좌우로 흔들어대면서 **침을 흘리고 있었다.**

14  Ms.: 채소류 항목을 번역하고 있었다. **타이피스트들은 대놓고 웃었다. 고개를 숙이고 있던 늙은 부인은** (두 단어 판독할 수 없음) **두 눈을 들고, 쓰던 것을 계속하면서 마침내 이렇게 일침을 가했다.**

"**부탁인데요, 랑글루아 씨, 제발 내 기호를 바꾸려고 하지 말아** 주세요."

"**일 대 영."** 파트리스가 나직이 말했다. **그러고 나서 그는, 그에게서 그토록 멀고 동시에 그토록 가까운 곳에서 소금과 피의 냄새가 배인** (세 단어 판독할 수 없음) **벽 저 너머에서 들리는 항구의 수많은 웅성거림에 귀를 기울였다.**

그러고는 다음 행이 연결된다. 그날 저녁, 그는 6시에 돌아왔다. 토요일이었다.

15  Ms.: **이 목적으로 잘라낸 노트에 조심스럽게 붙였다. 그리고** 이 일이 끝나자…

16  Ms.: **우중충한 오후였다.**

17  Ms.: 밤색 비단 드레스를 입고 **종처럼 생긴 모자를 써서**

**18** Ms.: 점잖은 표정의 사람들은 보도 위에서 무리를 짓고 있 거나 아니면 카페로 들어가고 있었다. 거리에는…

**19** Ms.: 가로등 불빛은 길바닥을 **비추고 있었다.**

**20** D.: 이 장은 다음과 같이 마무리되고 있다.

"(…) 빵을 가지고 내려왔다. 그는 **머리를 긁적거리고는** 거울 쪽으로 **걸어가서 자기 자신과 만났다.** 그는 **하품을 하고 침대로 몸 을 돌렸다. 이미 신발을 벗고 있었다.** '또 일요일 하루가 지나갔 군.' 하고 그가 말했다."

**21** Ms.: 유리문들을 닫았다. **그는 자리에 누워 다음날 아침까지 자고 나서 사무실로 출근했다.**

마르트가 찾아오거나 그녀와 외출하는 저녁이나, **더 드물긴 하지만 간혹 마르트의 친구들과 자그뢰스와 함께 하는 일요일을 제 외하고는,** 몇 년 째 그는 이런 식으로 살고 있었다.

낱장 원고들은 이렇게 끝난다.


## 3장

마르트와 메르소의 관계에 할애된 이 장은, 초기 계획안들 에서는 소설의 2부에 넣기로 예정되어 있었고, 또 세분되어 있 었다. 그래서 《작가수첩》의 최초의 계획안에서는, 뤼시엔 대 신에 마르트로 바꿔 읽을 수 있다면, 다음과 같은 내용을 볼 수 있다.

행복한 죽음

B1장. 그는 과거를 추억한다. 뤼시엔과의 관계.

B2장. 뤼시엔이 자신의 외도를 털어놓는다…

B4장. 성적 질투. 잘츠부르크. 프라하.


우리는 여행과 남녀관계가, 성적 질투를 핑계삼아서, 원인과 결과처럼 한데 묶여지는 것에 주목하게 된다.

이후에, 카뮈는 자신의 여섯 가지 이야기 중에 '성적 질투'의 이야기를 계획한다. 1937년 8월의 한 계획안은, 2부에서의 '… 카트린과의 관계 … 유희에 빠짐. 성적 질투. 도피'를 예고한다. 카트린은 이제 뤼시엔의 역할을 맡는다. 그러나 같은 8월에 또 다른 계획안은 성적 질투의 에피소드를 1부 제일 첫머리에 위치시킨다. 이 에피소드와 그 바로 다음에 오는 여행의 에피소드는 다음 메모가 보여주듯이 줄거리의 핵심을 이룬다. "축소하고 압축할 것. 낯설음으로 이끄는 성적 질투 이야기. 생활로 되돌아옴." 나중에 마르트라는 이름이 필요하게 되었을 때는, 이 두 에피소드가 또 변했다. 다음은 한 부분적인 계획안에서 나온 것이다.


1. 마르트와의 관계…

2. 마르트가 자신의 외도를 털어놓는다

3. 인스브루크와 잘츠부르크      희극오페라

                             편지와 방

'마르트와의 관계'라는 항목 다음에는 큰 괄호로 묶은 부분
이 이어지는데, 그 속에서는 몇몇 이름들 가운데에서 오셀로
의 이름을 분명하게 찾아낼 수 있다. 그렇다면 카뮈는 질투에
관한 셰익스피어의 연극을 환기시키고자 했던 것일까? "'아 주
인님.' 이아고가 무어인에게 말했다. '질투를 두려워하십시오.
그것은 초록색 눈을 한 괴물입니다….'"라는 문장으로 시작하
고 나서 데스데모나에 대해 애도하고 있는, 한 이상한 텍스트
가 그러한 사실을 믿게끔 만든다. 그러나 카뮈는, 메르소가 마
르트의 팔짱을 끼고 거니는 알제에서는, 이아고와 데스데모
나, 그리고 베네치아의 무어인이 전혀 필요치 않음을 느끼게
될 것이다. 다른 한편에서는, 그는 이 관계의 중요성을 축소하
고 그것을 중부 유럽 여행에서 따로 떼내게 될 것이다. 이전에
합쳐져 있었다는 유일한 흔적은, 1부의 끝부분에서 단 한 단어
로, 절교의 편지로 환기되고 있다.

이 3장에 해당하는 것으로는 손으로 쓴 두 개의 원고가 존
재하는데, 그 하나는 처음 페이지들("메르소의 사나운 마음속에
서 생긴 수치와 모욕감"까지)과 마지막 문장("… 그는 [혼자] 자그
뢰스를 찾아갔다"까지. 그 뒷부분은 원래 그들의 대화에 할애된 장의
첫 부분을 이룬다)이 나타나 있는 것이고, 또 다른 하나는 그 나
머지 부분("이날부터 메르소는 마르트에게 열을 내기 시작…"에서

부터 "그를 알고 싶었다. 그리고 그날 저녁부터 자그뢰스와의 관계가 시작되었다. 그는 일요일 아침이면 거의 매일 거기에 가서 자그뢰스를 자주 보았다"까지)이 모두 나타나 있는 것이다.

**1** Ms.: 그의 옆에서, **세상 사람들이 보는 앞에서 그가 그녀의 주인임을 보여주면서**

**2** D.: **타고난 예의**

**3** Ms.: **이 세상의 모든 아름다움과 무용성이 투과하는 결정체이자, 온통 (환희?)와 근심들로 향해 있는 남자로서의 존재에게 있어 최후의 사치인 이 여성적 광채** 옆에서 그게 다 무엇이란 말인가.

**4** 이 대화 부분은 손으로 쓴 원고에는 나타나지 않는다. 타자본에서는 이 부분을 찾을 수 있지만, 마르트는 메르소와 존칭을 쓴다. "아까 그 사람 말이오⋯"

**5** Ms.: 관자놀이께로 피가 역류해오고 **가슴이 쿵쾅거리고 눈앞이 캄캄해오는 것을**

**6** Ms.: 그을음으로 더럽혀진 것 같아 보였고, **누더기 옷들이 쓰레기 더미 위에 늘어져 있는 질펀한 장면과도 같았다.**

**7** D.: "지금은 영화 구경 중이고 **또 당신이 날 방해하고 있다고 알려드려도 될까요?"**

**8** D.: 그러지 말라고 했잖아. **그랬죠, 여보.**

**9** 자그뢰스가 적어도 쉰 살은 되었다는 사실을 감안한다면

(4장 참조), 그보다 조금 어린 마르트가 메르소보다도 더 젊다는 사실은 잘 상상이 안 된다.

10 Ms.: 로즈, 클레르, 카트린. 이 세 학생에 관해서는 플레야드판 전집 2권, 1318쪽 참조.

암당나귀bourrique: 북부 아프리카에서 쓰는 일상어로서, 애정 어린 친숙함을 표현하는 단어.

카뮈 모친의 이름이 **카트린** 생테스였음을 주목하게 된다.

11 Ms.: 오랑의

12 Ms.: 몹시 기분이 언짢았다. 그는 노골적으로 말했다, 등, 들으면 어쩌려고. 그러나 자그뢰스는…

13 Ms.: 깊이 생각했다. 그는 그때 빠르게 많이 이야기를 했고, 그리고 나서 자주 웃었다. **그러나 언제나 비유가 풍부하고 구체적인 신속한 결론으로 말미암아, 덧없기 그지없는 그의 농담이 경험에서 우러나오는 기묘한 무게를 지니는 것이었다. 그는 활기가 넘쳤고, 그것이 깊은 인상을 심어주었다. 이 반토막 인간은 활기에 찼고, 간혹 그의 눈가에 어떤 어두운 빛이 지나가곤 하는 것은 언제나 짐작이 가는 일종의 억눌린 정염이었지 결코 슬픔은 아니었다.**

## 4장

손으로 쓴 원고에 대해서는 1장을 참조할 것.

행복한 죽음

**1** 타자본에서는 두 종류의 서두를 보여준다.

> 자그뢰스에게서 인상깊었던 것은, 그가 말하기 전에 깊이 생각
> 한다는 것이었다. 그는 그때 빠르게 많이 이야기를 했고, 등. (이
> 전 장을 참고할 것.)

그리고,

> 그 다음날, 일요일, 그는 친구가 되어버린, 자신의 마음을 털어놓
> 을 수 있고 또 자기의 말을 들어주고 이해해줄 수 있는 유일한 사
> 람이 되어버린 그자의 집으로 갔다. 이제껏 그들은 일상적인 것
> 들밖에는 이야기해 본 것이 없지만, 자그뢰스는 메르소가 자신
> 의 고독에 생기를 불어넣으러 와주는 것이 고마웠고, 언제나 거
> 의 말이 없는 메르소는 그를 좋아하는 한 인간 곁에서 침묵할 수
> 있다는 것이 내심 행복했다.

**2** Ms. : 웃고는, 별안간 **"여보게 메르소, 불구자는 바로 당신이오"**
라고 말했다. 그러고는 파트리스가 얼굴을 붉히고 있는 사이에
**"당신은 참 바보같이 살아요, 게다가 당신은 이제 끝났다고 생각
하고 있지요"**라고 단언해버렸다. 그러다가 갑자기…

**3** Ms. : 열기가 가득 담겨 있었다. **"들어봐요, 메르소. 내가 당신
을 무척이나 좋아하고 있다는 것은 신도 알아요. 당신도 이미 나**

한테 그런 말을 했었지요…." "그랬죠." 메르소가 말했다. "몽땅 따느냐 아니면 몽땅 잃어버리느냐지요. 난 모든 것을 잃었어요, 그러나 결국엔 그게 내 게으른 천성엔 안성맞춤이지요."

"봐요" 하고 자그뢰스가 말했다. "나 좀 쳐다봐요. 나는 대소변도 남의 손으로 받아내고 있소."…

"안색이 피곤한 것 같군요 … 맞은편에 와 앉았다."까지의 구절은 추가된 것이다.

4 Ms.: [행복에 대한 보장인 양] 몸이 성한

5 Ms.: 사는 신세인걸요. 그러나 그들이 말하는 것처럼, 만일 내가 성공했더라면 나의 비밀스럽고 치열했을 인생이 어떤 것일지는 잘 알고 있어요.

마지막 계획안들 중 하나 속에서는 이 2장의 제목이 다음과 같이 되어 있음을 주목할 것.

3부: "티파사에서의 비밀스럽고 치열한 행복".

6 "그냥 될 대로 되라고 내버려두겠어요"는 D.에서 덧붙여졌다.

7 Ms.: 뙤약볕에 달아오르기도 하겠지요. 그것이야말로 진정한 이 세상의 거울이에요.

8 Ms.: 약간 놀라는 기색으로 말했다. "저는 여러 가지 스포츠를 다 해보았죠. 난 내 속에 지니고 있는 욕망과 쾌락의 총량을 너무나 잘 알고 있어요."

9 Ms.: 하기야 나는 자기 자신에 대한 인식 같은 것에는 관심 없

행복한 죽음

어요.

**10** Ms.: 확대하는 것이고 [메르소가 끌려 들어가는 느낌을 받는 바닥 없는 구멍처럼 열리고] 그리고 한 [어떤 방향으로] 그리고 어떤 한 이미지를 쫓아 메르소의 꿈을 끌어들였으며 [놓고] 쓰디쓴 색깔을 [거기에 있]

고심한 흔적이 역력한 원고의 성격을 잘 드러내주는 예다.

**11** "용서해주십시오, 등, 잘 모르게 됐어요"라는 문장은 손으로 쓴 원고 속에서는 나타나지 않는다.

**12** 이 문장과 그다음 문장은《작가수첩》,제1권, 81~82쪽을 참조할 것. 클레르와의 대화가 문제가 된다.

**13** D.에서 추가된 문장.

**14** Ms.: **하지만 나는 도처에서, 나 자신의 삶이 몸담고 있는 이 세상의 인간적[이고 절망적이며 다양한]인 이러한 이미지와 닮아감을 느낍니다.**

**15** "메르소는 몹시 흥분하여 말했다"는 D.에서 추가되었다.

**16** Ms.: **마치 제대로 알아맞혀서 행복하다는 듯이** 미소를 지었다.

**17** Ms.: 다른 사람들이 참고 견디는 이 8시간의 사무실 근무가 **행복에 대한 나의 욕망을 죽여버렸어요.**

[자그뢰스가 말했다. 팔자 좋게 태어난 사람에게는 행복이라는 것이 왜 … 그대로 받아들이는 …]

이렇게 시작하는 대답을 좀 더 뒤에서 찾아볼 수 있다.

**18** "확신하는 바이지만…"부터 "결코 불구자의 키스로 더럽혀 서는 안 되지요"까지, 손으로 쓴 원고에는 다음과 같이 되어 있다.

자그뢰스, 그는 돈이 없으면 행복해질 수 없다고 확신하고 있었다. 소위 엘리트라는 어떤 사람들은 행복을 위해서 돈이 필수적인 것은 아니라고 생각하는 일종의 속물근성을 갖고 있다. 자그뢰스가 말하기를, 팔자 좋게 태어난 사람에게 행복이란 체념의 의지로써가 아니라 행복의 의지로써 그저 만인의 운명을 그대로 받아들이는 것이라는 것이다. 다만 행복해지려면 시간이, 그것도 많은 시간이 필요하다. 행복 역시 길고 긴 인내에서 오는 것이니까. 그런데 거의 모든 경우에 우리는 생계를 꾸려나가는 데 그 시간을 다 바치고 있다. 바로 그것이 그의 관심을 끌었던 유일한 문제였다. 대부분의 사람들에겐 행복의 센스가 없는데, 그것은 아마도 그런 센스는 어떤 고통의 수련을 필요로 하기 때문인 것 같다. 돈을 가졌다는 것은 시간을 가졌다는 것이다. 시간도 돈으로 살 수 있고, 모든 것을 다 돈으로 살 수 있다. 부자이거나 부자가 된다는 것, 그것은 바로 우리가 행복해질 자격이 있을 때 행복하기 위한 시간을 갖는다는 것을 의미한다. 그런데 자그뢰스는 아직 어린, 25세의 나이에 벌써 이러한 결론에 도달했었다. 즉 누구든지 행복의 센스와 욕구와 의지를 가진 사람은 부자가 되어 그의 시간을 벌 의무가 있다는 것이었다. 게다가 그것은 우리

행복한 죽음

를 이러한 상태에 처하게 놓아둔 우리 문명의 어떤 하나의 단계인 이상, 그 수단에 있어서는 아무런 양심의 가책을 느낄 필요가 없는 것이다. 행복의 욕구는 인간의 마음속에서 가장 고귀한 것이기 때문에 모든 것이, 심지어 악한 행동까지도 그것에 의해서 정당화된다. 순수한 마음만 가지고 있는 것으로 족하다. 자그뢰스가 25세에 돈을 모으기 시작한 것은 그래서였다. 그는 아무것도 자세히 밝히지는 않았다. 그러나 메르소에게는 그가 도둑질도 마다하지 않았다는 것을 아는 것만으로도 족했다. 1914년에 그는 자신의 모든 재산을 현금화했다. 그는 제때 그만둘 줄을 알았다. 지폐로 거의 200만 프랑에 가까웠다. 메르소, 그는 그것이 무엇을 말하는 것인지 알았을까? 세상이 그의 앞에 활짝 열렸고, 그 세상과 함께 고독과 열정 속에서 그가 꿈꾸어왔던 삶도 열렸다. 그의 다리를 앗아간 전쟁만 없었다면 그가 누렸을 삶도. 그는 모든 사람들과 마찬가지로 그것이 6개월 정도 계속되리라고만 생각했었다. 그는 도망칠 줄을 몰랐다. 그는 반편 인생으로 살아가고 싶지 않았다. 20년 동안 그는 돈을 지니고 있었다. 그는 살고자 하는 혼란한 열정과 사랑을 간직하고 있었다. 그는 삶을 불구자의 키스로 더럽히지는 않지만, 삶에 대한 그의 사랑만은 끝내 주장하는 데에 시간을 썼다. 그는 아주 검소하게 살았고 20년 동안 돈을 거의 축내지 않았다. 그 돈은 언제나 거기에 있었다.

이 텍스트에서는, 자그뢰스가 (마른 전투에서 치명적인 부상을 당한 카뮈의 아버지처럼) 1914년 전쟁의 희생자이다. 1914년 전쟁에 대한 언급은 첫 타자본에서도 또 찾아볼 수 있다. 그것은 두 번째 타자본에서 삭제되었고 '사고'로 대치되었다. "나는 목숨을 끊을 수finir도 없었다"는 타이핑 실수인 것 같지만, 사고와 연관해서 볼 때는, "나는 도망칠 줄을 몰랐다"라는 문장은 무의미하다.

아마도 전쟁에 대한 모든 암시들을 제거해버림으로써 카뮈는 어떤 연대기적인 비현실성(예를 들자면, 2장에서 마른 전투에 참가했다고 이야기하고 있는 에마뉘엘을 참조할 것)을 경감시켜보고자 한 듯하다. 또한 아마도 그 이야기에 좀 더 일반적인 의미의 폭을 부여하고자 한 듯도 하다.

**19** 마음의 순수성은 카뮈의 중요한 문제들 중 하나이다. 그는 그것을 선함과 구별하고자 했다(2부 4장의 끝부분을 참조할 것: 후렴구처럼 반복되는 '마음의 결백성'). 키에르케고르(《작가수첩 2》 참조)는 그것을 선함과 연결시킴으로써 카뮈의 비위를 건드리게 된다. "키에르케고르에게 있어서의 마음의 순수성은 바로 일관성이다. 그러나 그것은 일관성이자 동시에 선이다." 카뮈의 모든 도덕적 진전은 바로 이 문제성 있는 결합 속에 새겨져 있다.

**20** Ms.: 불가능한 행복을 안타까워하는 것이었다. **무거운 침묵이 흐른 뒤에 자그뢰스는 다시 말을 이었다.** 물론 그는 인생에 실패했다. 그러나 그는 옳았다. 폭력으로, 등, 행복을 위해

모든 것을 아끼지 않았다. **그러고는 불구자가 웃었다. 웃으면서 메르소에게 말하기를,** 우리들 문명이, 등.

이 문장에 관해서는 《작가수첩 1》을 참조할 것. 그때 권총을 가지고 장난치는 것은 소설의 주인공인 것 같다.


## 5장

이 장은 통장이 카르도나(카뮈의 할머니의 결혼 이전 성이다)에게, 즉 '가난한 동네'의 한 '목소리'에 할애되었다. 도입부의 한 문장과 결론부의 한 문단이 이 장을 자그뢰스와 연결시키고 있고, 소설의 2부를 준비하고 있다.

이 장은 그 앞의 이야기가 길다. 그것을 이해하려면 《안과 겉》을 참조해야 하고, 카뮈의 가족환경을 알아야만 한다. 그에게는 형이 있었고, 어머니와 외할머니, 또 두 명의 삼촌이 있었다. 그 중 한 명(아코 삼촌)은 엄밀히 따지자면 그 어머니의 시숙이고, 그가 처음 폐병에 걸렸을 때 그를 받아서 돌보아주었다. 다른 한 명, 생테스 삼촌은 불구의 몸으로 술통을 만드는 기능공으로서 통장이 카르도나의 모델이 된다.

이 에피소드에 관해서는 몇 가지의 원고와 하나의 타자본이 존재한다. 우선 소위 손질하지 않은 상태의 에피소드를 먼저 소개하겠다. 우리는 이것이 자전적인 외양을 지닌 하나의 이야기 수준이라는 것을 알게 될 텐데, 그 이야기 속에서는 어머

주석 및 이문

니, 즉 불구인 통장이의 누이가 주역을 맡고 있다.

옛날에, 남편의 죽음으로 인하여 두 아이와 함께 가난에 빠지게
되었던 한 부인이 있었다. 그녀는 자기 어머니의 집에서 살았는
데, 그 어머니 역시 똑같이 가난했고 노동일을 하는 불구의 오빠
와 함께 있었다. 그녀는 생계를 꾸려나가기 위해 일을 했고, 살림
을 했으며 자기 아이들의 교육은 어머니의 손에 맡겼다. 엄하고
거만하며 위압적인 그녀의 어머니는 아이들을 혹독하게 키웠다.
그중 한 아이는 결혼을 했다. 이제 나머지 한 아이에 대해서 말해
야겠다. 국민학교를 졸업하고 중고등학교, 반기숙생을 거쳐, 더
럽고 가난하며 불쾌한 환경 속으로, 가혹한 할머니와 착하고 상
냥하지만 사랑할 줄도 쓰다듬어줄 줄도 모르는, 따라서 결국 무
관심한 어머니의 집으로 돌아온다. 그는 거기서 자랐다. 16세에
그는 자기 어머니에게 애인이 있음을 알았다. 그는 그것 때문에
놀라고(상심한) 금치산자가 되어버렸다. 그러나 그의 어머니는
결코 그를 떠나지 않았다. 그는 자기가 좋아하는 삼촌네 집에 자
주 갔고, 반은 거기에서 살았다. 그러던 어느 날 그는 심한 병에
걸렸다. 17세이던 바로 그날부터, 그는 이 삼촌의 집에서 살았
다. 그의 어머니는 그를 돌보지 않았다. 무관심인가? 아니다. 오
히려 이상하고도 거의 초자연적인 성격 탓이었다. 그녀는 다른
세상에 사는 사람이었다. 그녀는 자기 어머니가 죽은 뒤에는 불
구인 오빠와 같이 살았는데 그는 그녀를 불행하게 했다. 이 사실

행복한 죽음

이 그녀를 장남인 아들네 집으로 가서 살게 만들었다….

이젠 좀 더 손질된, 병원의 대화(2장 참조) 후에 이어지는 텍스트를 살펴보자. 카뮈는 여기서 루이라는 이름으로 나타난다. 그는 병원에서 하룻밤을 보냈다. 그리고 다음날, 열 시 반경 사람들이 그를 다시 데리러 온다.

사람들은 그가 간호를 받았던 삼촌네 집으로 그를 다시 데려다주었다. 그가 자신의 경험을 다시 쌓아간 것은 바로 그곳에서였다. 그의 어머니[2]로 말하면, 그녀는 아직도 충분히 혼자 있어보지 못했다. 그녀의 어머니[3]가 죽고, 자신의 두 아들[4] 중 하나는 결혼하고 다른 하나는 병에 걸렸으며, 또 그녀의 오빠[5]가 남아 있었다. 그는 듣지를 못하는 반벙어리였다. 나이 서른 살이었고 키가 자그마했으며 제법 잘생겼다. 어릴 때부터 그는 어머니의 곁을 떠나지 않았다, 등 (결정본 참조). 그는 어머니를 거칠고도 충동적인 방식으로 사랑했었지만… 등, 덕분에 가끔 남자 구실을 할 뿐이었다.

앞의 사건들이 있은 후 그는 자기 누이와 함께 살았다. 단둘이서, 그들은 그 더럽고 어두운 인생의 긴 고개를 넘고 기어올라갔다. 서로 말을 주고받는 데도 어려움이 많았다. 그래서 그들은 온종일 말 한 마디 건네지 않고 지내는 일이 많았다. 그들의 삶은 언제까지나 계속되기에는 너무나 생기 없고 단조로웠다. 게다가

주석 및 이문

그는 심술궂고 포악하게 굴었다. 그는 누이의 사생활에 참견을 했다. 그리하여, 지친 그녀는 마지막으로 크게 말다툼을 한 후에 그를 떠났다. 그녀는 다른 동네에서 좁고 환기도 안 되는 작은 방 하나를 구해서 거기에서 기거했다. 아직 몇 가지 상황이 그녀를 고독으로부터 지켜주고 있었는데, 그것은 그녀의 인생이 흘러갔던, 그리고 그녀 곁에 있었던 누군가를 아직도 지켜주고 있는 집이 어딘가에 있다는 생각이었다. 그런데 그것조차 빼앗기게 되어버렸다. 그녀의 오빠는 이제 혼자가 되어, 생전 처음으로 살림도 하고 음식도 손수 만들어야 하는 사내의 처량한 신세가 되었다. 그가 가지고 왔던, 등, 어느 정도 버림받은 상태인지를 깨닫지 않을 수 없었다. 차츰차츰 더러움이 그를 에워싸고 조여들더니 침대를 공격하더니 땟물로 푹 적셔버려서 더 이상 손을 댈 수 없는 지경으로 땟자국을 남겨놓았다. 그의 집은 너무나 추잡해졌고, 등, 거처를 물색했다. 이렇게 해서 루이의 어머니는 그녀가 여태껏 집착하고 있던 최후의 것을 박탈당하게 되었던 것이다.

그녀의 오빠는 일거리가 떨어지고 돈이 없자, 그의 어머니가 살았던 동네를 배회했다. 그의 누이는 더 이상의 소식을 듣지 못했

2 카뮈의 어머니
3 카뮈의 할머니
4 카뮈 자신과 그의 형 뤼시앵
5 생테스 삼촌

행복한 죽음

다. 집주인 여자는 다만, 그가 부탁해서 그의 어머니 무덤이 있는 묘지까지 그를 데려다 주었다는 말을 해주었다. 그 음산한 묘지에서, 홀로 무용함과 대면한 채, 등, 울기 시작했다.

그렇게 해서 루이의 어머니는 그녀 자신에게로 스스로 움츠러들게 된 것이었다. 가난한 사람들의 세상은, 자기 자신에게로 마음을 돌리고 사회 생활에서 하나의 섬이 되어버린 홀로인 사람을 제외하면 거의 사람이 없는 세상이다…. (텍스트의 그다음 부분은 이제 더 이상 이 장과는 관련이 없다.)


이 에피소드는 같은 필체로 쓰여서 앞의 것과 같이 묶여져 있는 한 원고 속에서도 또 다루어지고 있는데, 이 원고는 〈가난한 동네의 목소리〉의 세 번째 텍스트와 거의 유사한 내용을 상기시킨다. 다음은 그 원고의 일부분이다.


그날 저녁 어머니가 그 앞에서 울었던 사연은 이렇다. 그는 음악을 하고 있었고 아직 인생이 무엇인지 모르는 젊은 아이들의 한 순간의 충동처럼 진부하고 소박한 대중적인 로망스곡을 듣고 있었다. 그런데 그의 어머니가 이 휑하고 멍청한 우울함 속으로 들어왔던 것이다. 들어오자마자 그녀는 울었고 그러고는 말을 했다. 그녀의 불행은 의심의 여지가 없었다. 그녀는 귀가 먹고 말을 못하는 심술궂고 사나운 남동생과 함께 살고 있었다… 등. (플레야드판 참조)… 이 여자는 점점 자포자기의 감정에 빠져들었고,

신께서 당신이 선호하는 자들에게 베푼다는 고통 속으로 스스로를 내맡겼다. "어떻게 해야 하겠니? 난 언젠가 독약을 마시고 말거야, 어쨌든 평온해질 테니까."

이 모든 텍스트 속에서는 실제 체험이 걸러지지 않았거나 걸러졌더라도 극히 일부분이다. 실제 체험은 다만 변형되었을 뿐이다. 다시 말하자면 실제 생활에서는 생테스 삼촌과 그의 누이가 사이좋게 지냈으며 헤어지지도 않았고, 또 깨끗한 아파트에서 살았다는 정도이다.

분명 그 후에 씌어졌고, 또 《행복한 죽음》의 이야기와 거의 흡사한, 다른 두 개의 텍스트에서는 소설적 전환이 이루어졌다. '동네의 주민'이라는 제목이 붙어 있는 첫 번째 것은 자서전적인 언급이 제거되어 있다. 통장이가 중심 인물이 되어 있다.

그는 귀머거리에다가 반벙어리였고 심술궂고 사나웠다. 그러나 애정에는 민감하여 이 때문에 그에게 관심을 가져줄 만하다. 그는 누이와 함께 살았다. 그러나 그녀는 그의 심술과 횡포에 진저리가 났다. 그녀는 자기 자식들 집으로 피해 가버렸다. 그는 이제 혼자가 되어, 생전 처음으로 살림도 하고 음식도 손수 만들어야 하는 사내의 처량한 신세가 되었다. 하지만 그는 자기 누이를 진정으로 사랑했었고, 또 그 갑작스런 출발이 그가 인생을 살면서 집착했던 마지막 것들 중 하나를 빼앗아갔다는 사실은 덧붙여

두어야겠다.

그는 서른 살이었고, 등.

그의 어머니가 죽자 이 사내의 절망은 형언할 수 없었다. 그 뒤로는, 등, 어느 정도로 버림받은 상태인가를 깨닫지 않을 수 없었다. 왜냐하면, 한번 버림받은 그는, 불구의 몸 때문에 다른 사람들과의 연결 다리가 끊어진 이상, 같은 상황에 처한 그 누구보다도 더 버림받았다고 할 수 있기 때문이다.

그러나 주위 사람들은 그를 동정했다. 그는 그 사실을 알았다. 그것은 하나의 큰 기쁨이었고, 거의 도피에 가까웠다. 사람들은 그를 장가보낼 생각을 했고, 등, 그 사람들 속에서 다시 자기 자리를 찾을 수 있었던 것이다. 그리고 바로 이런 의미에서 그는 자기 집의 거주자라기보다는 이 동네의 주민이라고 하는 것이다.

그는 통장이였다. 일거리가 떨어지자 돈도 없었다. 얼마 후에는 더 이상 찾아보려고도 하지 않았다. 그는 걸음걸음마다 지나간 과거의 메아리를 다시 일깨우면서 자기 동네의 골목길을 배회했다. 그 뒤로 그가 한 일이 바로 이것이었다. 그리고 그가 이 동네를 벗어나는 것은 단 한 경우밖에는 없었다. 그것은 이 도시의 반대쪽 끝에 있는 자기 어머니 무덤에 가기 위한 경우였다. 오래 전부터 그 일도 하지 않게 되었다. 그 당시 그는, 자신이 사랑했고 애먹였던 어머니를 만나보러 갔었다. 그리고 그 음산한 묘지 안에서 홀로 자신의 무용한 생을 대면한 채, 마지막 남은 힘을 다모아 행복했던 과거를 마음속에 새겨보았다. 적어도 그런 그의 말을 믿을 수밖에 없었다… 등, 그는 눈물을 흘리기 시작했다. 그는 자기 자신을 위해 울었고, 또 그것 때문에 기뻐해야 했다.

두 번째 텍스트는 위의 것과 거의 별 차이 없이 재생된 타자본으로서, 이 장의 첫 문단("그는 그것을 주머니에 넣고 그의 집으로 들어갔다" 등)이 손으로 쓴 추가글로 보충되어 있다.

이 장의 끝부분은, "생명의 돌발적인 표현을 목격할 때마다"에서부터 "출발과 새로운 시작을 호소하고 있었다"까지 두 장의 별도 낱장 원고에 나타나 있다.

끝으로, 마지막 문단은 처음에는 다음과 같이 시작했었다. "그 이튿날, 일요일, 메르소는 아직도 자기 말을 들어주고 이해해줄 수 있는 유일한 존재에게 가는 사람처럼, 자그뢰스의 집으로 달려갔다." 이런 식으로 이 문단은, 1부를 5개의 장으로 배분한 최종적인 조정에 부응하고 있다.

2부
**의식적인 죽음**

이 제목을 이해하려면《결혼》의 〈제밀라의 바람〉이나《작가수첩 1》을 참조하라.

## 1장

중부 유럽 여행은, 연애 이야기와 얽혀서 복잡해졌지만, 카뮈의 감수성을 강렬하게 휘어잡았다. 그에게 있어 프라하는, 유배지이자 왕국의 속모습을 의미하는 것이다. 따라서 이 첫 번째 장 (여행일지의 문체를 가미한 발췌문)이 몇 가지 텍스트들로 비교되었더라도 그리 놀랍지 않을 것이다. 그들 중 하나는 '영혼 속의 죽음'이라는 제목으로 《안과 겉》 속에 나타나 있다. 그것을 《행복한 죽음》의 텍스트와 비교해볼 수 있을 것이다.

이것에 관해서는 같은 내용을 다룬 손으로 쓴 원고가 하나 존재한다. 《안과 겉》의 이야기와는 주목할 만한 차이점이 한 가지 있는데, 그것은 자기 방에서 죽은 남자의 에피소드가 길에서 죽은 남자의 에피소드로 바뀌었다는 점이다. 그런데 이 에피소드와 관련해서는 〈가난한 동네의 목소리〉에 할애된 원고철 속에 손으로 쓴 한 텍스트가 존재한다. 따라서 카뮈는 이 사건을 프라하에서가 아니라 알제에서 체험했던 것 같다. 자신의 상상력으로써, 그는 행복의 도시에 그림자를 드리운 한 살인사건을 유배의 도시 속으로 전이시켰던 것이다.

이문들에 있어서, 우리는 〈가난한 동네의 목소리〉의 손으로 쓴 원고를 'Ms. (1)'로 표시했다.

1 Ms.: [메르소]

2 Ms.: 그가 기다리고 있는 돈이 도착할 때까지

실제로는 이랬다. 그러나 메르소는, 부자이기에 돈을 기다리지 않는다.

3 Ms.에서는 여기서, 나중에 지워져버린, 처음 시작할 몇 가지 문장을 놓고 망설인다. "길 한 모퉁이에서는… ", "그날도 다른 날들과 다름없는 날이었다… "

4 Ms. : [인생의 가혹하고 험상궂은 면모를 물리치기 위한]

5 Ms. : [한 메시지   번민의 호소   고통스러운 호소]

6 Ms. : 그러나 그는 **무언가가 빠져 있음을 느꼈다.**

7 Ms. (1): 누워 있었다. 그는 **죽도록 취한 것처럼 보였다.**

8 Ms. (1): 펠트 모자를 쓰고

9 Ms. (1): 시체 주위를 돌면서 **수 부족의** 원시적인 **스텝 춤을 추고 있었다.**

10 Ms. (1): **바로 옆에 있는 식당의 채광창에서 내리비치는** 침침한 불빛과 어울리고 있었다. 저녁 11시, 성탄절 밤이었다.

약간 가슴을 짓누르며 교차하는 빛과 어둠의 유희에도 **불구하고, 이 장면은 어떤 미개하고 원시적인 웅장함이 아닌, 때묻지 않은 순수함과 결부되는 것이었다. 춤을 추는 이 남자는**…

11 Ms. (1): 예외적인 침묵 [판독할 수 없는 몇 개의 단어] 이 **모든 것이 전혀 예사롭지 않은 자연스러움의 겉모습을 띠고 있었다.** 바로 거기에 명상과 순수로 이루어진 균형의 한 찰나가 있었다. 그 순간을 지나고 나면 모든 것들이 **힘들이지 않고 이해될 정도까지 스스로를 낮추게 되리라.**

그리고 사실 모든 것이 곧 해명되었다. 사람들은 경찰을 기다리고 있었다. 그 육체는 술 취한 사람의 그것이 아니라 죽은 사람의 시체였다. 그 주위를 돌며, 그의 친구가 춤추고 있었다.

그들이 이 가난한 동네의 한 작은 식당의 문을 두드렸던 것은 한 30분 전쯤이었다. 그들은 벌써 많이 취했고 식사를 하고 싶었다. 그러나 성탄절 저녁이라서 자리가 없었다. 퇴짜를 맞았지만 그들은 버텼다. 사람들이 그들을 문으로 밀어냈다. 그 순간 그들은 임신중인 주인 여자에게 발길질을 했다. 그러자 금발의 가냘픈 청년인 주인은 총을 집어들어 쐈다. 총알은 남자의 오른쪽 관자놀이에 박혔다. 그는 상처난 쪽으로 머리를 돌리고 지금처럼 눕게 되었다. 알코올과 전율에 취한 그의 친구는 춤을 추기 시작했다.

사건은 단순했고 내일의 신문기사를 장식할 것이다. 그러나 당장은 이 동네의 후미진 한 구석, 아직 마르지 않은 비 때문에 반들반들한 보도 위를 드물게 비치는 불빛과 젖은 길을 길게 미끄러지는 자동차들과 멀리 어딘가에 도착하는 낭랑하고 반짝이는 전차들 소리가, 저 세상의 풍경과 같은 이 장면에 초조함을, 이 동네의 초조하고도 고통스러운 이미지를 부각시키고 있었다. 하루의 어스름이 이 거리를 어두운 그림자로 가득 채울 줄이야. 아니 차라리 (거의 보이지 않는 존재들을 아직도 그들이 몸담고 있는 물질계 [추측한 단어] 밖으로 옮기면서) 육중한 짓밟음과 목소리의 혼란한 소음으로 각인된 단 하나의 익명의 그림자가 때때로 불쑥 나타날 줄이야. 그것도 피에 젖은 영광에 출렁이며, 약국의 붉은 등 빛 속

주석 및 이문

**에서 말이다.**

손으로 쓴 원고는 여기서 끝난다.

12 《이방인》의 뫼르소가 자기 독방의 침대판과 매트 사이에서 찾게 될 신문을 참조할 것. 그 신문에서 그는 〈오해Malentendu〉의 원전이 될 잡보 기사를 읽게 된다.

13 Ms.: 그리고 침묵의 호수가 자꾸만 넓어져갔고, [그 호수 위에는 해방의 노래처럼 흘러가고 있었다] 거기서 그는 꿈속에서처럼 흘러갔다.


2장

1 Ms.: 보여주었다.

[오스트리아의 세관에서, 직원들이 그를 일종의 형체 없는 몽상에서 끌어냈다. 메르소가 아주 길고 긴 심문을 감수해야 했던 것도 바로 그 때문이었고, 또 분명 그의 초췌한 인상 때문이었다. 그의 일기들이 검사를 받았고, 낯뜨거울 정도로 샅샅이 조사되었다.]

2 Ms.: 어떤 메마르고 **황량한** 세계의 **모습이**

D.: 세계의 **상징이**…

3 이 편지는 손으로 쓴 원고에는 **빠져** 있다. 단지 '편지 a'로 예고되어 있다.

4 D.: 너희들은 무엇을 하고 지내는지 **어디에서 왔는지? 어디에**

있는지? 어디로 가는지?

5 이 편지는 손으로 쓴 원고에는 빠져 있다. 단지 '편지 b'로 예고되어 있다.

6 D.: 세계 앞의 집

7 재복무하기보다는, 《일뤼스트라시옹》을 구독하는 것보다는

8 "카트린은… 세 번째 딸이 될 거예요"라는 문장은 타자본에 나타나지 않는다.

9 제노바를 통과하는 것은 실제로는 1937년 가을이다. 1년 후인 것이다. 소설적 스토리상에서는 프라하 바로 다음에 위치해 있다.

10 이 문장은 손으로 쓴 원고에는 나타나지 않는다. 카뮈는 별도의 낱장 원고에 이것을 메모해놓았다.

11 마르트에게 (지워짐: 뤼실에게) 끌렸던 것은 가장 강력한 끈인 허영이었음을 알 수 있었다.

12 이 부분은, 손으로 쓴 원고에서는 몇 개의 문장이 지워졌다. 그것을 다시 복원해보자. "여기에서부터 그의 고통이 끔찍함을 지니게 되었던 것이다. 아니 기적이란 없다. 다른 사람들은 그것을 가지고 있었다. 그리고 아마도 사랑에 실패한 사람은 (판독할 수 없는 단어) 풍부해졌을 것이다. 그러나 허영이라는 추잡한 짐승에게 당한 상처는 그를 분노하게 만들었고, 그것은 마치 발톱과 이빨이 그에게 달라붙어 있는 것만 같았다. 그의 피가 그의 전 인생과 이성과 더불

어 (판독할 수 없는 단어) 흘렀다. 허영에 기인한 그 커다란 고
통들은 우리를 광기의 극단까지 이끌고 갔는데, 그것은 우
리의 전 인격이 통째로 무너지기 때문이고, 또 메르소로서
는 그것은 마치 그의 내부에 지니고 있던 반신半神이 지옥
으로 굴러떨어지는 것과 같았기 때문이다. 그러나 그는 결
코 뤼실을 사랑하지 않았고 지금도 그랬다.

13 "흔히 그렇듯이… 그는 알 것 같았다"의 문장들은 물음표(?)
와 함께 타자본에서 추가되었다.

14 Ms.: 그것을 증명해야 했다. **그는 행복에 대한 그의 권리를
얻어냈었다.** 그는 자기의 과거와 자신이 잃어버린 것으로부
터 자유로웠다….


## 3장

'세계 앞의 집'에 할애된 이 장에 대해서는, 마르트와 관계되
는 《작가수첩》의 한 단편적인 글로 보충되는, 뤼시엔에 관한
한 구절("파트리스는 뤼시엔을 생각했다. […] 뤼시엔의 입술 위에")
을 제외하고는 손으로 쓴 원고를 찾아볼 수가 없다.

'세계 앞의 집'에 관해서는 플레야드판 전집 2권, 1318쪽을
참조할 것. (모든 이문들은 타자본에서 끌어낸 것이다.)

1 **언제나 클레르를 옹호할 채비를 갖춘** 로즈가 나섰다.

2 카트린 대신 크리스티안

**3** 추가된 문장.

**4** '이지적인 여인'

**5** **마르그리트가** 말한다.

**6** 노엘 대신에 프락시텔이다. 그는 좀 뒤에 나온다.

**7** 그녀는 **영혼이 온전히 제자리를 찾은 휴식 속으로 빠져든다.**

**8** 그녀의 **언행** 속에

**9** 죽음으로부터 죽음으로 가는 또 다른 참을성 있는 진리처럼 하나의 자유를 **지니고 있는** 상태가 이룩되고…

**10** 자신들만의 **진리를**

**11** "로즈도 다가왔고" 등의 문장 대신, "그가 여자를 사랑할 수 없을 때면, 그는 그녀 내부에 있는 세계를 사랑한다. 그녀는 파트리스의 어깨 홈에 자신의 열정을 실어놓으며, 자신의 온 무게로 동의했다. 그는 중얼거렸다. '어려울 거야, 하지만 그건 이유가 안 돼', '물론이지요', 카트린이 두 눈 가득 별을 담고 말했다."


## 4장

이 장에 관해서는 여러 형태의 종이 위에, 같은 내용을 다룬 손으로 쓴 원고가 하나 존재한다. 거기에다가, 뤼시엔에 관한 한 문단("그녀는 부모도 없이 […] 오렌지색 보트를 하나 샀다")이 적혀 있는 손으로 쓴 한 장짜리 원고와, 파트리스와 카트린 사

주석 및 이문

이의 첫 대화가 적혀 있는 두 장짜리 원고가 있다.

따로 분리된 낱장 원고들에서 차용한 이문들은 'Ms. (2)'로 표시했다.

**1** "한 달 전에 […] 아무런 손짓도 없이 떠나는 그를 가만히 지켜보고만 있었다"의 문장은 삽입된 것이다. 뤼시엔과의 결혼과 카트린과의 대화가 이 자리에 있었다.

**2** Ms. (2): "왜 떠나려고 하는지 알 수 없군요. 이곳 생활이 행복하다면서 말이에요."

"[난 행복하지 않아.] **전엔 행복했었어, 꼬마 아가씨. 하지만 지금 나는 완전히 말라비틀어진 스펀지같이 되어버렸어.** 많은 사람들은 삶을 복잡하게 만들어가지고는 온갖 운명들을 만들어내**지. 그렇지만 속여서 뭘 해? 그들이 원하는 건, 사랑하고 사랑받는 거야. 난 지금 그런 걸 기다리기에는 너무 우습게 되어버렸어.**"

그런데 Ms.에서는, 결정본의 이 문단 첫 부분("이른 오후였다… 새로운 탄생을 뚫어지게 응시하고 있었다.")에 해당하는 텍스트 다음에 메르소의 대답이 이어진다. "난 여기서 사랑받고 있어, 카트린. 하지만 그게 다야, 안 그래?"

**3** Ms. (2): 쳐다보았다. "그래요" 하고 그녀가 말했다. "**그게 다죠. 하지만 당신이 사랑한다고 [사랑받는다고] 해서 뭐가 바뀌나요.**"

**파트리스가 말했다. "나도 알아. 하지만 사랑하는 데 진력이 난 사람들은 사랑받을 자격이 없어. 만일 이 세상이 받아들일 줄 알고**

있고, 또 오늘도 하늘과 부두 위에서 미소짓고 있는 이 빛의 얼굴에 대해서 진력이 났다면, 난 이 세상에 있을 자격이 없을 거야."

손으로 쓴 원고는 이렇게 계속된다. "그는 세계를 대면한 채 말하고 있었고, 등, 멍한 시선으로 바라보았다."

4 Ms. (2): "내가 바라는 것은." 그녀가 말했다. "어쨌든 간에 당신이 언제나 내 걱정은 말고 행동해달라는 거예요." 파트리스는 손을 창틀에 댄 채 돌아서서는 진지하게 말했다. "난 네 생각을 안 해, 꼬마 아가씨. 난 거짓말을 안 하는 것을 더 좋아하지. 난 단 1분도 그 생각은 안 했어. 이해해줘. 내가 너에게 이 말을 하는 것은 내가 널 존중하기 때문이야. 너를 마음 아프게 할까봐서 걱정한다는 것은 존중하는 마음이 부족해서일 거야." "그래요, 고마워요." 카트린이 말했다.

손으로 쓴 원고는 이렇게 계속된다. "조그마한 돛단배들이" 등.

5 Ms. (2): 솟아오르는 것이 보였다. 하지만 그는, 자기를 쳐다보는 그녀의 시선에 눈물이 차오르는 것을 보면서, 사랑 없는 거대한 애정의 물결이 마음속에 북받쳐오름을 느꼈다. 그는 그녀의 손을 잡고⋯

6 Ms. (2): 그게 아니라 **삶에서** 그걸 기대해야 해.

7 Ms. (2): 어깨를 잡으면서 부드럽게 말했다. **난 사랑하는 사람이 있어요.**

8 Ms. (2): 이상하게도 메말라 있었다. **사랑할 수도 없고, 울 수**

주석 및 이문

도 없는 그가 무슨 권리로 인생의 유일한 사랑이라는 이름으로 사랑에 대해서 말하겠는가. "지금 그런 말을 해서는… "

9 Ms. ⑵: **사랑에 대한 희망이나 절망이 아니라, 식초 맛과 꽃으**로 이루어진 삶의 추억과 더불어, 희망도 절망도 없는 **해골의 숲인 제밀라뿐이었다. 하지만 이제부터 그가 받드는 것은 그의 마음속에서 어둡고 맹목적인 신이 받아 적게 하는 바로 그 것이었다.**

10 Ms. : "**… 아무것도 요구하지 않아. 그 나머지는, 우리를 맺어 주었던 바로 그 청춘이 언젠가는 우리를 갈라놓으리라는 거지. 그래서 난 따로 할 일이 있어.**" 그녀는 파트리스에게 등을 돌린 채…

11 Ms. : **아무리 비상식적인 고통이라도, 아무리 완고한 범죄라 하더라도 결국은 잊히는 거야.** 그게 바로 삶에 있어서…

12 "'어, 메르소, 하나도 변하지 않았구먼….' 사람이 살지 않는 별처럼 낯설고 닫혀진 존재가 되어버린 것이다."의 문장은 손으로 쓴 원고에는 나타나지 않는다. 타자본에서 추가된 것이다.

13 Ms. : 그녀에게 손을 내밀었다. "안녕, 겉모습 아가씨."

14 D. : 무슨 상황에든 적응을 할 필요가 있었다. [삶을 받아들이고, 현세와 그 밤 속에서 계속되고 있는 그걸 입증하는 것. 아마도. 그러나 삶을 받아들이고 싶어해야 하고 또 그 어떤 삶도 소유하지 않으려는 그의 의지를 실천해야 한다.

모든 것이 거기에 달려 있었다.]

**15** 첫 번째 D.: 구부리고

**16** Ms.: **조용한**

**17** Ms.: **모두 안면이 있었고**

**18** 모랄레스와 뱅게스의 이 경쟁은, 카뮈가 두 명의 오랑의 식민에 대한 일화에서 그 영감을 얻었다. 루이 15세식 살롱에 대한 상세한 묘사는 정확한 것 같다. 비행기에 대해서는, 카뮈는 자기 아버지가 준 비행기를 몰다가 사고로 죽은 알제리 친구들 중 한 명을 생각했을 것이다. 비극적인 현실이 소설 속에서는 하나의 우스꽝스러운 이야기가 되어버렸다.

**19** Ms.: [클레르와 로즈, 카트린]

**20** 이 대화에 대해서, 손으로 쓴 원고에는 별도의 종이 위에 단 한 부분, 즉 "내게 중요한 것은 … 인간적 의미에서 행복해"만 적혀 있다. 타자본에는, "자기 팔을 쓰다듬었다." 다음에 연필로 "당신은 아내를 사랑하지 않아요"라고 쓴 것을 읽을 수 있고, 이어서 이 대화의 첫 부분("그래요, 하지만 당신에게…" 이하)이 추가되어 있다.

**21** 이런 식의 대화는 카뮈와 그의 친구들 사이에서 자주 있었다.

**22** Ms.: 나아졌지만. **행복한 방식으로 행동한다? 만일 내 마음에 드는 그 고장에 정착해서 그런 것을 해야 한다면야.** 그런데 감정적으로 앞질러 생각한다는 것은…

**23** Ms.: 다른 사람들 때문에 무리하지 말고

**24** Ms.: … 경험들이거든요.”

"오, **그건 그래**. 한 인간의 운명이란 **결국 비밀스런 고통** (D.: 두려움, 고통이라는 말 대신 쓰임)일 뿐이지."

**25** Ms.: … 너무 사랑하네."

그는 메르소를 쳐다보며 다시 말을 이었다. "적어도, 사람들이 위대한 계획을 충실히 따라서 자신의 삶을 완성하기도 전에 물러나듯이 자네가 거기에 있는 한에는 말일세." "저에게는 위대해 보이는 것이 바로 물러나는 것입니다. 그 나머지는 정치적인 것이지요" 라고 메르소가 말했다.

**26** Ms.: … 사람이기 때문이에요." 베르나르가 **말을 이었다**.

**27** Ms.: 위대한 **비밀에**

**28** 이 소설의 첫 번째 초안에서, 카뮈는 주인공으로 하여금 소설가로서의 자기 직업에 대한 고백을 하도록 계획했었다. 참고로 3부를 위한 계획안에서는 그가 카트린에게 다음과 같이 속마음을 털어놓고 있다.

   1장: '카트린, 나는 지금, 내가 곧 글을 쓰게 되리라는 것을 알겠어. 사형수에 관한 이야기지. 나는 글을 쓰는 내 진정한 본분으로 돌아가는 거야.'

우리는 이 부분에서, 글쓰기 경험과 죽음에의 경험 사이의

실제로 체험된 관계를 추측하게 된다.

**29** Ms.: 그녀가 말했다.

 **"잘 있어요, 여보", 하고 뤼시엔이 말했다.**

**30** Ms.: 4


## 5장

이 장에 해당되는 손으로 쓴 원고는, 필체도 틀리고 크기도 다른 낱장 원고들로 구성되어 있다. 그것이 몇 개의 단계를 거쳐서, 여기저기 꿰어맞춘 조각들로 이루어진 것임은 충분히 생각할 수 있다. 예를 들자면, 《여름》의 〈아몬드나무들〉에서 보이는 텍스트를 알려주는 첫 문단 등이 그렇다.

**1** Ms.: 싸늘해졌다.

 그 무렵에 메르소는…

**2** "여태까지 그가 봄에….”의 문장과 그다음에 이어지는 글은 타자본에서 추가되었다.

**3** Ms.: 육체를 느끼고 있었고, **또 속으로는 거기에 따르고 있었지만**, 그 역시 이 **여름날** 밤의 따뜻한 숨결과 […] 마찬가지로 **진실을** 가지고 느끼는 것이었다.

**4** Ms.: 육체적인 영원을

**5** Ms.: 아픔도 잘 참고 과민하지도 않은 편인데도

**6** Ms.: 여기 있어도 괜찮아. **말하지 말까?"** "그래요, 하지 마세

요. 피로해져요." 뤼시엔이 말했다.

7 Ms.: **놓고 갔다. 밤이 시작되었다.** […]


붉은 구름들에 대한 상기(어린 시절의 추억)는 자그뢰스에 관한 글 다음에 나타난다. 그러고서 그것은 다음과 같이 끝맺는다. "하지만 이건 어디서나 똑같은 아름다움이지." 그러고는 곧 이어서, 뤼시엔이 "나는 뭐가 될까요?" 하고 말했다. "아무것도." 메르소가 말했다.


어느 남자가 나타나 그녀를 안아준다면 저 허리는 금방 맥없이 흐늘거릴 것이고, 그녀는 그에게 몸을 주었던 것처럼 그 남자의 품에 안겨 모든 것을 바칠 것이며, 그녀의 반쯤 열린 입술의 따뜻한 열기 속에서 세계는 여전히 계속되리라.


이 문장은 최종 텍스트에서는 좀 더 뒤에 나타난다.

8 이 구절("여러 가지 형상들이 찾아왔다 […] 소멸시키고 부정하는 숙명적이고도 부드러운 손길이었다.") 전부 손으로 쓴 원고에는 나타나지 않는다.

9 D.: **모든 사람들, 그들은 모두 육체에서는 영원을 찾을 수 없었다.**

10 "메르소는 가끔 그녀를 바라보았다. […] 여전히 계속되리

라"의 세 문장은 손으로 쓴 원고에는 나타나지 않는다.

**11** Ms.: **그가 자기 몸을 이토록 부자유스럽게 느끼고 있는 이 시**
**간까지, 그의 몸은**

D.: **그가 자기 자신을 이토록 가깝게 느끼고 있는 이 시간까**
**지, …**

**12** Ms.: 비겁해지지 않은 채, **십자가들로 인해 유럽에 충만해 있**
**는 감동적이고도 비극적인 위안으로부터 멀리 있는 것이다.**

말로의 첫 소설에서 카뮈는 다음 구절을 읽었었다.

"분명히, 보다 높은 신념이 있다. 모든 마을의 십자가들이,
우리의 죽은 자들을 굽어보고 바로 그 십자가들이 제시하고
있는 신념이 있다. 그것은 사랑이며, 마음의 평화는 그 안에 있
다. 나는 그것을 결코 받아들이지 않으련다."

**13** "동이 트고 있었다."는 손으로 쓴 원고에는 나타나지 않는
다.

**14** 소설의 마지막 문장은 고심해서 초점을 맞춘 부분이었다.
손으로 쓴 원고에는, "그의 속에서 천천히 올라오는 것을
느끼고 있었다." 다음에, 잉크로 [뤼시엔의 두 눈에 시선을
고정시킨 채] 라고 씌어 있고, 그다음에 "1분 후에, 1초 후
에."라는 문장이 나온다. 그리고 이 두 문장 사이에, 연필로
"그는 뤼시엔의 탄력 있게 부푼… 한결같은 욕망을 가지고
그것들을 바라보았다."라는 문장이 삽입되어 있다. 그러고
나서 다음의 문장이 적혀 있다. "그 조약돌이 멈췄다. 그리

고 가슴 가득한 희열 속에서, 그는 수많은 돌들 가운데 섞여 있는 돌이 되어, [진실된 사물의 부동성으로] 움직이지 않는 세계의 진실로 돌아갔다."

# 《행복한 죽음》의 창작 경위

여기에서는 작가의 전기적 사항들에 대해서는 구태여 강조하지 않겠다. 우리가 알아두어야 할 기본적인 내용은 두 권으로 된 플레야드판 전집에서 이미 로제 키요가 밝혀놓은 바 있기 때문이다. 《행복한 죽음》에서 작가는 자신이 어린 시절을 보낸 벨쿠르 지역의 가난한 동네, 선박 중개소에서 일하던 시절, 1936년 여름 중부 유럽 여행, 1936년과 1937년에 지나가면서 들렀던 이탈리아, 결핵 요양원에서 보낸 시절, 1936년에 거처를 정하고 살았던 피쉬의 집이나 '세계 앞의 집'에서의 생활 등 여러 가지 추억들을 폭넓게 활용하고 있다. 이 책에서 우리는 또한 그가 겪은 사랑의 경험의 몇 가지 에피소드들도 읽게 된다. 시몬 이에Simone Hié와 결혼하여 지낸 2년 동안의 부부생활과 잘츠부르크에서 격렬한 말다툼 끝에 맞게 된 파경이 그것이다. 또 다른 여성 인물은 딱히 누구라고 확인하기가 쉽지 않지만 그 역시 중요한 역할을 맡고 있다. 앞의 '주석 및 이문'에서 찾아보면 보다 자세한 설명을 얻을 수 있을 것이다. 그리고 끝으로 뤼시엔은 누구인가? 롤랑 자그뢰스는 누구인가? 베르나르 박사는? 등의 의문이 남지만 이는 더 깊은 연구를 통해서 언젠가 해소될 수 있으리라고 믿는다. 지금 여기서 소설과 작가의 실제 삶 사이의 면밀한 관계를 밝혀내고 문학적 발생의 과정을 그려 보인다는 것은 그다지 유익한 일로 보이지 않는다.

장차 《행복한 죽음》이라는 작품으로 변모될 내용이 《작가수첩Carnets》에 처음으로 나타난 것은 소설 2부의 구상을 위한 것으로, 중부 유럽 여행 이후의 기록임이 분명하다. 《행복한 죽음》을 위한 최종 원고들은 1938년에 작성된 것이다. 1939년 1월까지도 여전히 메르소Mersault라는 이름이 나타나고 있는 것을 볼 수 있지만 이때부터 카뮈의 관심은 전적으로 《이방인》에만 쏠리게 된다. 그러므로 《행복한 죽음》은 1936년과 1938년 사이에 구상, 집필된 것으로 판단된다. 그러니까 이 작품은 《안과 겉L'Envers et l'endroit》의 최종 원고, 《결혼Noces》에 포함된 에세이들의 초벌 원고들과 시기적으로 일치한다. 그다음에 이어 집필된 것이 〈칼리굴라Caligula〉의 첫 원고이다.

이 소설의 구상 및 집필 과정을 가능한 한 제대로 짐작해보자면 우선 최종적인 원고를 살펴보는 것이 좋을 것이다. 《행복한 죽음》은 〈자연적인 죽음〉과 〈의식적인 죽음〉 2부로 나누어져 있고 각 부는 다시 5개의 장으로 나누어져 있다. 그러나 타자본 전체 140페이지 중 1부는 49페이지, 즉 전체의 3분의 1에 불과하다.

〈자연적인 죽음〉에서는 롤랑 자그뢰스의 살해가 핵심을 이룬다. 주인공 메르소는 1장에서 그를 죽인 다음, 그가 가진 돈을 훔쳐가지고 집으로 돌아오다가 감기에 걸린다. 그뒤에 이어지는 장에서는 그 이전의 과거로 거슬러 올라간다. 즉 메르소의 평범한 생활(2장), 그와 마르트와의 관계 및 성적 질투(3장), 그와 자그뢰스의 긴 대화(4장), 그리고 끝으로 그와 통장이(술통을 만드는 기능공) 카르도나의 대화 및 그 인물의 한심한 이야기(5장)가 그것이다. 짧게 압축하여 줄거리만 말해본다면 이렇다. 보잘것없는 월급쟁이인 파트리스 메르소는 그보다 더 한심한 삶을 영위하고 있는 어떤 통장이와 이웃하여 살고, 또 메르소의 애인인 여자는 전에 불구자인 롤랑 자그뢰스와 애인 사이였다. 메르소는 그녀를 통하여 자그뢰스를 알게 되고 그 불구자와 이야기를 주고받는 과정에서 그가 어떻게 하여 거금을 모으게 되었는지를 알게 된다. 그가 털어놓는 마음속 이야기로 사정을 알아차리게 된 메르소는 그를 살해한다. 그러고 나서 그는 여행을 떠나는데 수중에 돈은 많지만 건강이 악화되는 중이다.

〈의식적인 죽음〉의 5개 장은 메르소의 프라하 체류(1장), 그 후에 계속된 여행과 제노바를 거쳐 알제로 돌아오는 귀로(2장), '세계 앞의 집'에서의 생활(3장), 슈누아로 떠나 그곳의 바다가 내다보이는 집에 정착(4장), 그리고 끝으로 늑막염의 발병과 죽음(5장)을 그려 보인다. 그 줄거리를 간단히 요약하면 이렇다. 메르소는 프라하에서 행복이 사라져가는 것을 느낀다. 그러나 해가 잘 비치는 고장으로 돌아오면서 행복감을 다시 맛본다. 알제로 돌아오자 그는 행복한 삶의 두 가지 경험을 차례로 시도해본다. 우선 세계 앞의 집에서 세 여자 친구와 이루는 공동생활을 통해서, 다음으로는 그의 아내 뤼시엔 혹은 세 여자 친구가 찾아옴으로써 다소 완화되는 느낌이 없지 않지만 슈누아에서의 금욕적이고 고독한 생활을 통해서 그 경험을 시도해보는 것이다. 그는 행복을 쟁취했고 자그뢰스를 상기하면서 죽는 순간까지 그 행복을 간직한다.

이렇게 간단하게나마 소설의 줄거리를 살펴보면 그 주된 테마가 분명히 드러난다. 어떻게 하면 행복하게 죽을 수 있는가? 다시 말해서 어떻게 하면 죽음 그 자체마저 행복한 것이 될 만큼 행복하게 살 수 있는가? 소설의 1부는 바로 그 잘 사는 것과 잘 죽는 것의 그늘진 이면이다. 돈과 시간과 감정적 통제가 결여되어 있기 때문에 그늘진 세계인 것이다. 2부는 그것의 빛나는 표면이다. 재정적 독립과 시간의 조직적인 사용과 마음의 평화 덕분에 행복이 가능해진 것이다. 간단히 요약하자면 이러한 것이 최종적으로 완성된 《행복한 죽음》의 내용과 의미이다.

소설을 2부로 나누는 구성 방식은 매우 뒤늦게야 결정된 것이다. 1938년까지는 작품 구상의 어느 초안을 보아도 예외 없이 3부 구성으로 되어 있었다. 오직 장의 배분 문제에 있어서만 주저한 흔적이 보인다. 그러므로 최종적인 구도에서 명백하게 드러나는 대칭상의 불균형(49페이지: 91페이지)은 이상할 것이 없다. '재배치'라는 제목을 붙인 계획에서 볼 수 있듯이 3부 구성이 더 안정된 균형을 갖는다. 그렇게 했더라면 각 부는 대체로 비슷한 수의 페이지들로 구성되었을 것이다.

최종 구도는 강한 대조를 드러낸다. 처음의 몇 가지 시안의 경우는 그렇지 않았었다. 그렇지만 대조, 교차는 이 작품의 미적 원동력인 동시에 카뮈 철학의 원동력인 것 같다. 그는 어떤 노트에서 '여섯 가지 이야기'를 들려주고자 하는 의도 아래 이런 계획을 세우고 있다.

재치 있는 유희의 이야기. 호사

가난한 동네의 이야기. 어머니의 죽음

세계 앞의 집의 이야기

성적 질투의 이야기

사형수의 이야기

해 나는 곳으로 내려가는 이야기

여기서 그는 열거하고 있는 순서 자체를 통해서 교차 구조를 염두에 두고 있음을 알 수 있다. 여섯 개의 이야기를 둘씩 묶어서 쌍을 만들 수 있다. 그는 1937년 8월까지는 양극의 대조를 시간상의 대조와 겹쳐서 활용하려고 노력한다. 그래서 어떤 장들은 현재시제로 쓰고 또 다른 장들은 과거시제로 쓸 생각을 한다. 심지어 2부의 매우 자세하게 짠 어떤 구도에서는 엄밀한 얽힘 구조에 의하여 서로 다른 시제가 앞뒤로 이어지도록 시도하기도 한다. 그 후 그는 내적 필연성이 떠받쳐주지 못하는 이러한 리얼리즘을 포기하게 된다. 그러나 그 흔적은 결정고에도 여전히 남아 있다. 가령 순수하고 지속적인 행복을 환기시켜주는 대목인, 세계 앞의 집에 바쳐진 장은 최초의 계획처럼 현재시제로 남아 있는 것이다.

앞에서 인용한 여섯 가지 이야기는 최초의 재료를 이루는 것인데 이것이 차츰차츰 변하여 소설의 모습을 갖추게 된다. 우리는 이 이야기들과 그 변모 과정 및 분배를 바탕으로 소설의 발생 과정을 추적해볼 수 있다.

최초의 구도들은 2부의 성적 질투와 더불어 세계 앞의 집의 이야기를 특히 중요시하고 있다. 《작가수첩》에서 읽을 수 있는 최초의 구도는 다음과 같다.


2부:

A. 현재시제

B. 과거시제

A1장. 세계 앞의 집. 소개

B1장. 그는 과거를 추억한다. 뤼시엔과의 관계

A2장. 세계 앞의 집. 그의 젊은 시절

B2장. 뤼시엔이 자신의 외도를 털어놓는다

A3장. 세계 앞의 집. 초대

B4장. 성적 질투. 잘츠부르크. 프라하

A4장. 세계 앞의 집. 태양

B5장. 도망(편지). 알제. 찬 기운을 쏘여 병에 걸린다

A5장. 별이 총총한 밤. 카트린


이때 1부는 1937년 8월 이전의 구도에서 보듯이 '재치 있는 유희: 가난한 동네'라는 쌍에 할애되어 있다. 재치 있는 유희가 무엇인가는 훗날 《시지프 신화Le Mythe de Sisyphe》에서 돈 후안, 코미디언, 정복자라는 삼위일체 속에 잘 나타난다. 이 유희는 '가난한 동네'의 생활이 보여주는 고난과 대립되는 것이다. 그리하여 어떤 이중의 대립관계가 그 윤곽을 드러낸다. 같은 1937년 8월의 어떤 계획은 다음과 같이 그 대립관계를 뚜렷하게 보여준다.


1부. 그의 그때까지의 삶

2부. 유희


《행복한 죽음》의 창작 경위

3부. 타협의 포기와 자연 속에서의 진실

'그때까지의 삶'이란 가난, 매일매일의 8시간 노동, 여러 사
회적 관계들의 범속함, 다시 말해서 진정성이 결여된 존재 양
식을 암시한다. 《작가수첩》에 매우 짤막하게만 언급되어 있는
'유희'는 일종의 댄디즘dandyism, 가난한 삶 속에서의 진보, 자
기를 즐기는 열의, 그러면서도 여전히 결여된 진정성 등을 가
리키는 것이 분명하다. 《행복한 죽음》의 최종 원고에서 이러한
대립성은 여러 대화들 속에 녹아들고 메르소의 지위 향상 속에
요약되는 과정을 통해서 그 중요성을 잃게 된다. 반면에 고독
과 자연 속으로의 도피를 통하여 진정성을 찾으려는 움직임은
애초의 초고들에서부터 그 모습을 나타낸 이래 마지막 탈고하
는 순간까지 일관되게 소설의 끝이요 목적이 되고 있다.

그러나 처음 몇 가지 초고들에서는 《행복한 죽음》이 주인공
의 죽음으로 마감되고 있는 것 같지 않다. 어떤 계획의 초안에
서는 "죽음과 태양의 맛"이라는 표현을 읽을 수 있다. 그것은
한낱 '맛'에 불과하다. 또 다른 계획 초안 속에서는 죽음과 대
결하는 모습(?)이 나타나지만 그 죽음은 1부의 끝에 위치한다.
즉 "마지막 장: 태양과 죽음을 향한 하강(자살-자연적인 죽음)"이
라고 적혀 있는 것이다. 여기서 주목할 만한 특징은 죽음과 태
양이 서로 관련되어 있다는 점이다. 지각 가능한 이미지인 태
양에 정신적 신화인 행복을 대입시켜보면 결정적인 개념 쪽으

로 중요한 한 걸음을 내딛을 수 있을 것이다. 이 결정적인 한 걸음을 내딛게 된 시점이 바로 1937년 8월인데 그는 이렇게 적고 있다. "소설: 제대로 살기 위해서는 부자일 필요가 있다는 것을 깨달은, 그리하여 그 돈을 손에 넣기 위하여 전력투구하고 끝내 성공하여 행복하게 살다가 죽는 사람." 이리하여 우리는 처음으로 《작가수첩》 속에서 《행복한 죽음》의 참다운 요약을 발견하게 된다. 우리가 처음으로 '소설'이라는 단어를 마주치게 되는 것도 바로 이때이다.

이제부터 소설의 줄거리는 분명해진다. 즉 그것은 '행복은 돈으로 얻어지는 것이 아니다'라는 속담의 뒤집힌 풀이가 될 것이다. 돈으로 얻은 행복이 바로 작품의 주제가 된 것이다. 이것은 1937년 11월 17일의 기록 시작 부분에 분명하게 나타난다.

> 11월 17일
> 행복의 의지
> 3부. 행복의 실현

이때, 아직은 '불구자'로만 지칭될 뿐이긴 하나, 자그뢰스라는 인물이 등장한다. 그는 메르소에게 돈과 시간 사이의 관계의 문제를 깨우쳐주고 시간이 곧 돈이라는 또 하나의 속담이 진실임을 발견하도록 해준다. 이 속담의 역인 '돈이 곧 시간이다'라는

《행복한 죽음》의 창작 경위

말 또한 진리로서 삶의 비법의 한 기본이 될 것이다. 11월 17일의 기록 중 마지막 문단은 바로 이 점을 말하고 있다.

'제대로' 태어난 한 인간에게 있어서 행복해진다는 것은 곧 포기의 의지를 가지고서가 아니라 행복의 의지를 가지고서 만인의 운명을 거머쥐는 것을 의미한다. 행복해지기 위해서는 시간이, 많은 시간이 필요하다. 그에게 있어서도 행복은 오랜 인내이다. 그런데 우리는 돈의 필요 때문에 시간을 빼앗긴다. 시간은 돈으로 살 수 있다. 무엇이건 돈으로 살 수 있다. 부자가 된다는 것은 행복해질 시간을 가지는 것을 의미한다. 행복해질 자격이 있을 때는 말이다.

이때 소설의 다양한 재료들이 '허비한 시간'과 '벌어들인 시간'이라는 쌍을 따라 재편된다. 허비한 시간이란 가난, 노동, 범속한 생활의 시간일 터이다. 메르소의 삶에 할애된 장의 제목은 이리하여 '시간을 죽이다(시간을 허송하다)'이다. 이 제목은 마르트와의 관계나 중부 유럽으로의 여행에도 적용될 수 있을 것이다. 자그뢰스의 살해는 허비한 시간이라는 한심한 오디세이에 종지부를 찍게 될 것이다. 벌어들인 시간은 세계 앞의 집과 자연 속으로의 도피의 시간이다. 그런 연유로 해서 어떤 종이에 육필로 적은 3부 구성의 계획 중 각 부의 첫 번째 장은 매번 시간의 주제에 바쳐지고 있는 것이다. 1부는 모두

7개의 장으로 이루어지는데 그것을 개시하는 장이 '시간을 죽이다'로 프라하에서 돌아온 후 알제에서의 우여곡절을 통해서 본 메르소의 삶을 그린다(즉 최종 원고의 175쪽). "이 장은 '시간을 죽이다'로부터 '그는 자신이 행복을 위하여 태어났음을 느낀다'까지"라고 카뮈는 쓰고 있다. 이 마지막 문장은 최종 원고의 75쪽에 다음과 같이 거의 그대로 옮겨져 있다. "그는 마침내 자신이 행복을 위하여 태어났음을 깨달았다."

여기서 2부를 개시하는 장의 제목은 '시간을 벌기'(세계 앞의 집에 대한 이야기다)이고 3부를 개시하는 장의 제목은 '시간'이다. 우리는 프루스트를 연상하면서, 이 소설이 잃어버린 시간, 즉 노동의 시간에서 출발하여 획득한 시간, 즉 세계 앞의 집, 꽃핀 처녀들의 그늘에서 보내는 한가한 시간을 향해, 고독과 죽음 속에서 자연과 일체가 되는 되찾은 시간을 향해 나아가고 있음을 알 수 있다. 마지막 페이지의 원고에 적힌 기록이 간결하게 요약하는 것도 바로 그것이다. "시간." "우선 많은 것을 하라, 그다음에는 모든 것을 버려라. 철저하게 아무것도 하지 말라. 그러면 그 뒤에 시간이 따라온다. 특히 여러 계절들이(일기)!" 행복의 기치 아래 주된 테마로 변한 시간은 소설에 뼈대와 리듬을 부여한다. 처음의 초안들에서 현재-과거의 교차는 귀납적인 것이 아니었다. 이제는 흐름이 1부의 가루처럼 잘게 쪼개진 시간에서 3부의 시간 초월적인 생성으로 옮겨가면서

서정적 악센트의 이완된 묘사들과 합쳐져야 할 것이다.

이렇게 하여 자연스럽게 소설의 최종적인 변신, 즉 2부 구성으로 압축된 형태에 이르게 된다. 이것은 두 가지로 설명될 수 있다. 첫째는 에로틱하달까 혹은 연애 감정이 표현된 에피소드의 처리에 있어서 카뮈가 당혹함을 느꼈다는 점이다. 그는 이 대목들을 제한된 양으로 축소하지 않으면 안 되었다. 앞에서 인용한 바 있는 계획 안에서 그는 2부에서 '시간 벌기' 다음에 '뤼시엔과의 만남', 그리고 '카트린의 떠남'을 예고하고 있었다. 그는 이 제목 밑에 충분할 만큼의 재료들을 묶어 넣을 수 없었거나 넣고 싶지 않았다. 다음으로 자그뢰스의 에피소드는 어떤 구조의 핵심을 이룰 만큼 충분히 실질적인 것이 되었다. 중부 유럽으로의 도피는 원래 성적 질투와 연결된 것이었지만 나중에는 자그뢰스와 관련시켰다.

그러나 카뮈는 3부 구성에 강한 집착을 갖고 있다. 그래서 최종으로 압축된 구조가 나타나기 전까지는 여전히 다음과 같은 구조를 고집하는 것이다.

1부 ① 가난한 동네, ② 파트리스 메르소, ③ 파트리스와 마르트, ④ (지워져 있음, 판독 곤란) P. 와 그의 친구들(?), ⑤ 파트리스와 자그뢰스

2부 ① 자그뢰스의 살해, ② 고통 속으로의 도피, ③ 행복으로 돌아오다

행복한 죽음

3부 ① 여자들과 자그뢰스, ② 티파사에서의 은밀하고 열광적인 행복, ③ 행복한 죽음

마침내 최종 제목이 발견된다. 그러나 이것은 마지막 장의 제목일 뿐이다. 자그뢰스의 에피소드는 아직 제자리를 찾지 못하고 있다. 살인을 다른 자리로 옮기는 문제가 남아 있다. 우선은 1부의 끝으로, 나중에는 처음으로 이동하게 될 것이다. 이렇게 되면 2부는 여행과 여행에서 돌아오는 내용뿐이어서 너무 빈약하게 된다. 그래서 2부를 마지막 부와 통합하고 '의식적인 죽음'이라는 공통의 제목이 통합을 뒷받침해주는 한편 그와 평행을 이루는 또 하나의 제목을 이끌어내게 되니, 그것이 바로 '자연적인 죽음'이다. 반면에 제목이 붙여져 있던 여러 장들은 제목을 잃어버리게 된다. 처음에 '세계 앞의 집', 다음에 '여자들과 태양', 그 뒤에 '여자들과 세계'라는 제목이 붙어 있었던 장은 이제부터 아무 예고 없이 직설법 현재의 대담한 빛을 받으면서 프라하 여행에서 돌아오는 이야기의 뒤에 이어지게 된다. 이런 방식으로 《행복한 죽음》은 다시 씌어지고(1938년 6월 카뮈는 '소설을 다시 쓸 것'을 결심한다) 완성된다. 아니 적어도 수정된다.

그런데 왜 작품은 발표되지 않았는가? 우리는 여기서 순전히 문학적인 동기들만 이야기하기로 한다. 카스텍스는 《이방

인》에 대한 그의 연구에서 카뮈가 상상한 계획상 《이방인》이 《행복한 죽음》을 대신하게 된 것이라고 추정한다. 그리하여 1937년 8월은 바로 이 작품이 성숙되어가는 가운데 은밀하게 《이방인》의 테마가 슬그머니 끼여드는 시점이라고 본다. 그는 다음과 같은 텍스트를 인용한다.

> 사람들이 흔히 이런 것이 삶이라고 생각하는 세계(결혼, 출세 등) 속에서 삶을 모색했던 사람, 그러다가 돌연 어떤 패션 카탈로그를 뒤적이던 중 자신이 얼마나 자신의 삶(패션 카탈로그에서 이것이 삶이라고 간주되는 바의)에 대하여 이방인이었는가를 깨달은 사람.[*]

이 텍스트는 비록 《행복한 죽음》과 관련된 것이긴 하지만 주제를 처음으로 구체화하고 있다. 이 가정은 옳다. 우리는 《행복한 죽음》의 소설적 가치에 대하여 생각해봄으로써 이러한 가정을 더욱 강화할 수 있다. 카뮈는 이 작품을 형상화해가면서 점차로 그의 첫 소설의 결정적인 취약점과 다른 소설적 가능성을 감지한 것 같다.

로제 키요는 "글솜씨는 탁월하지만 잘못 꿰어맞춘" 작품이

---

[*] 로제 키요, 《바다와 감옥La Mer et les prisons》, 87쪽.

라고 지적했다. 좀 더 잘 표현해보자면 스타일리스트로서의 자질은 뚜렷하게 드러나지만 소설가로서의 자질은 그렇지 못하다고 할 수 있다. 카뮈는 이 작품에 어떤 질서를 부여하거나 산만한 재료들을 한데 통합해보려고 애를 썼지만 헛일이었다. 자그뢰스를 살해하는 상상과 프라하로의 실제 여행 기록 사이에 무슨 관계가 있는가? 카르도나의 가난을 묘사하는 것과 세계 앞의 집을 그리는 것 사이에는 무슨 관계가 있는가? 톤의 부조화는 에피소드들의 부조화를 더욱 심화시킨다. 공들여 대조의 효과를 찾으려 노력하는 것으로 그 부조화가 상쇄되지는 않는다. 비장함, 경쾌함, 천박함, 건조한 묘사, 뜨거운 관능, 태양적인 서정이 교차하지만 서로 알맞게 조정되어 있지 못하다. 등장하는 에피소드들이 너무 많고 때로는 중복 사용되고 있다. 가령 독자는 메르소의 어머니가 죽고 난 뒤에 또 카르도나의 어머니가 죽는 것을 보게 된다. 특히 여성 인물들의 역할이 잘못 배치되어 있다. '암당나귀들' 3인조 가운데서 두드러져 보이는 카트린은 원래 (최초의 구상에서 보이듯이) 메르소와 애정관계를 맺고 있었다. 그러나 뤼시엔은 같은 이점으로 해서 특별한 위치를 점할 수 있었다. 창작 계획 속에서 보면 때로는 이쪽 여자와의 애정관계를, 또 때로는 저쪽 여자와의 애정관계를 고려했다. 그리고 또 뤼실이라는 여자도 등장한다. 교정본에서 보다시피 나중에는 마르트가 그녀를 대신하게 되고 또 뤼시엔과 카트린의 일부 역할도 맡게 된다. 그녀는 잃어버

《행복한 죽음》의 창작 경위

린 시간에 맺은 관계의 여자일 것이며 카트린은 다시 찾은 시간에 관계를 맺은 여자일 것이다. 물론 카뮈는 여자들을 다루어야 할 때면 어딘가 불안해하는 것이 사실이다! 여자들 때문에 소설이 번데기 상태에서 헤어나질 못한다. 여자들은 '두 마리 토끼를 쫓는 자는 한 마리 토끼도 못 잡는다'는 속담의 문학적 본보기를 여실히 보여준다. 최종적으로 마무리된 원고에서 보면 여자들 각각의 역할을 배정하고 그들의 흔적을 남기며 등장 시점을 조정하려고 애쓴 그의 노력을 엿볼 수 있다. 그러나 결과는 신통치 못하다.

좀 더 열심히 작업을 했더라면 더 나은 결과를 얻었을까? 소설로서의 《행복한 죽음》은 그 원칙에서부터 실패가 될 수밖에 없었다. 근래에 나온 어떤 소설론에 이런 지적이 있다. "소설의 질은 정확한 관찰과 상상에 의한 그 현실의 교정 혹은 심화가 서로 결합하는 긴장관계에 달려 있다."* 그 어떤 소설도 이 법칙에서 벗어날 수는 없다. 그런데 《행복한 죽음》에서는 관찰의 요소, 즉 자전적인 대목들이 하나의 전체 속에 통합되지 못한 채 뿔뿔이 흩어져 있다. 가난한 동네, 요양원, 세계 앞의 집, 중부 유럽으로의 여행, 여성 인물 등의 추억들이 《반항

* 앙리 쿨레, 《대혁명까지의 소설Le Roman jusqu' la Rvolution》, Armand Colin.

하는 인간L'Homme révolté》에서 모델로 제시되고 있는 프루스트의 세계에서처럼 화학적인 의미에서 처리되어 '닫혀지고 통일된 하나의 전체, 혹은 하나의 세계'로 통합되지 못한 것이다. 그 추억들은 오직 창조적 상상력이 개입하여 재처리함으로써만 비로소 하나의 전체가 될 수 있다. 그런데《행복한 죽음》에서 창조적 상상력은 단지 스타일 면에서만 그 힘을 발휘하고 있을 뿐이다. 에피소드나 인물의 창조는 빈약한 편이다.《인간 조건La Condition humaine》이나《죄와 벌》에서 힌트를 얻은 자그뢰스의 살해나 그 인물 자체는 소설적 진실에 이르지 못하고 있다. 이 가당찮은 소설에서 가치 있는 장면들은 오직《안과 겉》과 결을 같이하는 것들, 즉 그 형식에 있어서 〈아이러니〉나 〈영혼 속의 죽음〉 같은 산문과 별로 잘 구별되지 않는 실제 경험들, 아니면《결혼》과 맥을 같이하는 서정적인 대목들이다. 결국 이 소설에서 가장 탁월한 부분은 비소설적인 것이다.

카뮈 자신은 이 점을 분명하게 느꼈을까? 그 어느 곳에서도 그가 이 사실을 인정한 흔적은 없다. 그러나 적어도 그가 예술가 특유의 무의식 속에서 자신의 오류를 감지한 나머지 자신도 모르는 사이에 보다 나은 길을 모색하게 된 것은 의심할 여지가 없을 듯하다. 지드에게서 암시적인 자연의 비유를 얻어와 표현해보자면,《행복한 죽음》이라는 누에고치 속에서《이방인》이라는 애벌레가 형성되고 있었던 것이다.《행복한 죽음》은 속임수의 번데기 상태를 지속했고 그 창조자는 그것을 다시 써서 모든 부분에서 생명이 살아 나오도록 하려고 고심했다. 영감을 받은 기생체인《이방인》은 이 작업으로부터 최고의 이득을 얻게 되어 마침내 사이비 소설 대신 진정한 이야기récit로 태어난 것이다.

　그러므로 이 글은《행복한 죽음》과《이방인》의 짤막한 비교로 마무리하고자 한다.* 로제 키요는 이미 '뫼르소가 … 메르소의 동생이다'라는 사실을 증명했다. 그는 몇몇 에피소드들이나 부차적인 인물들이 두 작품에 공통되고 있음을 지적했다. 그러나 그는 특히 차이점들을 더 많이 느낀 나머지 "두 가지 스토리는 서로 아무런 관계가 없다"라든가 "《행복한 죽음》은 결코《이방인》의 모체가 아니다. 그것은 전혀 다른 책이다"라고 썼다.

　그러나 스토리, 표현양식, 의도상의 분명한 차이에도 불구하고 우리는《행복한 죽음》에서《이방인》의 어떤 예고를, 심지어 생물학적 의미를 제거할 수만 있다면, 그 모태를 발견할 수 있다. 두 작품의 구조만 비교해보아도 그 점은 충분히 수긍할 수 있다. 즉《행복한 죽음》의 최종 형식은 2부 구성인 것이다. 3부 구성에서 2부 구성으로 옮겨갔다는 것은 카뮈의 경우 두 대립항의 종합을 얻어내는 고전적 분할을 포기하고 두 대

---

* 완전한 연구가 되려면《칼리굴라》와의 비교 또한 필수적일 것이다.

립항이 직접 맞부딪치는 보다 개성적인 변증법을 선호했음을 의미한다. 이런 관점에서 본다면《이방인》은《행복한 죽음》의 전사轉寫에 불과하다. 두 작품 다 2부 구성인 데다가 장章의 수도 거의 동일하다(각각 6장과 5장, 5장과 5장). 1부의 구성 도식에서도 두 작품이 상당히 유사하다. 즉 따분한 생활의 장면들, 개를 데리고 다니는 사내와의 대화(살라마노 대 카르도나), 그리고 살인, 즉 자그뢰스의 살해(마지막 순간에 기술적인 이유로 맨 앞장에 위치시킨)와 아랍인의 살해가 그것이다. 이 살인은 주인공이 허구성에서 돌연 진실로 달려가게 되는 계기가 된다. 얼른 보면 두 작품의 2부는 서로 아무런 공통점이 없어 보인다. 물론 프라하로의 여행이라든가 세계 앞의 집같이 상징성을 띤 이야기 속에서는 소화할 수 없는 요소들이《이방인》에서는 사라진 것이 사실이다. 그러나 외따로 떨어진 슈누아에서 고적한 생활을 하는 메르소와 알제의 감옥에 갇혀 있는 뫼르소를 비교해보면, 이따금씩 찾아와 그들의 기분을 전환시켜주는 사람들의 면회나 방문, 마음을 흔들어놓는 계절의 순환, 그들을 최후의 순간으로 인도하는 헤아릴 수도 없이 긴 시간 등에 있어서 상통하는 데가 있음을 발견할 수 있을 것이다. 그리고 한 인물은 완전범죄를 저지르고 그 덕을 보지만 다른 인물은 서투른 살인자로서 법정의 희생양이 된다는 점에서 그들의 운명은 매우 다른 것 같아 보이지만 그들 두 사람의 문제는 모두 행복한 죽음의 문제(어떤 원고의 부제는 '이방인 혹은 어떤 행복한 인

　　　　　　　　　　《행복한 죽음》의 창작 경위

간'이라고 되어 있었다) 이며 둘 다 이 세계와의 합일과 인간들로부터의 해방을 통해서 그 문제를 성공적으로 해결한다는 사실을 잊어서는 안 된다.

　여기서는 이처럼 간단한 비교만을 시도해보았지만, 두 작품의 재료가 아니라 구성방식에 관심을 기울이면서 더 세심하게 연구해본다면 보다 깊이 있는 비교의 근거를 발견할 수 있을 것이다. 그렇게 되면《이방인》의 장점이 더욱 분명하게 밝혀질 것이다. 그러나 요컨대 카뮈 자신이 발표하기를 거부했던《행복한 죽음》은 하나의 작품이라기보다는 하나의 자료이며, 이 자료 속에 그의 천재를 증명해주는 문헌이 되어줄 긍정적인 요소들이 담겨 있다는 사실만으로도 그를 영광되게 하기에 충분하다는 점을 구태여 지적할 필요가 있을까? 그러한 요소들을 찾아내는 즐거움은 독자들의 몫이다.

# 작가 연보

**1913년**

- 11월 7일, 알제에서 동쪽으로 195킬로미터 떨어진 몽도비에서 포도원 관리로 일하는 아버지 뤼시앵 카뮈와 그의 아내 카트린 사이에서 출생한다.

**1914년**

- 독일이 프랑스에 선전 포고(제1차 세계대전)를 하고 아버지 카뮈는 알제리 원주민 보병으로 징집당해 프랑스 본토에 투입된다. 어머니는 남편이 입대하자 두 아들과 함께 알제의 동쪽 연병장 거리에 있는 리옹가 17번지 친정으로 이주한다. 카뮈 부인은 친정 어머니 생테스 부인 밑에서 동생 에티엔 및 조제프와 함께 가난한 생활을 한다.
- 10월 마른 전투에서 부상당한 아버지 뤼시앵 카뮈가 사망한

다. 문맹인 어머니는 빈약한 종신 연금을 받으며 가정부로 일해 집안 살림을 꾸려나간다.

**1921년**

-카트린 카뮈와 그의 가족은 리옹가 17번지에서 93번지로 이사한다(시내에서 떨어져 있어 집세가 저렴하기 때문이다). 권위적이면서 희극적인 외할머니가 생테스가 회초리를 들고 집안의 질서를 잡는다. 그녀의 딸이자 카뮈의 어머니인 카트린은 말수가 적고 사고 능력이 온전치 못하다. 카뮈는 산문집 《안과 겉》에서 오직 말 없는 눈길로 애정을 표시할 뿐인 어머니의 침묵을 감동적으로 증언한다.

**1923년**

-동네 공립학교에서 카뮈는 2학년 담임인 교사 루이 제르맹의 눈에 들어 무료 개인 교습을 받으며 중고등부 장학생 시험을 준비한다. 그는 일생 동안 이 스승에 대한 감사의 마음을 잊지 않았고, 1957년 12월 노벨문학상 수상 기념 연설인 〈스웨덴 연설〉을 스승에게 헌정했다.

**1924년**

-카뮈의 첫 영성체. 장학생으로 선발된 그는 알제의 그랑 리세에 입학한다.

행복한 죽음

**1925년 ~ 1928년**

- 고등학교 친구들과 어울리면서 그는 자기 집의 가난을 더욱 뚜렷하게 의식한다. 훗날 그는 이 점을 수치스럽게 생각했다고 고백한다. 학생 대부분이 백인으로 아랍인은 드물었다. 그러나 축구 덕분에 아랍인 친구들과 어울리면서 같은 팀의 우정을 맛 볼 기회를 얻었다. 여름이면 그는 알제 중심가 철물점의 점원, 해변 대로변 선박회사의 사원으로 일하며 생활비를 보탠다.

**1929년**

- 알제의 번화가인 미슐레 거리 근처에 사는 이모부 귀스타브 아코(앙투아네트 이모의 남편)는 놀라울 정도로 훌륭한 책들을 소장한 서재를 갖고 있었다. 카뮈는 그의 서재에서 처음으로 앙드레 지드를 발견한다.

**1930년**

- 바칼로레아 시험 제1부에 합격하여 가을 학기에 철학반으로 진급한다. 철학 교사 장 그르니에가 그에게 결정적인 영향을 끼치게 된다.

**1932년**

- 3월에 《쉬드》에 〈새로운 베를렌〉을, 5월에 〈제앙 릭튀스—

가난의 시인〉을, 6월에 〈세기의 철학〉(베르그송론)과 〈음악에 대한 시론〉을 발표한다. 바칼로레아 제2부에 합격한다. 장 그르니에의 권유로 앙드레 드 리쇼의 소설 《고통》을 읽는다. 《일기》를 읽고 지드를 더 잘 이해하게 된 그는 그 어떤 작가보다 지드를 높이 평가한다. 장 그르니에 덕분에 프루스트를 발견하고 프루스트는 그에게 '예술가'의 표상이 된다.

- 10월, 그랑제콜 입시 준비반에 들어간다.

**1933년**

- 독일에서 히틀러가 권력을 장악하자 카뮈는 반파시스트 운동 조직인 암스테르담-플레옐에서 활동을 시작한다.
- 4월, 《안과 겉》에 수록될 산문 〈아이러니〉의 초고인 〈용기〉를 쓴다.
- 5월, 장 그르니에가 짧은 에세이집 《섬》을 출판한다. 카뮈는 1959년 이 책의 신판에 서문을 쓴다.
- 10월, 〈지중해〉와 〈사랑하는 존재의 상실〉을 쓴다. 〈죽은 여자 앞에서(보라! 그 여자는 죽었다…)〉, 〈신과 그의 영혼의 대화〉, 〈모순들(삶을 받아들이고…)〉, 〈가난한 동네의 병원(무스타파 병원에 입원했던 때의 기억)〉 등의 글도 이 무렵에 쓴 것으로 추정된다. 건강상의 이유로 고등사범학교 입시 준비, 즉 대학교수가 되는 꿈을 접고 알제 문과대학에서 수학하며 장 그르니에와 르네 푸아리에 교수의 강의를 수강한다.

## 1934년

- 1~5월, 여러 미술 전시회 평을 《알제 에튀디앙》에 발표한다. 다시 폐가 감염된다.
- 6월 16일, 스무 살의 매력적이고 바람기 있는 모르핀 중독자 시몬 이에와 결혼한다.

## 1935년

- 《안과 겉》을 집필하면서 철학 학사 과정을 마친다.
- 5월, 《작가수첩》을 쓰기 시작한다.
- 6월, 철학 학사 학위를 취득한다.
- 8월, 화물선을 타고 튀니지까지 가려고 했으나 건강 문제로 여행을 중단하고 돌아온 뒤 알제 서쪽으로 68킬로미터 떨어진 로마 유적지 티파사에서 사나흘을 보낸다. 이 장소를 기리는 글이 《결혼》의 첫 번째 산문 〈티파사에서의 결혼〉이다.
- 8월 혹은 9월, 프레맹빌과 장 그르니에의 설득에 따라 공산당에 입당하여 이슬람교도 계층을 파고드는 선무 공작을 담당한다. 가을에는 친구들과 '노동극단'을 창단한다.

## 1936년

- 5월, 논문 〈기독교적 형이상학과 신플라톤 철학: 플로티노스와 성아우구스티누스〉로 철학 고등 디플롬을 받는다.
- 7월 17일, 스페인 내전 시작. 아내와 친구 이브 부르주아와

더불어 중부 유럽으로 여행을 떠나 인스브루크, 잘츠부르크에 이른다. 그곳에 우체국 유치 우편으로 도착한 편지를 열어보면서 아내 시몬에게 마약을 공급해주는 의사가 그녀의 정부라는 사실을 알게 된 카뮈는 그녀와 헤어지기로 결심한다. 여름 동안은 교직이나 언론계에서 새 일자리를 구할 계획을 세운다. 시몬과 헤어지는 것은 기정사실화되었으나 법적인 이혼은 1940년 2월에야 확정된다.

-11월, 라디오 알제 극단의 배우로 발탁된다.

**1937년**

-1월, 《작가수첩》에 '칼리굴라 혹은 죽음의 의미, 4막극'이라고 적는다.

-2월 8일, 카뮈가 주동하여 세운 알제 문화원에서 〈원주민 문화, 새로운 지중해 문화〉를 강연한다. '노동극단'이 3월에 아이스킬로스의 〈사슬에 묶인 프로메테우스〉와 벤 존슨의 〈에피코이네〉, 푸슈킨의 〈돈 후안〉을, 4월에 쿠르틀린의 〈아치 330〉을 무대에 올린다.

-4월, 군중집회에서 카뮈는 일정한 수의 알제리 이슬람교도들에게 프랑스 시민권을 부여하는 것을 골자로 하는 블룸-비올레트 법안을 지지한다.

-5월 10일, 《안과 겉》을 출간한다.

-8월, 《행복한 죽음》을 위한 구상 계획을 세운다.

행복한 죽음

- 8~9월, 재발한 폐결핵 치료와 요양을 위해 알제를 떠난다. 파리, 마르세유를 거쳐 사부아, 오트잘프 지방, 뒤랑스강을 굽어보는 고산지대인 앙브렁에 체류한다. 그 후 이탈리아의 피사, 피렌체, 제노바, 피에솔레 등을 여행하고 알제리로 돌아와 《행복한 죽음》 집필을 계속한다.
- 10월, 오랑현에서 교사직을 제안받았으나 거절한다. 한편 공산당이 국제적 전략상 반식민주의 운동을 우선순위에서 제외하기 시작하자 카뮈는 공산당에서 탈당한다. 가을에 오랑 출신의 여성 프랑신 포르를 처음 만난다. '노동극단'을 해체하고 '에키프극단'을 조직한다.

## 1938년

- 산문집 《결혼》을 완성하고 희곡 〈칼리굴라〉를 위한 메모를 하는 한편 《행복한 죽음》을 포기하지 않은 채 장차 《이방인》에 활용될 단편적인 텍스트들을 작가수첩에 메모한다. 철학적 에세이를 집필할 계획으로 니체, 키르케고르, 멜빌의 작품들을 읽는다.
- 5월, '에키프극단'이 도스토옙스키의 《카라마조프가의 형제들》을 각색 상연하고 카뮈는 이반 카라마조프 역을 맡는다. 《작가수첩》에 메모해둔 한 대목("양로원에서 노파가 죽다")이 훗날의 《이방인》을 예고한다.
- 10월, 폐결핵 후유증으로 인한 공직 부적격이라는 신체 검사

결과로 철학 교수 자격 시험에 응시하려던 계획이 좌절된다. 새로운 일간지 《알제 레퓌블리캥》의 편집기자로 활동하는 동시에 '독서살롱' 난에 문학 작품에 대한 일련의 서평들을 싣는다.

**1939년**

- 3월, 알제를 방문한 앙드레 말로와 첫 만남을 갖는다.
- 4월, 오랑을 여행하고, 1938년에 소량 한정판으로 출판한 《결혼》을 5월 알제 샤를로 출판사에서 정식 출간한다.
- 7월 25일, 크리스티안 갈랭도에게 이제 막 〈칼리굴라〉를 탈고했고 《이방인》 집필을 시작할 것이라는 내용의 편지를 보낸다.
- 9월 3일, 당국의 검열로 인해 《알제 레퓌블리캥》 발행을 중지하고 15일 자로 《수아르 레퓌블리캥》으로 제명을 바꾼다. 카뮈는 이 신문에 알제리의 정의와 스페인 공화파를 옹호하는 글들을 싣는다.

**1940년**

- 1월, 《수아르 레퓌블리캥》이 발행 금지 처분을 받자 카뮈는 다시 오랑에 체류하며 철학 가정 교사로 생활한다.
- 3월 14일, 알제리를 떠나 파리로 가서 파스칼 피아의 추천으로 《파리 수아르》 편집부에서 일한다.

-4월 5일, 〈모리스 바레스와 '후계자들'의 다툼〉을 《라 뤼미에르》에 발표한다.

-5월 1일, "이제 막 내 소설을 끝냈소…. 아마도 내 일은 다 끝난 것 같지 않소."(프랑신 포르에게 보낸 4월 30일 자 편지)는 아마도 《이방인》을 두고 한 말인 듯하다.

-6월 초, 독일군의 파리 점령이 임박하자 카뮈는 《파리 수아르》편집부 사람들과 함께 클레르몽페랑으로, 보르도로, 다시 클레르몽페랑으로 피난을 간다. 12월 3일, 리옹에서 프랑신과 결혼, 《파리 수아르》의 감원에 따라 카뮈는 해고당한다.

## 1941년

-카뮈 부부는 오랑의 아르제브가에 있는, 포르 집안에서 빌려준 아파트에서 생활하며 물질적 어려움에 직면한다.

-2월 21일, 《시지프 신화》를 탈고 후 다음과 같이 메모한다. "세 가지 '부조리'를 끝내다."(《작가수첩》) 《이방인》의 원고를 읽은 장 그르니에가 그에게 미온적인 칭찬의 말을 전한다. 카뮈는 건강상의 이유로 기차 여행이 어려워 주저하지만 결국 알제로 간다. 파스칼 피아와 앙드레 말로는 《이방인》의 원고를 읽고 열광적인 반응을 보인다. 그들과 나중에는 장 폴랑 덕분에, 이 소설과 《시지프 신화》가 갈리마르 출판사 편집위원회의 손으로 넘어간다.

-7월, 전염병 장티푸스가 알제리, 특히 오랑 지역에 창궐하여

소설 《페스트》의 창작에 부분적인 영향을 끼친다.

- 11월 15일, 말로에게 《이방인》을 읽어준 것에 대한 감사의 편지를 보낸다.

- 11월, 갈리마르 출판사 편집위원회가 드디어 《이방인》의 출판을 결정한다.

**1942년**

- 《페스트》를 염두에 두고 멜빌의 《모비 딕》을 다시 읽는다.

- 1~2월, 《작가수첩》에 "반항에 대한 에세이"를 쓰려는 계획이 등장하나, 2월에 폐결핵이 재발된다.

- 5월 19일, 《이방인》이 갈리마르 출판사에서 출간된다(인쇄는 4월 21일). 당시에는 '수인들' 혹은 '추방당한 사람들'이라는 제목이었던 소설 《페스트》를 위해 메모를 한다.

- 9~10월, 《작가수첩》에 '가난한 어린 시절'에 대한 메모가 등장하는 이는 《최초의 인간》의 몇몇 주제들을 예고한다.

- 10월, 《시지프 신화》가 갈리마르 출판사에서 출간된다(인쇄는 9월 22일). 검열을 염려하여 카뮈는 카프카와 관련된 장을 삭제하는데 이 부분은 1943년 여름 리옹에서 비밀로 출간된 잡지 《아르발레트》에 별도로 발표되었다가 1945년판 《시지프 신화》에 '보유'편으로 편입되었다.

**1943년**

- 6월, 〈파리 떼〉 리허설 때 장폴 사르트르와 시몬 드 보부아르를 만난다.
- 7월, 〈칼리굴라〉를 개작한다.
- 10월, 갈리마르 출판사에 〈오해〉와 〈칼리굴라〉 원고를 보낸다. 비밀 지하 조직 '콩바combat'와 접촉한다.
- 11월, 갈리마르 출판사의 출판편집위원에 임명된다. 카뮈는 전국 레지스탕스 위원회 책임자 클로드 부르데를 만나 비밀 지하 신문 《콩바》의 활동에 가담하게 되고 이듬해 초 신문 편집국의 주된 책임을 담당한다.


**1945년**

- 9월 5일, 알베르와 프랑신 카뮈 사이에서 쌍둥이 남매인 딸 카트린과 아들 장이 태어난다.


**1946년**

- 8월, 방데 지방에 가서 미셸 갈리마르의 어머니 집에 머물며 소설 《페스트》를 탈고한다.
- 12월 1일, 부조리와 반항에 관계에 대한 성찰을 글로 쓴다. 이것은 《반항하는 인간》의 1장 초안이 된다. 카뮈 부부와 자녀들은 마침내 파리 제6구 세기에가 18번지 아파트의 세입자가 된다. 그러나 카뮈의 건강 때문에 1947년 초까지 가족은

이탈리아 국경 지방의 브리앙송에 체류한다.

**1947년**

-3월 17일, 파스칼 피아가 《콩바》에서 사임하면서 카뮈가 신문의 운영을 맡는다.

-6월 10일, 갈리마르 출판사에서 《페스트》를 출간한다(인쇄는 5월 24일). 이 책은 카뮈의 저서들 중 상업적으로 성공한 최초의 작품(7월에서 9월까지 9만 6000부 판매)으로 비평가상을 수상했다.

**1948년**

-2월 28일, 다비드 루세와 알트만이 주도해 민주혁명연합 RDR.을 창설한다.

-3월 초, 알제리 오랑에 머무는 가족과 합류한다.

**1949년**

-1월, 사르트르와 마찬가지로 카뮈 역시 RDR과 거리를 둔다.

-6월 30일, 마르세유에서 남아메리카로 출발하는 여객선에 승선하여 여러날 동안 순회 강연을 하게 된다. 남아메리카에서 체류하는 내내 카뮈는 신체적으로 고통스러운 나날을 보냈다. 그는 그것이 감기라고 여겼으나 프랑스에 돌아오자 자신의 폐가 심각하게 손상된 것을 확인하고 두 달 동안의 휴식과

행복한 죽음

치료를 강요받는다. 이 여행 동안 《정의의 사람들》을 마지막으로 수정한다.

## 1950년

-1월, 고산 요양을 위하여 알프마리팀 지방의 그라스 근처 카브리에 체류 후 서서히 건강이 호전된다.
-2월, 갈리마르 출판사에서 《정의의 사람들》이 출간된다.

## 1951년

-10월 18일, 갈리마르 출판사에서 《반항하는 인간》이 출간된다.

## 1952년

-5월, 가스통 라발이 《반항하는 인간》에 대해 쓴 글에 대한 회답을 《리베르테》에 발표한다. 사르트르로부터 카뮈의 《반항하는 인간》에 대한 서평을 의뢰받은 프랑시스 장송이 《레탕모데른》에 격렬하고 모욕적인 글을 발표한다.
-8월, 이에 카뮈는 《레탕모데른》에 프랑시스 장송이 아니라 이 잡지의 '발행인' 장폴 사르트르 앞으로 보내는 6월 30일 자 카뮈의 반론 편지를 발표한다. 사르트르가 그 편지에 회답함으로써 두 사람의 우정은 깨진다.

**1953년**

-갈리마르 출판사에서《시사평론 2, 1948~1953년 연대기》를 출간한다. 이 해에 그는 도스토옙스키에 대한 메모를 계속하며《악령》의 각색을 계획한다.

**1955년**

-1월 11일,《페스트》를 분석한 글에 대해 롤랑 바르트에게 답하는 편지를 쓴다. 카뮈의 서문을 붙인 로제 마르탱 뒤 가르의 전집이 갈리마르 출판사의 플레이아드판으로 출간된다.

**1956년**

-5월, 갈리마르 출판사에서《전락》이 출간된다.

**1957년**

-10월 16일, "오늘날 우리 인간 의식에 제기되는 여러 문제를 조명하는 중요한 문학 작품"이라는 선정 이유와 함께 노벨문학상 수상 소식을 접한다. 프랑스 작가로는 아홉 번째이며 최연소(마흔네 살)였다.
-12월, 연말과 그 이듬해 초에 걸쳐 심각한 불안 증세를 보인다.

**1958년**

- 1월, 1957년 12월 10일의 연설과 14일의 강연을 한데 모은 《스웨덴 연설》(갈리마르)이 출간된다. '프랑스령 알제리'를 고수하는 사람들과 알제리 독립을 주장하는 사람들을 다 같이 멀리하면서 카뮈는 이제부터 일체의 공식적 입장 표명을 자제하고 알제리를 구성하는 두 공동체의 권리를 다 함께 보호하는 연방국가적 해결책의 희망에 매달린다.

**1959년**

- 1월 30일, 도스토옙스키 원작, 카뮈 각색의 〈악령〉이 앙투안 극장에서 상연된다.
- 11월 15일, 카뮈는 다시 루르마랭에 체류하며 《최초의 인간》의 집필에 열중한다.

**1960년**

- 1월 3일, 미셸 갈리마르가 운전하는 자동차에 편승하여 루르마랭의 시골 집에서 파리로 출발. 미셸의 아내 자닌과 그녀의 딸 안이 동승했다. 프랑신 카뮈는 그 전날 기차를 타고 파리로 돌아갔다. 도중에 1박을 하고 1월 4일, 욘 지방 몽트로 근처 빌블르뱅에서 자동차 사고로 카뮈는 즉사하고 미셸 갈리마르는 닷새 뒤 사망한다.
- 9월, 어머니 카트린 카뮈가 알제의 벨쿠르에 있는 자택에서

사망한다. 알베르 카뮈는 남프랑스 루르마랭 마을의 공동
묘지에 묻혔다. 후일 아내 프랑신 카뮈 역시 같은 묘지에 묻
혔다.

# 옮긴이의 말

《행복한 죽음》은 알베르 카뮈의 사실상의 첫 소설이다. 그러나 불발로 그친 작품이 되고 말았다. 왜냐하면 1936년과 1939년 사이에 집필된 것으로 추정되는 이 소설의 원고는 1942년《이방인L'Étranger》의 충격적인 등장으로부터 단편집 《적지와 왕국L'Exil et le royaume》이 발표되기까지 20여 년이라는 긴 세월 동안 끝내 빛을 보지 못한 채 작가의 서랍 속에 묻혀 있었기 때문이다.

이 작품이 출간된 것은 작가가 불의의 사고로 세상을 떠난 지 10년도 더 지난 1971년이었다. 이 소설의 출판을 계기로 갈리마르 출판사는 카뮈가 생전에 발표하지 않았던 원고들을 정리하여 펴내기 위하여 유고집《알베르 카뮈 노트Cahiers Albert Camus》시리즈를 새로이 마련했다. 그리하여 이 미발표 소설은 그 시리즈의 첫째 권으로 나온 것이다. 그 후《젊은 시절의 글〉,《여행일기》등을 거쳐 1994년에는 마침내 그 시리즈의 일곱 번째 책으로 그의 마지막 미완의 소설《최초의 인간》이 나왔다. 나는 금년 초에 이 책을 번역하여 소개한 바 있는데 이제 그에 이어 첫 권인《행복한 죽음》을 번역해내니 그야말로 끝을 처음과 맞물리게 해놓은 느낌이다.

나는 1970년대 초 프랑스에서 카뮈에 관한 학위논문을 준비하는 중에 생레미 드 프로방스에 있는 샤를 모롱 부인 댁에서 처음으로 이 소설의 원고를 정리하여 펴냈던 장 사로키 교수를 만나 연구에 많은 도움과 충고를 받을 수 있었다. 학위논문이 끝났을 때 파리의 뤽상부르 공원 뒤에 있는 카뮈의 집으로 나를 데리고 가서 카뮈 부인에게 소개해준 사람도 바로 그였다. 그로부터 20여 년이 지나 이제 그때의 책을 새로이 번역해내게 되니 감회가 새롭다.

《행복한 죽음》은 물론 파리에서 출간된 직후 곧 국내에서 몇 가지 번역본이 나왔다. 그러나 그 번역본들은 번역상의 문제들은 그만두고라도 원본이 갖추고 있는 유고집 특유의 편집자의 말, 작품의 발생과정에 대한 소개, 작품의 말미에 붙인 소상한 주석과 이문異文을 거침없이 생략해버린 채였다. 이야말로 마구잡이 번역의 한 표본이다. 이제 그 번역을 바로잡게 된 것을 다행으로 생각한다.

이 책에는 장 사로키 교수의 친절한 머리말과 주석이 제공되어 있으니 작품에 관한 장황한 해설은 생략하기로 한다. 다

행복한 죽음

만《이방인》이라는 역작을 낳기 위해 마치 연습해본 것 같은 느낌을 주는 이 작품은 나름대로의 매력을 충분히 갖추고 있다는 점을 강조해두고 싶다.

'그는 자신의 역할을 다했고 행복해야 한다는 인간의 유일한 의무를 완수했기 때문이었다. 행복할 시간이 얼마 남지 않았으리라. 그러나 시간이 어쩌지는 못한다.' 이 아름다운 소설은 이런 결론을 내리고 있다. 이것이 바로 '자연적인 죽음'에서 '의식적인 죽음'으로 나아감으로써 '행복한 죽음'을 거두어들이는 이 '반항적' 작품의 의미일 것이다. 이런 의미는 장차 자연사, 살인, 사형이라는 세 가지 죽음을 작품의 처음과 중간과 끝에 배치하고 있는《이방인》에서도 어느 면 그대로 연장되고 있다. "세상에서 가장 큰 비극은 행복한 사람의 삶이다"라고 카뮈는 말했다.

1995년 초가을

김화영

# 행복한 죽음

초판 1쇄 발행 1995년 9월 11일
개정1판 1쇄 발행 2001년 3월 20일
개정2판 1쇄 발행 2023년 11월 7일
개정2판 2쇄 발행 2024년 3월 25일

**지은이** 알베르 카뮈
**옮긴이** 김화영

**펴낸이** 김현태
**펴낸곳** 책세상

**디자인** THISCOVER
**표지 그림** @illdohhoon

**등록** 1975년 5월 21일 제2017-000226호
**주소** 서울시 마포구 잔다리로 62-1, 3층(04031)
**전화** 02-704-1251
**팩스** 02-719-1258
**이메일** editor@chaeksesang.com
**광고제휴 문의** creator@chaeksesang.com
**홈페이지** chaeksesang.com
**페이스북** /chaeksesang      **트위터** @chaeksesang
**인스타그램** @chaeksesang      **네이버포스트** bkworldpub

**ISBN** 979-11-5931-901-3 04860
       979-11-5931-936-5 (세트)